《红楼梦》的智慧

THE WISDOM OF
A DREAM
OF RED MANSIONS

李晓东

——

著

作家出版社

目录

‖ 第二讲 ‖《红楼梦》中的智慧

《红楼梦》是怎样的巨著？

一、《红楼梦》是一部备受欢迎的
不朽的伟大作品

毛主席有一个很著名的论断，叫作"《红楼梦》读五遍才有发言权"。毛主席非常喜欢《红楼梦》，所以"文革"的时候，说一共是"两个作家，一部作品"，两个作家是鲁迅和浩然，一部作品就是《红楼梦》。当时说"鲁迅走在金光大道上看着《红楼梦》"。"文革"时都是样板戏，但是鲁迅看样板戏不太像样子，时空太穿越了。所以当时说"鲁迅走在金光大道上看着《红楼梦》"。

为什么《红楼梦》这样一个写封建家庭、男欢女爱，写贾宝玉和林黛玉每天不工作不干活、只在谈恋爱的，整天卿卿我我、哭哭啼啼的作品，在当时的环境下能被大家所接受？正是因为毛主席很喜欢《红楼梦》。

毛主席说《红楼梦》要读五遍才有发言权。所以说读五遍《红楼梦》变成了一个标准。中国有一个"红学会"，会员有四千万人！当然，四千万人这个数字不是很准确，但是充分说明这部作品在我们中国人中间，在华人范围内，在世界上，影响力是很大的。曾经有一个测试问，如果把你放到火星上，只带一部作品，你带什么呢？选项有《圣经》、佛经……还有《红楼梦》。大家选择了《红楼梦》。

为什么不选《圣经》呢？因为《圣经》看了以后让人感觉每天的日子过得都很悲苦，不是今天牛羊被飓风刮走了，就是明天得了麻风病，后天把谁钉在柱子上，等等。为什么不选佛经呢？因为佛经好多都是译音，是梵语，念的时候声音很好听，但是意思不是很明确。而《红楼梦》非常好，里面写的是家长里短的故事。虽然贾府是一个大家族，但是每天的吃喝用住、人情世故等，和每个小家庭的感受是差不多的。

而且《红楼梦》里没有什么伟大的人物，全是最普通的人。大家可以从任何一页翻开，看到那些插图，都不会感觉累。为什么？因为家里面每天发生的事情也都是这样子。它确实是一部非常伟大的作品。

《红楼梦》有一百二十回，一百万字。但是从诞生以来至今两百多年，研究《红楼梦》的作品和著作几千万字都不止。我想再过五百年或者再过一千年，这部著作依然有它的魅力所在！

那么它的魅力在哪里呢？我从四个方面讲。

（一）《红楼梦》的思想智慧

一部伟大的文学作品，首先是一部有思想的作品。

《红楼梦》作为一部伟大的作品，它首先是一部有充分思想高度和思想开拓性的作品。

开拓在什么地方？在哲学、文学和社会科学三方面。《红楼梦》是一部从社会科学到哲学思想，然后到文本体现都有所开拓的作品，它具有思想智慧。

（二）《红楼梦》的审美智慧

大家读了《红楼梦》以后觉得非常美。我特意买了一套上海古籍出版社出版的插图版《红楼梦》，画得非常漂亮。还有中国作家出版集团的作家出版社出版的插画版《红楼梦》，全是彩图。而且这些彩图不是我们现代人画的，是古人画的。《红楼梦》现在好多人喜欢，那个时候也有好多人喜欢。但是那时候印刷出版不是很方便，就靠传抄。大家记得鲁迅笔下的《孔乙己》吗？孔乙己没考上秀才，结果没事干，没有生活来源，去干什么？给人抄书，抄书在当时是一个职业。

我们看电视剧《铁嘴铜牙纪晓岚》，纪晓岚当时主持编纂《四库全书》，有一千人抄书。当时虽有出版物，但刻板、印刷是非常累且费钱的一件事情，所以通常人们就选择抄书。在兰州的四库全书博物馆，整个文渊阁的书全都有。你打开任何一本，会看到里面的字写得几乎一模一样。《四库全书》是由一千个人抄的，但是就像一个人抄的一样，一个错别字都没有。当时写错了要杀头的。你想，你一个人抄一本书，抄这个字和下一个字的时候，都容易写得相差很多，这一千个人抄，抄得一模一样，令人惊叹！

中国现存最早的一张状元卷，是万历年间山东青州一个人写的，他叫作赵秉忠。赵秉忠是万历皇帝钦点的状元。你看他卷子上的字写得非常漂亮，和《四库全书》里面的字一模一样。你看不出这是赵秉忠写的，还是王秉忠、李秉忠写的。他们的基本功是非常好的。《红楼梦》传抄用的也是这种字体。《红楼楼》有十二个版本，都是抄本。

抄的过程中，一边抄，很多人一边开始画。中国古代画山水、花鸟、人物，这是中国画的三个品类。人物画，他们画得非常好，把林黛玉画得如此美。

曹雪芹的审美智慧，不仅在于书里面的人物、故事情节、语言都非常美，而且关键在于它的审美思想，就是说作者对文学、对文化、对人生的看法，在中国历史上是具有划时代意义的。

中国人以前没有把女人当人看。鲁迅说，中国人向来就没有争到做人的资格，至多只能是奴隶。他说的"两个时代"，一个是暂时做稳了奴隶的时代，一个是想做奴隶而不得的时代。然后两个轮回开始，太平盛世暂时做稳了奴隶，上面来人，该交钱就交钱，该交租就交租，该服劳役就去服劳役，然后官员欺压老百姓，但是没有打仗，暂时还得温饱，家庭还团聚，暂时做稳了奴隶。还有一种是打起来了，打得天翻地覆，就像曹操所说的"白骨露于野，千里无鸡鸣"，这种状态下，都是想做奴隶而不得的，我想当奴隶，但是奴隶主不理我，变成一种战争状态。

中国历史上没有战争的年份一共只有九十四年。这九十四年是完全没有战争的，其余时间大小战争持续不断。新中国成立以来，特别是改革开放以来，没有发生过大的战争。所以说，我们活在这个时代是非常幸福的，至少生命安全受到了非常强大的保障。《红楼梦》那时候，也是一个灾时，当时也是有天灾人祸，但是《红楼梦》中有非常美好的追求和境界。

（三）《红楼梦》的人际智慧

1. 世事洞明皆学问，人情练达即文章

《红楼梦》里面有一句特别有名的话，叫作"世事洞明皆学问，人情练达即文章"。总书记在文艺工作座谈会上引用过。

（1）总书记正面引用这句话，鼓励作家体察民情、关心民生

总书记于 2014 年 10 月 15 日在北京召开了文艺工作座谈会。我当时在中国作家协会的办公厅任秘书处处长，负责通知这次会议。召开之前，我们做了认真的准备。我通知叶辛——他写过《孽债》《复仇之夜》《上海传》——请他在会上发言。我还通知了中国作家协会主席铁凝女士，也落实了发言。

总书记在会上发表了重要讲话，讲话中引用了《红楼梦》的这句话，"世事洞明皆学问，人情练达即文章"。总书记是从正面讲的，说作家要把人情世故、现实生活琢磨得非常透彻，然后通过艺术的方式表现出来。毛主席《在延安文艺座谈会上的讲话》中说，艺术是什么？来自于生活，但是高于生活，比生活更集中、更强烈、更典型一些，更有普遍性。毛主席的讲话是

在 1942 年，总书记是在 2014 年。差了七十二年，很巧那天代表也是七十二人。本来是七十五人，有三个人生病了，其中有一个是陈忠实，就是写《白鹿原》的。来的正好是七十二人，又隔了七十二年，奇妙的巧合。

（2）《红楼梦》中其意正相反，贾宝玉害怕这句话

但是你如果仔细阅读《红楼梦》，就会发现《红楼梦》反对这句话。这句话在小说里是负面的。

当时贾宝玉跟着王熙凤，也就是他的表姐——王熙凤是荣国府的人。《红楼梦》里面有两个府，宁国府和荣国府。宁荣本是一家，中间隔一条巷子——到宁国府去。王熙凤经常到宁国府去，这次贾宝玉跟她去看宁国府的大媳妇尤氏，王熙凤和尤氏关系非常好，两人一起聊聊天。结果到中午的时候，贾宝玉说想睡觉。到哪儿去睡呢？贾宝玉是荣国府的接班人，也是贾母非常喜欢的一个人。大家知道，贾母是贾家所有权力的代表。为什么贾母八十多岁的一个老太太，每天除了喝酒、吃茶、聊天、说话，好像什么事情也不干？其实她是"平时不干活，干时不平常"，因为贾府是靠着祖上的阴功维持到今天的。

2. 依赖祖上家业毁，湮灭楼台谁人惜

贾府的第一代是贾演和贾源，他们兄弟为朝代的建立立下大功，是开国功臣，各自被封为宁国公、荣国公，居住在宁国府、荣国府。贾府是皇室下令敕造的。第二代就是贾代化（宁国府）和贾代善（荣国府），贾母是贾代善的夫人。贾府的后代，不是靠着自己的努力，而是靠祖上的阴功，一代一代承传到了第五代。贾宝玉是第四代，到贾宝玉这一代，就没有爵位了。贾政这

一代（第三代）还行，是一个五等将军。

（1）读书自古穷人事，衣食无忧贵族堕

很多人说："贾宝玉这家伙为什么不考科举？"贾宝玉那么聪明的人，他却不想读书。但是薛宝钗要让贾宝玉读书，他父亲贾政也要让贾宝玉读书。他的妈妈王夫人、他的奶奶贾母史太君，包括林黛玉，好像都对读书没有感觉。她们抱着"爱读就读，不读算了"的态度。现在的家长，如果小朋友不读书，还不急死了！要每天补课，从小学的时候就补奥数、英语、书法、绘画，还有其他各种兴趣班，然后要上名校，要买学区房。读书是一个家庭最大的事情，但贾府不以为然。

为什么贾宝玉这么聪明却不读书呢？因为他们贵族是不需要读书的。贵族是不读书的。考科举是平民百姓走上仕途、改变家庭命运的途径，叫"读书改变命运"！而家庭背景很好的话，是不需要读书的。所以说，贾宝玉不读书并不是所有人都担心，只有他的父亲特别紧张，催他："赶紧读书！"指责他："为什么不读书？"史太君生在史家，也是大富之家，长期就生活在这种环境里面，她对读书不读书一点感觉都没有。王夫人也是，王夫人是京营节度使王子腾的妹妹。

包括林黛玉，她的母亲贾敏、父亲林如海，都是这种贵族家庭出身的人，他们对读书不读书以及读书的作用都不关心。现在好多权贵后代，他们不读书。你拼命干的活，他可能一个电话就解决了；所以好多贵族最大的问题就是厌倦读书。如果这个人很努力，一辈子拼命发奋，那他的家庭出身一定不好！为什么？因为他不努力，他就没饭吃。但也有好多人家已经很有钱、地位很高以后，还是勤奋读书，为什么？因为他危机感很强。

贾宝玉对林黛玉说过一句话："再怎么样，还没有我们吃的？"因为他家境非常殷实。不过贾政还是个五品工部员外郎，但是到了贾宝玉这一代，贾宝玉就是平民百姓了。如果再不读书，不考科举，那么就不可能再当贵族。所以科举是贾宝玉从贵族沦为平民之后，必须走的一条路。所以很多人认为《红楼梦》一百二十回的后面四十回丢掉了，删弃了，而高鹗补的续书和原著相比不太真实。高鹗最后写的结局是什么？是贾宝玉和他的侄子贾兰"兰桂齐芳重振家业"，有人觉得好像和原著的意思不太符合。

其实恰恰错了，这和原著可能是非常符合的！否则的话《红楼梦》也不可能流传到现在。从古到今《红楼梦》推出几百种版本，就这个一百二十回的版本留到现在。包括现在我们在市面上看到的版本，还是"曹雪芹、高鹗著"，没有"曹雪芹、张三著"的吧？也没有其他的。

（2）老子感悟危机临，儿子懵懂不争气

现在，老作家刘心武天天讲秦可卿，讲秦学，为什么？因为他看到了中国历史上的贵族是"富不过三代，贵不过五世"。你看贾府，第一代是国公，相当于"正国级"；第二代是贾母，是诰命夫人，就变成了"副国级"了；到了第三代，贾政是工部员外郎，成五品官了。

所以说《红楼梦》里，为什么贾政非要贾宝玉去读书不可呢？因为整个贾府只有贾政一个人有工作。贾府一家几百口，都是没有工作的。为什么？因为它有很庞大的田产地产。当庄园的经济非常发达的时候，他们的子孙都不需要工作，家底很厚实，足够让他们享用的了。我们看《红楼梦》电视剧的时候，会发现它把这个情节做得非常好，原著里没有的：贾母活着的时候不抄家，贾母一咽气，官方就带着御林军进来抄家了。为什么？因为贾母在的时候，她是一等诰命夫人，有赦免权的。

贾母一咽气，贾府这点权利就立即失效了。整个贾府里面只有贾政一个人有工作，是工部员外郎，相当于现在我们住建部的一个司长。这个人的人品很好，但能力比较差。所以你可以发现，贾政是每天准时上班准时回来，是一个很好的公务员。他是住建部的，住建部搞机械、修防、修长城、治黄河、修道路等，还挺忙的。但是他每隔三年干一件事，放学政。每隔三年，科举考试他去监考。他只能干一点下去监考的活儿，其他的工作干不了。为什么？因为他从小在家里面也没好好读书，然后也没有什么仕途经营的本领，去了以后大概讲讲仁义道德，别人也不听，但又不能把他怎么样。

其实现在好多单位都有这样的一种人。前两年我到一个地级市挂职常务副市长。平时最怕两种人，一种是领导的夫人，领导夫人从来不上班，提拔的时候一定有她；还有一种就是领导的小孩。我在电视里听到一句非常有意思的话，当然这个话不太文明。说，你在单位看到一个在高位的女同志比较漂亮，你千万不要惹她，因为可能是领导的特殊关系；如果看到这个高位上的女人难看，你更加不要惹她，因为她可能是领导的女儿，否则她怎么这么没有能力却在这个岗位上。

贾家就是这个状态。贾政虽然能力比较差，但他毕竟每天在外面工作，他看到了社会发展的历史变革和他们家的境况，明白如果再不努力，一定会落个"一片白茫茫大地真干净"的结局。他就天天督促贾宝玉读书，但是贾母和王夫人就没有这个意识，因为她们都没出过门。

（3）一年三百六十日，风刀霜剑严相逼

《红楼梦》里面的人情世态是非常炎凉的。林黛玉死的时候只有十七岁，非常早熟，非常早慧。她进了大观园，最后她说"一年三百六十日，风刀霜剑严相逼"，在家族里面过得也不轻松，这里面人情世态是非常炎凉、非常残酷的。

再说贾宝玉中午要睡觉的时候，他到了一个房间，看到挂了一幅字是"世事洞明皆学问，人情练达即文章"，我们一下子感觉他很烦恼，为什么？因为贾宝玉最不喜欢仕途经济，对读书很烦。一讲读书，一讲做官，就很烦。"世事洞明皆学问，人情练达即文章"，就是说要让他去搞世事、人情。

贾宝玉长得比较帅，"面若中秋之月，色如春晓之花"，"鬓如刀裁，眉如墨画"。大陆电视剧版的《红楼梦》，大家可能都对贾宝玉有印象，改得非常好。贾宝玉是圆脸，"面若中秋之月"，中秋月亮是什么样的？很白，非常圆；"色如春晓之花"，脸部净白，非常粉嫩；"鬓如刀裁，眉如墨画"，鬓角像刀裁的一样，非常整齐，眉毛很浓，就像被墨画过一样，所以他是一个标准的帅哥。在古代，审美和现在不一样，现在审美都讲究"小鲜肉""小鬼娘"。那个时候贾政觉得自己的儿子长得很漂亮，出来交际就把他带出来，见客人，聊聊天，有意把他推出去。为什么？目的是让他知道、见习一下待人接物，同时扩展自己的人脉。

对此，贾宝玉非常厌烦，他只和女孩子玩，他和姐姐妹妹们每天在一起，吃吃嘴上的胭脂，聊聊天，吟诗作赋。所以贾宝玉一看到"世事洞明皆学问，人情练达即文章"，第一反应是"快出去，快出去"！

出去以后没地方待怎么办？秦可卿说，这样，把他送到我自己的卧房。秦可卿叫宝玉是"宝叔叔"，因为秦可卿是贾蓉的老婆。贾蓉是贾珍的儿子，贾珍与贾宝玉是同辈，所以贾宝玉比秦可卿高一辈，是她的叔叔。到秦可卿的房间当然也可以。但是闺房让长辈去是不是不太合适呢？秦可卿说："他能多大了，就忌讳这些个？"秦可卿已经十八岁了，贾宝玉十五岁，所以就把贾宝玉送到了秦可卿的房间。结果一去，是闺房，他很喜欢，这个感觉非常好，然后他就做了一场梦。

这个梦做得非常有意思，是《红楼梦》里面最美的一段故事，在第五回，"贾宝玉神游太虚境，警幻仙曲演红楼梦"，然后就有红楼十二支曲子，再然后：

> 开辟鸿蒙，谁为情种？都只为风月情浓。奈何天，伤怀日，寂寥时，试遣愚衷。因此上，演出这悲金悼玉的《红楼梦》。

唱得非常好。我们上海音乐学院的陈钢、何占豪两位先生作曲，至今为止还是非常经典的作品。

贾宝玉做了个春梦，梦见和可卿一番云雨，梦做着做着，忽然有夜叉海鬼要拖他下水，把他吓坏了，"可卿救我！"就醒了。

醒了之后，《红楼梦》的故事才正式开始。

所以《红楼梦》前五回都是开头，到第六回《红楼梦》的故事才开始。第一回"甄士隐梦幻识通灵，贾雨村风尘怀闺秀"，第二回"贾夫人仙逝扬州城，冷子兴演说荣国府"，第三回"托内兄如海荐西宾，接外孙贾母惜孤女"，然后到了第四回"薄命女偏逢薄命郎，葫芦僧判断葫芦案"，第五回"贾宝玉神游太虚境，警幻仙曲演红楼梦"，第六回叫"贾宝玉初试云雨情，刘姥姥一进荣国府"。这个时候《红楼梦》正篇故事才开始。

（四）《红楼梦》的管理智慧

1. 袭人当大秘，细心入至微

《红楼梦》很有意思，这里面有好多人可以做很好的秘书，包括晴雯、袭人。

我是做领导秘书出身的，看了以后我都自叹不如，袭人做秘书的水平比我高多了。为什么？你看，人家给领导服务的水平高到什么程度？大家都在这个单位工作了一辈子，有的人和领导天天"翻毛腔"，有的人很乖，有的人长袖善舞，领导非常喜欢。这不仅要花心思，还是一种能力。

什么事情都要用心。毛主席说："世界上怕就怕认真二字，共产党最讲认真。"袭人是一个非常认真的人。比如说贾宝玉到她家里来，袭人家离贾府比较近，家不在城里，其实在乡下，但是过去的路程很短，就像在上海一样，六百多平方公里面积，几公里走走，出了淮海路就到乡下去了。我曾经在华师大读书的时候，到长风公园算是郊游，去一次要准备好半天。

有一天，袭人的母亲病了，她就请两天假回家照顾母亲。袭人一走，贾宝玉生活就很不习惯。虽然他屋里还有好多丫鬟，有晴雯、麝月、秋纹、碧痕等，上上下下十几个人，但是都没有袭人伺候得好。于是自然想起袭人，就带着茗烟，他的书童，骑马到袭人家去。袭人一看贾宝玉来了，吓了一跳：宝二爷来了，这还了得！袭人哥哥一看，想要巴结主子，给他摆了一桌子瓜果，橘子、桃等。

其实袭人比较穷才对，但她家里为什么有这么多水果？因为袭人有工作，她的工作就是在贾府里面干活。贾府里的大丫鬟每月有一两银子。当时的一两银子相当不得了，大概相当于现在人民币五千块钱。你想一个小姑娘现在在饭店打工也挣不到这么多钱。所以他们家的情况是比较好的。虽说家里摆了一桌子瓜果，但袭人却见"总无可吃之物"，也就是说，这些东西不适合贾宝玉吃。为什么？不是说东西不好，而是不卫生。

比如说，你到乡下去，一桌子的菜，但你不敢吃，为什么？吃了怕拉肚子。贾宝玉从来就没有出过荣国府，他对外面的卫生状况是没有免疫能力的。有一次，我和一位部长到印度去，就是不敢吃饭。外面的小摊卖的东西不敢吃，然后企图拍几张照片留念，就假装拿着拍了以后又付了钱，就把东西还给人家了。为什么？这些东西印度人吃了没事，我们吃了非出毛病不可！所以袭人见"总无可吃之物"。好多批评家说，你看封建贵族的生活方式，这么好吃的东西，还不可吃？平时都吃不到呢！但是袭人就是不敢给贾宝玉吃。因为贾宝玉对这些东西，一是他不稀罕，二是他不敢吃。

但什么都不吃也不行啊！毕竟是来的大客人啊，母亲哥哥也是要面子的呀。于是袭人就用手捏了几粒松子，剥开外壳，仔细地把外皮吹了以后，用贾宝玉给她的汗巾子托着送给贾宝玉。这些细节她做得非常到位。这松子是带皮的，有皮就比较安全。桌上没有香蕉，有香蕉就好。带皮的水果比较安全。第二个她用的是什么？用的是贾宝玉送给她的汗巾子（手帕），然后托给他。别人的手帕还不敢用，只能用贾宝玉给她的，至少是比较可信的。而且是几粒，不能多，多了也不行。多了，万一他拉肚子怎么办？所以说她是一个非常好的大秘！

2. 管家丫鬟在贾府，犹如职员进公司

袭人比较乖，晴雯比较暴，像个炮仗一样，最后被赶出去了。王蒙说，这些人都是奴隶，不让当奴隶，她就受不了。其实不然，贾府对丫鬟管家来说，是个单位，而对贾宝玉来说，是个家庭。

对袭人、晴雯，包括管家来说，他们都是公司的职员，到这里都是来工作的。袭人、晴雯还是白领。十七八岁的小姑娘挣一两银子，那是不得了的事情。如果她们回到家里，到田间劳动、下地干活，受不了，所以说把她们赶出去就意味着失业。失业这个事情，讲大一点就是民生问题。

在《红楼梦》第六回，前面一段写贾宝玉初试云雨情，贾宝玉做了一场春梦，梦见了与秦可卿云雨，原著是这样描述的：

……彼时宝玉迷迷惑惑，若有所失，遂起身解怀整衣。袭人过来给他系裤带时，刚伸手至大腿处，只觉冰冷粘湿的一片，吓的忙褪回手来，问："是怎么了？"宝玉红了脸，把他的手一捻。袭人本是个聪明女子，年纪又比宝玉大两岁，近来也渐省人事，今见宝玉如此光景，心中便觉察了一半，不觉把个粉脸羞的飞红，遂不好再问。仍旧理好衣裳，随至贾母处来，胡乱吃过晚饭。过这边来，趁众奶娘、丫鬟不在旁时，另取出一件中衣，与宝玉换上。

　　宝玉含羞央告道："好姐姐，千万别告诉人。"袭人也含着羞，悄悄的笑问道："你为什么……"说到这里，把眼又往四下里瞧了瞧，才又问道："那是那里流出来的？"宝玉只管红着脸不言语。袭人却只瞅着他笑。迟了一会，宝玉才把梦中之事细说与袭人听。说到云雨私情，羞的袭人掩面伏身而笑。宝玉亦素喜袭人柔媚娇俏，遂强拉袭人，同领警幻所训之事。袭人自知贾母曾将他给了宝玉，也无可推托的，扭捏了半日，无奈何，只得和宝玉温存了一番。自此，宝玉视袭人更自不同；袭人待宝玉也越发尽职了。这话暂且不提。①

结束以后，故事就没进行下去。隔一行说：

---

① 本书引文均出自《红楼梦：插图典藏版》（程乙本，作家出版社 2018 年 1 月出版）。

且说荣府中合算起来，从上至下，也有三百余口人，一天也有一二十件事，竟如乱麻一般，没个头绪可作纲领。正思从那一件事、那一个人写起方妙？却好忽从千里之外，芥豆之微，小小一个人家，因与荣府略有些瓜葛，这日正往荣府中来，因此便就这一家说起，倒还是个头绪。

你想，一天也有一二十件事儿，这是一个很大的单位啊！现在好多公司只有两三个人，而贾府是几百口人、一二十件事，所以这里有一个非常重要的任务是什么？是管理，管理很重要。从这里就可以看出，他们是怎么管这么大的一个企业（家族）的。

贾府的大管家是谁？王熙凤；实际操盘人是谁？王夫人；形象代言人是谁？贾母。

还有好多人是来抢位子的。比如说薛宝钗，她就想抢管家的位子；探春，作为三小姐，心高命薄，她是赵姨娘生的孩子，是庶女。大家知道，正室和姨娘差别很大。贾宝玉是正室所出，是王夫人的孩子；贾环是赵姨娘的孩子，是庶出。不管是电视剧里面，还是书里面，贾环每天黯然失色。贾宝玉每天光鲜亮丽，老太太也喜欢得不得了，每天所有的人都围着他转。

3. 政治联姻确立，贾府关系核心

过去，婚姻首先是政治婚姻。在第四回"葫芦僧判断葫芦案"的时候，门子给贾雨村拿出一个小条子，这个条子里面写了四句话：

贾不假，白玉为堂金作马。

阿房宫，三百里，住不下金陵一个史。

东海缺少白玉床，龙王来请金陵王。

丰年好大雪，珍珠如土金如铁。

　　王夫人就是"金陵王"王子腾的妹妹。王家和贾家的联姻，是一种政治联姻，强强联合。王家是走仕途经济的，属于武勋，然后靠科举起来，很发达，是当权者。所以贾家到最后的时候，出了事儿，找谁？都找王子腾，王家给他摆平了。王子腾当时做的是京营节度使，相当于是北京的市委书记，首都的一把手。而且当时的一把手是党政军权抓在一起的，既是军区司令，又是市委书记，还是市长，还是检察院检察长、法院院长，就他一个人说了算，所以王子腾是有实际权力的。贾家是什么？是有贵族血统的，这个时候贵族和实际的政治家结合是强强联合，所以说，那个时候娶正房夫人是一种政治婚姻。

　　所以贾政和王夫人关系很好，举案齐眉，但是没说过几句话。整部著作里，王夫人和贾政没有话说的。为什么？因为两个人没有感情，都是因为家族利益走到一起的。然后生了三个孩子，一个是元春，一个是贾珠（死了），还有一个是宝玉。而贾政和赵姨娘呢？赵姨娘是贾环的母亲。赵姨娘在书里面形象很差，是一个刁蛮泼妇，又到处去请马道婆，把王熙凤和贾宝玉差点整死，是属于非常"哇塞"的人物。但是贾政真正喜欢的是谁？他喜欢的是赵姨娘。

　　所以《红楼梦》里贾家败落，败落以后被官府囚禁，当时贾政说:"啊呀,不知道环儿妈妈怎么样了?"他没有问:"不知道宝玉妈妈怎么样了?"王夫人死活他不会关心,他关心赵姨娘。为什么?因为赵姨娘当初就和袭人伺候贾宝玉一样,是贾政的大丫鬟。那个时候,两个人在共同生活过程中产生了真挚的爱情。这种爱情比政治婚姻要牢固得多,也深沉得多。所以赵姨娘被赶出去后,王夫人一直想把贾环赶出去,为什么?因为她知道在感情上她PK不过赵姨娘,但政治上她有她天生的优势,所以说过去"一妻一妾"或"一妻多妾",妻是一种政治婚姻,是社会属性的,妾是感情的结合,百分之百是自然属性的。所以说,古代的"一妻多妾"是有点道理的。这个时候就会发现,这个问题中涉及很多人情的东西,细节方面非常有意思。

二、《红楼梦》是一部具有争议 瑕疵居多的残缺作品

大家以为《红楼梦》应该是一部完美无缺的作品吧？错了！《红楼梦》是一个毛病特别多的作品。如果放到现在的话，我曾在《小说选刊》当副主编，估计我都不会把它选上。为什么？因为它不符合我们创作的基本要求，"时间、地点、人物、起因、经过、结果"不符合，不符合社会主义核心价值观，毛病非常多，而且它没有写完。是不是后面的部分丢了？没有！曹雪芹就没写。根本就没有后四十回。为什么？因为他没写完就死了。曹雪芹死的时候五十四岁，和诸葛亮死时的年龄一样大。

（一）原稿非雪芹，高鹗本是大书商

其实曹雪芹不是《红楼梦》的作者。我们都认为曹雪芹、高鹗是《红楼梦》的作者，错了，曹雪芹只是一个修改者。《红楼梦》有一个底稿，这个底稿是谁写的？不知道。曹雪芹得到这一原稿后不停地修改，修改了十年，结果还没修改完就病死了。病死以后《红楼梦》就散在旁边，然后被一个叫高鹗的书商看到了，认为是商机。他说："如果不是完整的故事，是没法出版的。"于是他就自己找了一个人，把后面写完。

写完之后，他刻印出版。大家知道，中国的出版业在明清时代是非常发达的，特别是江南一带，我们苏州和绍兴一带有很多刻书业。比如上海的松江府，松江府有刻书业，就把那书稿像刻章一样，反字刻在梨木板子上。梨木的板子不会裂，别的木料，比如像松木、杨木久了都会裂。梨木板子不裂，可以用好多次。刷上墨，然后把它一页一页地印出来。这就是当时的印刷业。大家会想，是不是用了活字印刷？我们初中的时候就学过毕昇发明活字印刷术。活字印刷虽然好，但是用得非常少。为什么？因为活字印刷的质量比较差。过去制作字模的时候，不管是泥模还是木模，都会变形，然后排版的时候厚薄不一，这样质量的印刷品卖不出去，而用雕版印刷的，质量非常好。

（二）竟然彻头彻尾偏向"二"

我们读《红楼梦》会发现，这是一个很"二"的作品。我觉得《红楼梦》有缺点，首先它特别"二"。为什么？

你看荣国府和宁国府谁是老大？宁国府是老大，那时候都是嫡长子继承的，但是他不写宁国府老大，而写荣国府老二。然后贾赦和贾政谁是老大？贾赦是老大。那应该写贾赦老大家呀，但他写贾政老二家。贾珠和宝玉谁是老大？贾珠是老大，他却让贾珠死了（从来就没有出场过），写宝玉老二。然后连贾琏叫"琏二爷"，那琏二爷之前的大爷是谁？不知道……所以《红楼梦》是一个很"二"的作品。

贾珠的老婆李纨青春守寡，所以她特别安静，永远是一个不在场的在场者，什么场合她都在，但是她从来不发言，一句话不说。

每天李纨心如止水，心如枯木，天天想念老公，然后抚养儿子，希望自己的儿子贾兰能重振家风。《红楼梦》第五回判词说：

> 桃李春风结子完，到头谁似一盆兰；如冰水好空相
> 妒，枉与他人作笑谈。

就讲她生活很悲苦，虽然晚景非常幸福，但是一辈子走来，是没有老公的，很难过。

但是在《红楼梦》中有一个细节，我看了以后，忽然感觉到什么叫伟大的作品，什么叫平庸的作品。

有一个情节，十一月螃蟹上来了，薛家非常有钱，有很多庄园，稻田里有好多的螃蟹。现在的螃蟹都是比如阳澄湖产的，但是他们稻田里面产螃蟹。稻田产来的好大的螃蟹，宝钗就让人送来好多，开了一个螃蟹宴，蒸了好多螃蟹来吃。贾母吃得很开心，所有人都吃得很开心。

平儿，就是贾琏的通房丫头，王熙凤的跟班、最好的闺蜜——虽然她们是主仆关系，但她们的关系非常好。王熙凤是贾府媳妇，媳妇是比小姐地位低的。王熙凤实际是荣国府的办公室主任，大管家。但是她吃饭时是站着的，而迎春、探春、惜春、宝玉、黛玉这些小孩是坐着吃饭的，为什么呢？因为王熙凤是媳妇。媳妇是什么？类似于是主子和仆人之间的人。而迎、探、惜这些小姐，她们是主子。

所以你看，王熙凤吃饭的时候是要给贾母夹菜的，而其他小姐不用做，大家族有大户人家的规矩。所以说"大有大的道理"，人家这个道理讲得很好。

这个时候平儿就给大家剥螃蟹，剥蟹钳、蟹膏，吃着吃着，平儿忽然说："奶奶，别这么摸得我怪痒痒的。"

我忽然发现就这句话，《红楼梦》一百多万字里面就这一句话，把李纨这个人物的形象就写活了。为什么？因为平儿也很寂寞，平儿是通房丫头，是王熙凤从娘家带过来做贾琏的小妾的，但是王熙凤是一个独占欲很强的人，所以说基本上平儿和贾琏是没什么关系的，所以她也很寂寞。

而李纨，老公死了以后她也很寂寞，寂寞的人她们会有一些同性恋的关系。在古代，男人的同性恋是被允许的。在第八回，众学童大闹学堂的时候，秦钟、薛蟠和贾宝玉，还有几个小孩，为了男同性恋打得一塌糊涂，你拿砚台扔过去，他把笔扔过来，最后搞得贾代儒——一个私塾先生——收拾不住场面。过去男人的同性恋是被允许的，《红楼梦》里的蒋玉菡，一个唱戏的戏子，为了他，贾宝玉在第三十二回被他父亲贾政打了一顿。为什么挨打？就是因为蒋玉菡（琪官）的事，当时觉得这是败坏家风门风的事。《红楼梦》用大量的篇幅写了男同性恋，说薛蟠这个人还"非常喜好男风"。

所以从平儿这一句话就会发现，曹雪芹把人情写到多么深刻的地步。从此以后就没有有关的描写了，因而这是一句貌似非常突兀的话。

（三）写作方法"草蛇灰线，伏脉千里"

《红楼梦》有一个很有意思的写作方法，叫作"草蛇灰线，伏脉千里"，什么意思呢？就像蛇在草里面走。大家知道，蛇是没有脚的，它是蜿蜒前行的。当你看到草在动，就知道蛇来了。还有这"灰线"，过去踩着炉灰（我们现在都用煤气了，没有炉子，也没有炉灰了）走过去时的痕迹，这里有一点，那里有一点，"草蛇灰线，伏脉千里"，就是说前面的那个故事，再过多少天或一段时间以后，在另一个地方会印证出来。

但这句话既没有前因，也没有后果，没完。不过你会发现这句话把李纨这个平面人物一下子变成了一个立体的人物。她不仅仅是非常温良恭俭让的大家媳妇，除了想老公和照顾儿子以外，她还有自己的什么念想。她毕竟是个年轻人，二十几岁的年轻女人。在这样一个非常冷酷的环境里，她怎么让自己的生活过得稍微丰富一点？她和别的寂寞的人走在一起，按说是在意料之外，却又在情理之中。

三、《红楼梦》是一部无名氏创作、脂砚斋披阅、曹雪芹修改、高鹗收尾的集体作品

（一）《红楼梦》概况

大家都认为《红楼梦》的作者叫曹雪芹。这个人是否真的存在过？很难说。

1.《红楼梦》作者，全凭胡适考证

曹雪芹这个名字不是历史记载的，而是胡适考证的。胡适学术水平很高，当时刚刚二十几岁，从美国回来，就是北京大学教授，而且他写了《白话文学史》《中国哲学史》，考出《红楼梦》作者。考证半天以后，发现《红楼梦》的作者原来是没有名字的，以前像《金瓶梅》作者，是兰陵笑笑生，好歹还是个名字吧。兰陵笑笑生，不管怎么至少是一个曾活着的人，如张生、王生、康生，是个人。但是《红楼梦》没有作者署名，就是雪芹。这个人到底是什么人？男的女的？都不知道。

（1）作者影子是薛蟠，不是美男贾宝玉

后来胡适根据"雪芹"这两个字开始考证，名霑，字梦阮，号雪芹，说他是"生于繁华，终于沦落"。有人说，贾宝玉就是曹雪芹的影子，早年的时候家里生活非常富裕繁华，后来家道败落，隐居在北京海淀的西山。现在西山还有个曹雪芹小道。

但是事实上在《红楼梦》里面，曹雪芹最想当的人是谁？不是宝玉，而是薛蟠。大家是不是很奇怪？薛蟠是一个最坏不过的人啊！但是《红楼梦》里面每个人的命运都比较差，只有薛蟠的命运比较好。

你看贾宝玉长得很帅，又是家族的继承人，但是他经常挨打，他爸对他非打即骂，"滚，一旁待着去，哪儿凉快去哪儿，别玷污了我的门槛！……"在第三十三回差点把他给打死。那是真要打死他，不是假的。如果不是贾母和王夫人搭救，贾宝玉真要死了。为什么？因为他做出那么有辱门风的事情，人家忠顺王的长史都来找他，这在政治上是个大问题啊！如果不把他打死的话，交代不过去啊！

（2）舍小家为大家，皆为政治需要

所以当时的贾政绝不是装装样子的，因为忠顺王是皇帝的叔叔，相当于是皇帝的叔叔来问罪，如果你不把宝玉打死的话，对贾府来说将是灭顶之灾。

中国历史上有一个非常著名的故事，刘邦和项羽两个人打仗，刚开始刘邦很弱，项羽很强。项羽把刘邦的父亲老婆儿子女儿一起抓起来，抓起来以后说，刘邦你要再不退兵，我就把这老头剁成肉泥，蒸锅肉汤喝。刘邦说，咱俩是结拜兄弟，当年同起兵反秦的时候结拜的兄弟，我的父亲就是你的父亲！"必欲烹而翁，则幸分我一杯羹。"要是你真把你老爹给煮了，分我一杯汤喝喝。项羽听说后只觉得，这个流氓，真对他没办法，只好不杀他父亲。

说白了，刘邦也没有别的办法，因为这不是你个人的事情，你的背后有一个庞大的军事集团，这么多人，陈平、樊哙、张良，都靠你，然后你因为家事耽误国事，这对政治家而言是绝对不能允许的。但是后来还挺好，刘邦的父亲、老婆和孩子在项羽军中待了两年，毫发无损地回来了。他老爹回来以后，鹤发童颜，"三高"都没有。为什么？大家都要守住一个底线，公私分明。

李敖说过一句话，他说："政治是牺牲别人在所不惜，牺牲自己也在所不惜。"

所以说，没有办法，贾宝玉这个时候真的要为贾家的安危付出生命代价。当然后来贾母来了以后，王夫人也加盟来了，贾母来了就大哭大闹，然后贾政泪如雨下。因为贾母出面，她毕竟是一品诰命夫人，是贾代善的老婆，而且过去孝是第一的，不能违背母亲的命令。

所以贾母出来以后，贾政可以给忠顺王说，第一，老太太来了，老祖宗来，老祖宗也是有功劳的。忠顺王他可以把贾政怎么样，但不能把贾母怎么样。第二，我做事既要讲忠，也要讲孝，孝是价值观的基础。所以这个时候贾母来救贾宝玉，这不仅是人情，更多是政治。

（3）乱世歹人有运气，薛蟠作恶亦英豪

我们会发现，其实薛蟠特别好。第一，他居然从来没有说过任何一个人的坏话。这个人很坏，欺男霸女。他出场的时候是第四回，就是"葫芦僧判断葫芦案"，他上京途中，看见人家一个小姑娘，长得很漂亮，是一个小地主的儿子、小公子冯渊想从人贩子手里买的一个丫头，十二三岁。谁呢？香菱。也就是甄士隐的女儿甄英莲，结果这个人贩子一鸡二吃，先卖给了冯渊。冯渊感觉这小姑娘长得这么好看，又知书达理的，约定三天后来娶。结果第二天这个人贩子又把她卖给了薛蟠。薛蟠根本不把她当回事，当天就接走了。这个人贩子想卷钱就跑，冯渊发现了之后，两边争起来。然后薛蟠手下噼里啪啦一顿，把冯渊给打死了。

打死人以后，贾雨村刚刚当了当地的知府，正义感爆棚。原文是这样描述的：

雨村听了，大怒道："那有这等事：打死人竟白白的走了，拿不来的？"便发签差公人，立刻将凶犯家属拿来拷问。只见案旁站着一个门子，使眼色不叫他发签。雨村心下狐疑，只得停了手。退堂至密室，令从人退去，只留这门子一人伏侍。门子忙上前请安，笑问："老爷一向加官进禄，八九年来，就忘了我了？"雨村道："我看你十分眼熟，但一时总想不起来。"门子笑道："老爷怎么把出身之地竟忘了？老爷不记得当年葫芦庙里的事么？"雨村大惊，方想起往事。

原来这门子本是葫芦庙里一个小沙弥，因被火之后无处安身，想这件生意倒还轻省，耐不得寺院凄凉，遂趁年纪轻，蓄了发，充当门子。雨村那里想得是他。便忙携手笑道："原来还是故人。"因赏他坐了说话。这门子不敢坐。雨村笑道："你也算贫贱之交了。此系私室，但坐不妨。"门子才斜签着坐下。

雨村道："方才何故不令发签？"门子道："老爷荣任到此，难道就没抄一张本省的'护官符'来不成？"

说着拿出一张护官符。

薛蟠这么坏的人，不仅打死了个人，而且当时他根本不在意，因为自然会有人给他处理。

贾雨村一看，"这样说来，却怎么了结此案？……"然后他该怎么办呢？那衙役对他说，你明天这样子……设坛请仙，先求神，说那是前世的因缘，是现世报。没办法了，这是神的旨意，这不是人力所能为。冯渊反正死了，他也没有亲眷，他那几个家人，只不过想多要点钱，然后你给他多点钱，反正薛家不缺钱，把他们打发了就行。

然后第二天设坛做法，请了个道士"呜里哇啪"念了一通，然后说这根本就不是什么人事哇，这是前辈子的孽缘呀，这个现世报，然后这样，多给点钱……他们拿着钱就跑了。

跑了以后，贾雨村马上写了一封信，把这个结果报贾政并京营节度使王子腾。他心里清楚，装神做局是欺骗老百姓的。弄个台阶下，向他们表达："我怎么样？我多少聪明，脑子很灵光的……"然后写一封"汇报信"，什么"令甥之事已完，不必过虑"，讲了这些事。

薛蟠犯的事情，第一，命案。第二，在贾府横行霸道，把人家蒋玉菡（戏子）弄来搞同性恋，而且他还希望把林黛玉娶到家里去。大家不是觉得林黛玉和贾宝玉是天作之合、木石前盟吗？其实不是的，林黛玉为什么到时候没有嫁给贾宝玉呢？因为林黛玉是在贾家和薛家联姻之后，配给薛蟠的。很奇怪吧？还真是这么回事。

薛蟠这个人坏事做绝，长得又难看，呆霸王，也不好好读书，但是从始到终没有一个人说薛蟠一句坏话，他更加没有挨打。就有一次贾宝玉挨打以后，趴在床上疼得不得了，睡也睡不下去。薛宝钗过来一看，就问袭人说："怎么好好的动了气，就打起来了？"袭人说好像听说是薛大爷的事儿。薛宝钗马上变脸说："……虽然彼时不怎么样，将来对景，终是要吃亏的。"然后就走了。袭人听薛宝钗这么说，吓出一身冷汗。

所以说，唯一想说他一句坏话的人，立马被他妹妹阻击，所以薛蟠是整个《红楼梦》里面运气最好的。到最后夏金桂脾气很暴躁，天天河东狮吼，每天"哇啦哇啦"，把薛蟠搞得很难过，结果，生孩子时死了。然后把香菱扶正，扶正之后也不太好，因为毕竟是个丫鬟，香菱又死了。他再娶一个大户人家的女子。所以这个时候，你就会发现曹雪芹不是贾宝玉，为什么呢？曹雪芹长得很难看，面黑身短，脸庞发黑，个子也比较矮，符合薛蟠的特征。贾宝玉个子不高，但是他长得非常漂亮。贾宝玉是古今小说中的第一帅哥。

薛蟠是《红楼梦》里面的一个旁观者，但是他又是运气非常好的参与者。他长得不帅，负担也不重。他没有读过书，每天跑来跑去。他是皇商，就是给皇帝采买丝绸、文物、食材等，所以他到处跑。他这个人别看很莽撞，不干正经事，但能力很强。

他经常到南方运货，运货回来以后，他很会打理，很仔细。对待坏人，他是有一套办法的。他弄了好多宫花，给他妹妹薛宝钗在贾府里送人情，每个人都送，连赵姨娘也送了。赵姨娘觉得，宝丫头真好，姑娘真好，连我都得了宫花。

所以说薛蟠是一个很有心的人，而且他特别爱林黛玉。《红楼梦》里面有一句话，讲元春省亲来的人很多，大观园里也非常挤。这个时候薛蟠最忙，薛蟠因为害怕薛姨妈被挤到，又怕薛宝钗被人瞧见，又怕香菱被人躁皮，忙得十分不堪，忽然一眼看到了林黛玉的风流婉转，不禁酥倒在那里。书中就描写了这么一句话。所以《红楼梦》里面好多隐在后面的人物关系，不是我们看到的这么简单。

2. 昔日笔名遮羞，今日笔名光芒

咱们现在姑且把曹雪芹当成作者，因为也没有第二个人再讲这个事，就胡适和鲁迅都把作者认为是曹雪芹。过去写小说不是正道，是小道。过去人们认为正道是科举，科举读的是"四书""五经"，"四书"是《论语》《大学》《中庸》《孟子》，实在没事干的人才写小说，写了小说不敢署真名，为什么？有辱家风！

但是小说可以赚到钱，可以改善生活。咱们现在的网络小说五十万字才开篇，一千万字都很正常。你在电脑上看一千万字是很累的，而且小说如果写得很难看，基本上是看不下去的。

（1）咖啡糖加三勺，张威唐家三少

网络文学第一大神叫"唐家三少"，小伙子挺好，叫张威。

后来我问他："为什么叫唐家三少？你也不姓唐？是你们家排行老几？"

他说："我是独生子。"

"那不对啊！怎么叫唐家三少？"

唐家三少很好，很主流，现在已经是中国作家协会主席团委员。中国这么多作家，他排名前四十。他一年的稿费五千万，而且他现在已经不要稿费了！大家随便读。大家知道网络文学是收费阅读的，前二十万字是免费的，你看了二十万字之后看习惯了，就像抽烟一样，上瘾了！以后就没有免费的烟了，去掏钱！

他不光卖版权，他最厉害的时候是一个字没写，就出个题目，比如说"手表"，就拍了五百万！他赚了很多钱，每天工作很简单，他住在北京昌平，早上九点开始写，写到十二点，下午三点开始写，写到五点，每天工作五小时，其他什么都不干，晚上就健身什么的。

为什么他要取名叫"唐家三少"呢？他说他喜欢喝咖啡，咖啡他喜欢加糖，糖加得很多，加三勺。叫"糖加三勺"好像不像个人名吧！那怎么办？就改成"唐家三少"，所以和唐姓一点关系都没有，他母亲也不姓唐，父亲也不姓唐，他所有亲戚里没有一个姓唐的。就是"糖加三勺"的缘故，他叫"唐家三少"。

还有一个网络作家叫"蝴蝶兰"，搞了一个花名，还有叫"烽火戏诸侯""小鬼儿儿儿"的，还有叫"我吃西红柿"的，这是一个很有名的网络作家，还有叫"天蚕土豆"的，还有叫"月关"的，为什么叫"月关"呢？他说："本来想叫'朕'，后来想，不行，封建色彩太重，把'朕'分开，就叫'月关'。"还有一个叫"鬼子精"。

这些人为什么要起这些奇怪的名字呢？就是因为网络文学刚开始的时候，也是不被人认可的，所以这个时候如果写自己的本名，有人问："你每天干什么活啊？"他说："我就是个写网络文学的。"家长也受不了，同学也受不了。比如碰到他爸说："你儿子干什么工作的？""没工作。""为什么没工作？""他说在家里写网络小说。"这好像不是个正事，"他能挣多少钱？"不敢说。"一年挣五千万？""不太可能！"所以就要起几个化名。

所以几百年前和几百年后的事情是一样的。《圣经》里说："太阳底下无新事。"过去发生的事情，将来还会发生；现在发生的，以前都发生过。在过去叫什么兰陵笑笑生（就是写《金瓶梅》的），不知道是谁，再比如，西周生的《醒世姻缘传》，"西周生"也不知道是谁。曹雪芹也是这样，不敢署真名，于是就写个"雪芹"，怎么样？

（2）出大名靠打造，当大官找祖宗

胡适考证曹雪芹，考证之后说："名霑，字梦阮，雪芹是其号，又号芹圃、芹溪。祖籍辽阳。"

辽阳现在是辽宁的一个地级市。曹雪芹是什么人？有人说是辽阳的，辽宁人；有人说是丰润的，河北人；还有人说是南京的，江苏人。为什么？他出了名。其实那个时候谁也不喜欢他，他自己都活不下去。后来还给他整了一个非常高贵的出身，他原来是汉族，后来是满洲正黄旗的包衣人，他的祖母做过康熙的保姆。

这个很有意思，一旦出了名或当了大官之后，就开始找祖宗。

为什么要让曹雪芹变得出身高贵一点？因为曹雪芹家里面一定是要过得非常好的，他不仅是一个亲历者，他还是一个旁观者，他对贵族生活的了解非常准确、细致，所以说《红楼梦》是一个非常不谦虚的小说。毛主席说，谦虚使人进步，骄傲使人落后。谦受益，满招损，但是真正伟大的人是从来不谦虚的。

（3）送走后主性命，留下千古绝唱

南唐后主李煜，写下这首《虞美人·春花秋月何时了》：

春花秋月何时了？往事知多少。小楼昨夜又东风，故国不堪回首月明中。

雕栏玉砌应犹在，只是朱颜改。问君能有几多愁？恰似一江春水向东流。

他写了句"雕栏玉砌应犹在，只是朱颜改"，第二天，八月十五，一家人正在吃饭，这个时候赵光义派了一个太监过来，说赐予你牵机之药。牵机之药就是毒药。人吃了以后就像拉弓一样的，一会儿扳过来一会儿扳过去地痛苦，肠断而死。

我举这例子就是说明，为什么大家把曹雪芹搞得这么高贵，因为必须给小说的内容找一个比较充分的理由，而只有亲历过的人才知道这么多细节。

（4）没有丰富阅历，就没有审美眼光

有一个才子上京赶考，落难之后在小姐家的后花园念了一首诗。念这首诗的时候，小姐听见了，"念的诗写得非常好！"看看谁在这儿念诗、写诗啊，写得这么好？一看，是一个少年公子，长得骨骼清奇，身高一米八，非常帅，就是穿得比较破烂，一问是上京赶考的，盘缠没了，落难到此。小姐一看这人急需用钱，赶紧投资。然后把他叫过来，两个人私订终身。公子拿了钱上京赶考，结果一考而中，得了状元。最后皇帝问："状元郎，你有什么想法？我想把女儿嫁给你！"

"不行不行，我在路上还有一个小姐。对我非常好，我要奉旨成婚。"

就有了这三步曲：私订终身后花园，落难公子中状元，奉旨成婚大团圆。曹雪芹在《红楼梦》里面非常嘲笑这种故事情节，说一看就是小户人家想出来的。

过去我们山西的农民，在当时粉碎"四人帮"以后，说江青生活腐化，说她床头放一个白糖罐，窗檐放一个红糖罐，早上起来吃白糖吃红糖。他觉得腐化的生活是什么？能吃上红糖和白糖。我在甘肃工作的时候听了一个故事，说是改革开放之后生活比原来好了，能吃饱饭，因为甘肃好多地方吃不饱饭。他们能吃到的好东西是炒面，就是用洋芋粉、土豆、玉米炒面，加了白糖，很好吃。他们说领导人可能也就吃这样的饭，而《红楼梦》的细节写得是非常传神到位的。

（二）曹雪芹的背景

曹雪芹是汉族，后来成为八旗包衣人，大家知道清朝有八旗子弟，正黄旗、正白旗、正蓝旗、正红旗、镶黄旗、镶白旗、镶蓝旗、镶红旗。那么贵族是什么？是正黄旗、正红旗。

1. 莫笑奶妈嬷嬷鄙微，励志后辈航行扬帆

曹雪芹的曾祖母孙氏做过康熙帝玄烨的保姆。祖父曹寅做过玄烨的伴读和御前侍卫，后任江宁织造，兼任两淮巡盐监察使。这很有意思，这个保姆有什么了不得的地方？

其实不对，保姆在过去是一个非常特殊的群体。大家知道，过去的少奶奶是不奶孩子的，只生不养，因为少奶奶在家庭中是要应酬的（比如打麻将等），所以贵族家里每个人都有个奶妈。《红楼梦》里贾宝玉的奶妈这个角色很重要，当宝玉被马道婆搞得头昏脑胀时，他奶妈看到宝玉这个样子，哭得很厉害，但是王夫人都没怎么哭，为什么？王夫人和贾宝玉的感情当然是母子连心，但是他更多的时候与保姆待在一起。从小保姆每天要抱他在怀里，把一个小毛头一点点养到十几岁，所以说保姆和主子的关系是非常好的。因此做过康熙帝玄烨的保姆，是一个有很多特权的人。而且如果你仔细看《红楼梦》，会发现很有意思，贾家对保姆特别好。贾政的保姆叫赖嬷嬷。咱们对嬷嬷的印象不太好，《还珠格格》里面的容嬷嬷，把嬷嬷的形象都搞坏了。贾政的赖嬷嬷，她的儿子是赖大，赖大是荣国府的大管家。他的儿子好好读书天天向上，然后考取功名，在外做官。

2. 贾府上下善良无能，想坏必有环境条件

由于赖家在贾府好多年，从赖嬷嬷、赖大到他儿子，努力发展生产，搞经营，家里面也挣了一份家业，家业还是相当不错的，在普通人家范围内算是过得很好了。后来赖大的儿子要出去做官，举行了一个小宴会，贾母出席。在当时，一品诰命夫人贾

母出席一个嬷嬷的孙子这么一个宴会，这让赖家非常有面子。

当然贾家有无奈之处，就是贾家的子弟个个不争气。贾府为什么会灭亡？因为贾府所有的人都是善良的笨蛋。贾府里面没有一个坏人。贾宝玉是一个好人；贾琏很好色，贾母骂他："……成日家偷鸡摸狗，腥的臭的，都拉了你屋里去。"但贾琏这个人非常善良。

书中有一个故事，当时有个石呆子，有二十把扇子，扇子上有古画，很值钱。贾赦对贾琏说："你去把它给我弄过来，我想要那些扇子。"然后贾琏去找他，说："这扇子多少钱，我买你的。"石呆子说："我一分钱不要，打死我也不卖这些东西。"贾琏无奈，回来说："不行，这个石呆子人家不卖。我有什么办法？东西是他的，我和他谈判，他不卖我也没有办法。"这时贾雨村正好到贾府去拜访，听说之后说："这没事儿，我来弄！"他当时是县令，他把石呆子拿过来之后，打一顿，说他抗拒官银不交，罚款。没钱，把扇子给罚了！然后把人家弄得家破人亡，把扇子交给了贾赦。贾赦说："看看，让你去，你就办不成，人家贾雨村怎么就能办成啊？两三天时间就办好了。"贾琏说："为了一把扇子，弄得人家家破人亡，也不是什么好事。"

所以贾府的人都是非常善良的，但是都没有能力。为什么？因为坏人也需要环境。坏事一定是很难的事，甭管说"人之初，性本善"，还是"人之初，性本恶"，坏是一种能力。包括现在很多贪官真的能干！别说他们只会贪，不干事。说实话，不干事，他们能贪得到吗？只有在干事的过程中间，才能贪污。坐在家里，谁给你送钱？所以为什么说"边干边贪"呢？因为是二位一体的。干的过程中，工程很多，我给你做、不给他做，你给我钱、他不给我钱，然后一件事就办成了。所以说一条路修过了、修好了，一批干部倒下了，因此坏也是有环境、有条件的。

贾府是一个养尊处优的环境，所有的人，不管男的还是女的，都没有工作。没有工作，你就不和外人打交道，整天在荣国府院子里，然后再搞个小院子，大观园，所以想学坏没条件，就都是些善良的笨蛋。所有的事都交给王家，所有外面收租的事都交给薛家。被王家和薛家架空了，你不灭亡等什么？所以毛主席说《红楼梦》描述的是封建社会必然灭亡的必然规律，事实上这说的是大环境、大形势，那么小环境、小形势是什么？就是如果一个从政的家中没有能干的人，也是一定会灭亡的。

贾府子弟不争气啊！最后贾宝玉考了科举，从头开始，但是我觉得高鹗还是比较善良的。好多人就不善良，非要来落个"白茫茫大地真干净"。不管怎么说，这帮人还是很聪明的。贵族，他可能是一个纨绔子弟，但是他的智力绝对不会比普通人差！为什么？基因好。

3. 奴家后代自强不息，贵族前辈光鲜犹在

还说这个桥段，赖嬷嬷把贾母请过来，贾母为什么要巴结赖嬷嬷呢？因为赖家的孙子做了官，今后有什么小事情大事情，有他可能就耽误不了。小事情说一声，他就有办法了。

这个时候，赖嬷嬷就讲了一段话，这话写得很有意思，她指着赖大的儿子说："小子，别说你是官了，横行霸道的。你今年活了三十岁，虽然是人家的奴才，一落娘胎胞儿，主子的恩典，放你出来；上托着主子的洪福，下托着你老子娘，也是公子哥儿似

的读书写字，也是丫头、老婆、奶子捧凤凰似的。长了这么大，你哪里知道那奴才两字是怎么写？只知道享福。也不知你爷爷和你老子受的那苦恼，熬了两三辈子，好容易挣出你这个东西。从小儿三灾八难，花的银子，照样也打出你这个银人儿来了。到二十岁上，又蒙主子的恩典，许你捐了前程在身上。你看那正根正苗，忍饥挨饿的有多少？你一个奴才秧子，仔细折了福。"

所以说嬷嬷这一行当是非常有发展前途的，以后要对家里阿姨好一点。曹寅就沾了光，做江宁织造。江宁是今天的什么地方？就是今天的南京和苏州。

中国古代是自然经济，男耕女织，你耕田来我织布，你挑水来我浇园。但是有两个东西是需要靠市场的，一个是盐，一个是丝绸。丝是奢侈品，当时南方养蚕。上海当时属松江府，它属于苏州管辖范围，上海是苏州下面的一个县，是松江府的"纺织国"，改革了纺织技术。在当时掌握了蚕丝贸易和盐政的，就是大富之家。

江淮是主盐政，江宁是主丝绸。电视剧《那年花开月正圆》里讲一个叫周莹的，她把土织布机变成机器织布机，把资本从东南沿海一步一步移到陕西，可以看出，当时周莹把不到几分几钱的棉纱变成了一两银子的棉布，这就是利润，而且利润很高，因此那个时候控制盐业和纺织业的是相当有钱的。所以曹雪芹为什么可以把贵族生活写得那么仔细、那么细致，因为首先，他出生在一个大富人家。

曹雪芹写林黛玉进贾府时，贾府正在吃饭，用餐时都不作声，安静地吃，不聊天。咱们现在吃饭是一边吃一边聊天，不聊天的很少。他们吃饭的吃饭，递茶水的递茶水，还有递手帕的，都安安静静的。他写贾母坐的椅子，搭的是半新半旧的毯子。鲁迅写过一篇文章，说要是一般人写富贵人家，一定写得金玉满堂、金碧辉煌，而这样的写法写的是暴发户，绝对不是贵族。

4. 高端大气定上档次，低调奢华必有内涵

什么是贵族呢？贵族就是把新钱变成旧钱。我花我自己的钱，这是暴发户；花我老子的钱，这是官僚；花我祖宗的钱，这才是贵族。所以说为什么写贾府里面的东西都是半旧的呢？这些都是从他们的上上上代传下来的。人家用的是文物。

晚上的时候，贾府里怎么样？找个戏班子，自己就搞一台演出，然后"笙歌归院落"，歌舞升平，"灯火下楼台"，下楼熄灯的时候，如果灯火少，一口气都吹灭了，但这里是一点一点地四处熄灭，这个就是家里富裕繁华的感觉，不需要写多少黄金多少宝玉，那都不值钱了。

曹雪芹写的是真正贵族的生活是什么样子，他描写的每个细节都是低调的奢华。这就叫"高端大气上档次，低调奢华有内涵"，属于这种状态。他祖父既当过江宁织造，又当过巡盐监察使，两个最有钱的活儿都让他一个人干了，所以他们家不可能不富裕。马克思说，经济基础决定上层建筑，所以只有有这样生活经历的人，才有这样的气象。

5. 曾经富贵虽已落魄，过去腔调还要有点

曹雪芹在《红楼梦》第一回说，晚年的时候，他很落魄。"生于繁华，死于沦落"，那个时候"瓦灶绳床，举家食粥"。家里面连灯都点不起，拿一两块砖头弄个灶，弄两根绳子建个方便吊床

睡觉，家里面天天喝粥，但是"举家食粥酒常赊"，我哪怕天天吃不上饭，酒还是要喝的。为什么？他要这种感觉！

有个作家叫陈丹燕，在《上海的金枝玉叶》里写道：有些沦落的资本家小姐住在亭子间里面，下午茶一定要吃的。为什么？她是要一种感觉，并不是说她一定会怎么样，她觉得"这是我的一种生活习惯"。

有一个童话故事叫作《豌豆公主》，是写贵族写得最好的作品。一个国王要给自己的儿子找一个真正的公主，贴了榜，很多人都来应聘，结果都不是。一天下大雨，一个小姑娘满脚是水，赤脚奔过来，说："我是公主！"她又急又饿，吃了饭以后就睡在一个非常豪华的酒店里。第二天早晨起来，别人问她："睡好了没有？"她说："没睡好，昨天晚上有个什么东西硌着，我一晚上睡不着……"床上铺着八层鸭绒被，下面有一个豌豆，惹她睡不好。为什么？因为她从小的时候就过着非常舒服的生活，所以她对八层被子下的豌豆能感觉到，她对床上的任何障碍物都很敏感。

所以说，他有这种生活经历，"瓦灶绳床""举家食粥酒常赊"，大家经常说，曹雪芹过得真惨啊！但"举家食粥"，也忘不了"酒常赊"，就是说尽管没钱喝酒，但是酒还是要喝的。

陶渊明当时回到乡下，归居园田时也是这样的，天天赊酒喝。喝酒是一种感觉，是一种身份的象征。那意思是说，我早年的时候就这么过下来的，改不了了，也不会去改！

你看《红楼梦》，里面的小孩子十三四岁时都喝酒，而且喝酒还喝热酒。喝的是白酒，不是红酒、黄酒。可能黄酒喝一点，但是主要是白酒。贾宝玉那会儿也已经开始喝葡萄酒。

刘姥姥当时一进荣国府的时候，让她喝葡萄酒，她说："这个酒就像蜜水一样的……"结果一喝，她喝多了，喝多了以后睡在贾宝玉的房间里面，然后打鼾放屁说梦话，弄得别人非常不爽。

这个时候林黛玉、史湘云这些小姑娘在干什么？不仅喝酒，而且还划拳。现在我们公务接待不让喝酒，划拳也被认为是一种不雅的行为。别说女孩子，男孩子也都不玩了。过去贵族家庭里面，喝酒、划拳、赌博三件宝，贵族的生活就是这样子的，他们没什么事做。

6. 消沉的北京人颓废腔，精怪的上海人看不懂

曹雪芹从小生长在这种大富大贵之家里面，康熙六下江南，四次由曹寅负责接驾，住在曹家。曹雪芹见过这样的世面，所以他可以把元春省亲写得那么具体、那么真实。

北京很有意思，北京有好多非常穷的人，住在皇城，穷到什么程度？喝酒没菜，吃不起菜，连咸菜也吃不起，然后找颗钉子，钉子要生锈的，越锈越好，喝口酒，拿颗钉子放在嘴里嗺嗺。人家劝他："你找点活干嘛……"

"不，那我不干！"

"为啥？"

"我皇城根儿现在混着！"

他宁愿穷死，嗺钉子喝酒，也不干活！为什么？"我跌不起这份儿！"老北京好多人都是这种感觉。上海人不可能理解，看不懂。

你要知道，曹雪芹也是这种人。祖父过世后，他们家三代四人担任江宁织造六十多年，所以家里面曾经是财货非常之多，他们讲"贾不假，白玉为堂金作马"，真是这样。所以在这种情况下，曹雪芹是见过大世面的人，他对生活是一种厌倦的欣赏。当所有的事情都结束以后，他很厌倦。晚年的曹雪芹沦落了，移居到北京西郊，"满径蓬蒿"，"举家食粥酒常赊"。好多人都只说是"举家食粥"，忘了他"举家食粥"的同时，没钱的时候也要喝点酒，这才是贵族的一种感觉。就和陈丹燕说的一样，"再赔钱，下午茶还是要吃的；正餐可以不吃，下午茶一定要吃的"。

1762 年，乾隆二十七年，曹雪芹的幼子夭亡，他陷于过度的悲伤和悲痛中，卧床不起。那年除夕，他贫病交加去世了。曹雪芹死之后，《红楼梦》就成了残篇断章。

但事实上曹雪芹不是《红楼梦》的作者。中国古代有好多小说没有具体的作者。现在的小说都有作者：这是贾平凹写的，这是王安忆写的，这是叶辛写的，这是陈忠实写的……过去不是这样，过去都是集体创作。

《红楼梦》最开始的时候是一个才子佳人小说，不是我们现在看到的这个样子。曹雪芹是一个改编者，是一个修改者。修改了多长时间？修改了十年。他在修改中，披阅十载，增删五次，分出章回，列出条目。所以曹雪芹是一个修改者，不是原创者。原创者是谁？谁都不知道。

（三）作者生平

这是曹雪芹的生平表：

· 雍正二年（甲辰 1724）闰四月二十六日生。

· 雍正三年（乙巳 1725）四月二十六日芒种周岁，遂以芒种为生辰之标志。

· 乾隆元年（丙辰 1736）曹雪芹十三岁，是年四月二十六日又巧逢芒种。

· 乾隆二年（丁巳 1737）正月，康熙之熙嫔薨。嫔陈氏，为慎郡王胤禧之生母（书中"老太妃"薨逝）。

· 乾隆五年（庚申 1740）康熙太子胤礽之长子孙誓谋立朝廷，暗刺乾隆，事败。雪芹家复被牵累，再次抄没，家遂破败。雪芹贫困流落。

· 乾隆十九年（甲戌 1754）《脂砚斋重评石头记》初有清抄定本（未完）。

· 乾隆二十年（乙亥 1755）续作《石头记》。

· 乾隆二十一年（丙子 1756）脂批于第七十五回前记云："乾隆二十一年丙子五月初七日对清。缺中秋诗，俟雪芹。"是为当时书稿进度情况。脂砚实为之助撰。

· 乾隆二十二年（丁丑 1757）友人敦诚有《怀曹雪芹》诗。顾右翼宗学夜话，相劝勿作富家食客，"不如著书黄叶村"，此时雪芹当已到西山，离开敦惠伯富良家（西城石虎胡同）。

· 乾隆二十三年（戊寅 1758）友人敦敏自是夏存诗至癸未年者多咏及雪芹。

· 乾隆二十四年（己卯 1759）今存乙卯本《石头记》抄本始有"脂砚"批语纪年。

· 乾隆二十五年（庚辰 1760）今存庚辰本《石头记》，皆"脂砚斋四阅评过"。

· 乾隆二十六年（辛巳 1761）重到金陵后返京，友人诗每言"秦淮旧梦人犹在""废馆颓楼梦旧家"，皆隐指《红楼梦》写作于乾隆二十七年（壬午 1762），敦敏有《佩刀质酒歌》，记雪芹秋末来访共饮情况。脂批"壬午重阳"有"索书甚迫"之语。重阳后亦不复见批语。当有故事。

· 乾隆二十八年（癸未 1763）春二月末。敦敏诗邀雪芹三月初相聚（为敦诚生辰）。未至。秋日，受子痘殇，感伤成疾。脂批："……未成，芹为尽而逝；余尝哭芹，泪亦待尽……"记之是"壬午除夕"逝世，经考，知为"癸未除夕"之笔误，卒年五十岁。

（四）作品版本

《红楼梦》有十一种版本，现在共计有十二种：

1.《脂砚斋重评石头记》（庚辰秋月定本）

2. 乾隆甲戌（1754）脂评本

3. 乾隆己卯（1759）冬月脂砚斋四阅评本

4. 蒙古王府本（蒙府本）

5. 戚蓼生序有正书局石印本（戚序本）

6. 戚蓼生序南京图书馆藏本（戚宁本）

7. 乾隆甲辰（1784）梦觉主人序本

8. 乾隆己酉（1789）舒元炜序本（舒序本）

9. 郑振铎藏本（郑藏本）

10.《红楼梦稿》本（梦稿本）

11. 乾隆辛亥（1791）程伟元初排活字本（程甲本）

12. 乾隆壬子（1792）程伟元第二次排活字本（程乙本）

《红楼梦》刚开始的时候是一个抄本，没有印刷本。在抄的过程中，有的人抄得很细致，像馆阁体的抄本，是非常严谨的，但是很多是像孔乙己这样抄的，一边抄一边把笔墨纸砚都丢了——孔乙己给人家抄书，过两天没饭吃了，就把这些东西变卖了，结果到最后人也不见了，笔墨纸也不见了，抄过的纸也不见了，只好重抄——《红楼梦》在抄的过程中还有脱字漏字，而有多少抄本就有多少版本，现在发现的一共有十二种版本，我们最开始接触到的是第一种《脂砚斋重评石头记》（庚辰秋月定本）。

1. 脂砚斋是谁？

有的人说脂砚斋是曹雪芹的妻子，有的人说是他朋友，有的说是他的老师。从现在的资料来看，她应该是曹雪芹的一个红尘知己。

这个女的可能比曹雪芹略年轻一点，但不会太年轻。曹雪芹当时五十岁，她大概四十几岁，住在当地一个离曹雪芹家不远的地方，家境尚可。所以她过段时间就会提点酒菜、点心等到曹雪芹家里去。曹雪芹家里这个时候比较穷，但是他又不是一个愿意给别人干活的人，所以他就宁愿穷死。这个时候脂砚斋就接济他，接济以后又对稿子改一改。脂砚斋这个女同志，她的欣赏水平非常高，而且跟曹雪芹关系非常好，可以给他提意见。曹雪芹看看她的意见写得怎么样，再开始修改。

所以这种情况下，脂砚斋应该是《红楼梦》的共同创作者。所以《脂砚斋重评石头记》，我们看的时候，这边是抄本，这边是评本。她的点评水平非常之高，要不然按照曹雪芹的眼光，他还看不上这些点评的。

还有一个叫畸笏叟。脂砚斋是女的，畸笏叟是男的，应该是一个年龄比曹雪芹偏大一点的男人。笏是什么？就是笏板。咱们现在到单位的时候用门卡，挂在脖子上，一刷，就进门了，或一刷，就是饭卡，或一刷，就能借书。过去的人上朝的时候拿个笏板。笏板是什么做的？象牙或木、竹、玉。它主要干什么用？两件事可以干：一个就是上朝的时候挡着自己的脸，不敢看皇帝。皇帝是天颜嘛！天颜你不敢看的，你要挡住自己的脸。还有个主要的功能，它是记事本。今天要给皇帝汇报几件事，写在上面。

笏板是长的，中国过去写字是竖着写的。一二三四……汇报前先列个提纲。汇报的时候，跪在下面，然后偷看，第一条是什么，第二条是什么……写完以后可以擦掉，第二天还可以重复用。这个叫笏。笏的上面，是稍微有点翻卷的。

畸笏叟，就是说这个笏已经畸形了。他可能丢官在家，闲居无事。这两个人给曹雪芹提意见，畸笏叟提得比较少，脂砚斋提得比较多。

八六版电视剧《红楼梦》有一个桥段很出名，就是"秦可卿淫丧天香楼"。这个故事在《红楼梦》里是没有的，但是在八六版《红楼梦》小半集讲这个事儿。贾珍看见秦可卿一个人在房间里，贾珍突然过去把她抱住，然后看见了一个簪子，"这个簪子挺好，给我！"簪子刚刚拿起来，外面有人来了，于是他就跑了，把簪子落在了秦可卿的房间里。后来它被发现了，秦可卿悲愤难当。因为公公和儿媳妇私通，是有辱家风的事儿，结果秦可卿就上吊自杀了。

这一段《脂砚斋重评石头记》里面写得非常清楚，这个故事原来是有的，但是脂砚斋看了以后认为不好，命雪芹删去，删掉之后就变成现在的样子。

但是非常遗憾的是，我们现在很多研究《红楼梦》的人，包括要把《红楼梦》原本还原的人，恰恰违背了曹雪芹的本意。曹雪芹为什么批阅十载增删五次呢？他要把像《金瓶梅》一样充满着男欢女爱、男盗女娼、诲淫诲盗的这样一个才子佳人小说，变成一个有高度审美取向和完美人物形象的文学精品。

曹雪芹打磨这一文学精品用了十年，然后形成了现在这个样子，却被我们后代很多自以为聪明的人、不了解的人给倒回去了，开历史倒车！所以你看，他批阅十载、增删五次，每次起的名字都不一样。最开始叫《石头记》，第二个《乾隆甲戌脂评本》，第三个《乾隆己卯冬月脂砚斋四阅评本》，还有第四第五第六第七第八第九第十一第十二，还有程甲本和程乙本，还有戚序本和舒序本。鲁迅写《中国小说史略》的时候，他用的是戚序本，这个大致没多大差别，但个别的字不太一样。这个对研究版本学的人很有用处，但是对于我们这些普通读者来说，基本上没什么用处，大家随便看看就可以了。

但是需要提出的是，胡适有一个十六回本的《红楼梦》，就十六回，但是注释特别多。1949 年 1 月 1 日，解放军把北平包围了。胡适让自己的长子看着北平家里的图书什么的，自己只身南下，随身只带了一本书，就是脂砚斋批的十六回本的《红楼梦》。但是大家认为，这个十六回本的《红楼梦》可能是胡适伪造的。他想考证这些事情，没资料！怎么办？自己编。所以好多时候，其考证的材料本身是真是假都搞不清楚。

我一个同学考博的时候遇到一道题，"请你评论一下冰心的小诗"，如冰心的小诗《母亲》等等，但是他记不起来冰心的诗了，他就自己编了几首，然后加以评论，结果他得的分还很高，因为老师也记不起来了！所以说这考证材料的本身是真还是假？不知道。但这很重要。为什么许多人对胡适的考证不信呢？因为胡适有伪造材料的习惯，他没东西的时候就会自己编一个。

2. 为人不读《红楼梦》，遍读诗书也枉然

《红楼梦》出来以后，众说纷纭。当时有一句话叫作，为人

不读《红楼梦》，遍读诗书也枉然。

大家可能认为，过去不是都读四书五经吗？四书五经当然是很重要的，读四书五经就和学习课文一样，语文、数学、物理、化学、英语，中考高考都要考，而且确实很枯燥。要不是考试，没有一个学生想学这些，都喜欢看网络小说。

我女儿下课回来把门关上，"我好好学习！"然后看半天，一个字不写！干什么？看网络小说，看什么《精灵梦叶罗莉》《巴拉巴拉小魔仙》，从小看到大。为什么？因为她喜欢让自己身心比较愉悦的东西，不喜欢看那些高头讲章。所以当时《红楼梦》出来以后，还在市井流传抄本的时候，就讲，为人不读《红楼梦》，遍读诗书也枉然。

当时《红楼梦》价格很高，卖书卖到数十万金。就是一个抄本，卖几十两银子。当时的几十两银子不得了！你想《红楼梦》里面，晴雯和袭人这样的大丫鬟在贾府地位很高，一个人月钱是一两银子。一两银子可以让家里过得非常好了！那《红楼梦》几十两银子一本书，还很畅销。所以为什么高鹗开始印刷《红楼梦》？就是看到了里面的商机。到现在为止，《红楼梦》每年可以卖到几百万册。在出版社工作过的同志可能知道，这叫作"公版书"。

什么叫"公版书"呢？就是版权已经失效了。比如一个作家的书，版权要签给你。贾平凹的书，他要签五十万本，就是要按照五十万本给他付版税，但是比如他这个书只能卖二十万本。卖二十万本之后，一年就卖不了多少了，但是你还必须按照五十万本的版税给他付稿费。所以出版社出这些活着的作家的书，十之八九是要亏本的，但是你不能不出，你不出的话，到时候你的江湖地位就没有了。莫言获得了诺贝尔文学奖，引起全国的轰动，当时宣传部领导给我们每人买一套，发给我们，大家都在看。当时我还在上海的宣传部当处长，就给一位领导同志写了一篇文章《不喜欢莫言很正常》，提前打个预防针。为什么？因为莫言的小说的思维方式和我们中国人传统的思维方式完全不一样。我们写的是人事，他写的是鬼事。他是用鬼和巫的眼睛来看世界的，所以他看到的世界都是变形的世界，都是和我们正常人感觉不一样的世界。他是用一种农村的妖魔鬼怪的眼光来写的，而我们从《诗经》开始，都是欣赏"关关雎鸠……"这一类的。莫言是屈原的眼光，我们是孔子的眼光，不一样。所以我就写了《不喜欢莫言很正常》。后来这位领导看了我的文章也说，看了宣传部材料，就数这篇文章写得好。为什么？因为他也看不下去。

当时《红楼梦》不仅一时风行，洛阳纸贵，而且续书很多。清代有续书，民国有续书，到现在还有续书的，只有《红楼梦》。续书有前后《红楼梦》《红楼戏梦》《红楼古梦》《红楼新梦》等等。

（1）红楼续书·清代续本

·逍遥子《后红楼梦》

·秦子忱《续红楼梦》（又称《秦续红楼梦》）

·兰皋居士《绮楼重梦》（又称《红楼续梦》《蜃楼

情梦》《新红楼梦》)

· 陈少海《红楼复梦》

· 海圃主人《续红楼梦》(又称《续红楼梦新编》《续红楼梦稿》《海续红楼梦》)

· 梦梦先生《红楼圆梦》(又称《绘图金陵十二钗后传》)

· 归锄子《红楼梦补》

· 郎袁山樵《补红楼梦》(又称《增补红楼梦》)

· 花月痴人《红楼幻梦》(又称《幻梦奇缘》)

· 云槎外史《红楼梦影》

· 张曜孙《续红楼梦》

· 无名氏《红楼拾梦平话》

· 赝叟《红楼逸编》

· 惜花主人《太虚幻境》

· 吴沃尧（署名"老少年"）《新石头记》

（2）红楼续书·民国续本

· 颍川秋水《红楼残梦》

· 毗陵绮缘《红楼全梦》

· 郭则沄《红楼真梦》(又称《石头补记》《红楼春梦》)

· 陶明浪《红楼梦别本》(又称《木石缘》《宝黛因缘》《新续红楼梦》《红楼三梦》)

· 刘承彦《红楼梦醒》

· 姜凌《红楼续梦》

· 无名氏《红楼后梦》

· 无名氏《红楼再梦》

· 无名氏《红楼重梦》

· 无名氏《再续红接梦》

· 无名氏《三续红楼梦》

· 无名氏《红楼补梦》

· 无名氏《疑红楼梦》

· 无名氏《疑疑红楼梦》

· 无名氏《大红楼梦》

· 无名氏《风月梦》

· 无名氏《红楼翻梦》

· 继又云所见抄本《红楼梦》

· 端方藏抄本《红楼梦》

· 三六桥藏本《红楼梦》

· 陈套庵所见旧时真本《红楼梦》

· 戴诚甫所见旧时真本《红楼梦》

（3）红楼续书·当代续本

· 张之《红楼梦新补》，山西人民出版社 1984 年版，
三十回。

· 周玉清《红楼梦新续》，团结出版社 1990 年版，
四十回。

· 都钟秀《红楼遗事》，中国文学出版社 1994 年版，
三十五回。非传统章回体，但语言仍然模仿原著。

·周汝昌《红楼梦的真故事》，华艺出版社 1998 年版，非章回体。

·胡楠《梦续红楼》，作家出版社 2007 年版。

·西岭雪（本名刘恺怡）《西岭雪续红楼》系列，以人物为主线分成几部，如《黛玉之死》，作家出版社 2008 年版。

·刘心武《刘心武续红楼梦》，江苏人民出版社 2011 年版，二十八回。

上面的几十种还只是一部分。为什么？因为说不尽的《红楼梦》，所有人都从里面看出了自己喜欢看的东西。它本身的存在就是巨大的不可超越的墙，就跟长城一样，你可以翻过去，但是你永远不可能取代它。

3. 有些作家境界不到，续书犹如狗尾续貂

2012 年，我到非洲去访问，随身就带了一本续《红楼梦》。我躺在非洲佛得角。那是一个小国家，而且特别小。小到什么程度？就是从 A 地到 B 地永远是一分钟，它的整个面积大概像我们虹口区这么大。国宾馆像我们街道的小旅馆。躺在床上看《红楼梦》感觉挺好，但是越看越看不下去，写得真是太烂。这作者也算是当代文坛的巨匠，但是他的眼界、见识、水平，和曹雪芹差距很大。他怎么写呢？现在是一百二十回的《红楼梦》，他说《红楼梦》应该是一百一十回，没有一百二十回。写到最后变成一个神话故事，就是他非要把《红楼梦》给它做圆，说最后林黛玉成

仙了，怎么成仙的呢？她穿着一件大斗篷似的衣服，然后看见池塘的水，不由自主地走到池塘里面，然后衣服还在，人不见了。为什么？她回到了天河岸边，当她的绛珠仙草去了。最后史湘云和贾宝玉两个人结婚了。结婚之后没事干，怎么办？就去当乞丐了。说三百六十行，乞丐也算一行，两人当乞丐之后，虽然饿不死，但是吃不饱，也很冷。两个人情绪很高，过得很愉快，每天都感觉到生活很满足……他就把贾宝玉这样一个有身份、有品格、有味道、有贵族血统的人，写成一个傻瓜蛋？！然后你就会发现，《红楼梦》在他手里被糟蹋到了普通人都不可接受的地步。像曹雪芹这样的人，可能是千古第一人，他可以把一个非常奇怪的故事写得这么美好，但是有些作家境界不到，他们的续书，难免狗尾续貂。

（五）《红楼梦》探佚

还有《红楼梦》探佚学，也给大家提一下，什么叫"探佚学"？就是《红楼梦》前八十回没有什么可争议的，后面四十回高鹗续了之后，这些人觉得续得不好，探佚学就从书里枝枝节节的一些地方去找原文是什么。

《红楼梦》研究里有两派人，一派认为《红楼梦》是真本，一派认为《石头记》是真本，好多人都不承认《红楼梦》，非要把它叫作《石头记》。其实严格来说，《石头记》是《红楼梦》的原初形态，《红楼梦》是《石头记》的高级形态。这有一个过程。

在《红楼梦》研究领域有两个大家，周汝昌和冯其庸，他们两个人都在中国艺术研究院《红楼梦》研究所工作，但是观点不一样。周汝昌认为《红楼梦》是一个世情小说，大旨谈情，讲的是爱情。冯其庸认为它是封建社会必然灭亡的历史记录（毛主席的观点），他用的是社会历史批评的方法。

周汝昌特别喜欢梁归智的探佚学，他说："我个人的红学工作历程，已有四十年的光景……"四十年看一本书不容易，这一本书再好看，看了四十年如何？但他可能越看越觉得好看。张爱玲说，她可以在任何时间从任何一页开始读《红楼梦》。她叫"详《红楼梦》"（"详"就是仔细品读的意思）。所以她把一本书品味品读到这个程度，也是不容易的。其实这倒也是，有的夫妻生活八十年也没生活够，也有看到一个人才两分钟就不爽了的。"我个人的红学工作历程，已有四十年的光景，四大支（曹学、脂学、版本学、探佚学）工作都做，自己的估量，四者中最难最重要的还是探佚这一大支……设没有探佚，我们将永远被程高伪续所锢谈而不自知。"

封建家族怎么从贵族走向平民，怎么样从靠祖上阴功到后代自己努力，这样一个历史的必然转折的过程，在程高本里体现得非常充分，但是我们很多固守所谓"版本学""脂学""曹学"的人，没有发现这其中所蕴含的必然规律。

（六）红学研究四大支，曹学、脂学、版本学、探佚学

真正的红学就是曹学、脂学、版本学、探佚学。比如我写一篇《红楼梦》中贾宝玉的形象分析的文章，或者写，林黛玉和薛宝钗到底谁更可爱？李纨与平儿是同性恋吗？妙玉到底是不是真的讲卫生？……这些都不是红学，这是小说研究。真的红学就是这四大支。

1. 什么叫曹学？

曹学就是研究曹雪芹的。因为曹雪芹本身也是一个谜，曹学研究曹雪芹以及曹雪芹的家世。咱们现在所说的曹寅等人，都是考证出来的。

2. 什么是脂学？

脂学，也就是研究脂砚斋评本。她的评本，在不同的评本中抄写的文字有些差异，但是差异非常小，就是这个地方十个字，那个地方十一个字，再一个地方二十个字。在我们看来没有什么意思，但是他们就研究这个。

3. 什么是版本学？

版本学，《红楼梦》十二个版本，他们拿来反复比对。程甲本、程乙本、梦稿本、郑藏本、舒序本、戚宁本、戚序本、蒙府本……哪些地方多了少了，厚了薄了。

4. 什么是探佚学？

探佚学，研究《红楼梦》的原来面目是什么。其实本来面目呢，曹雪芹自己都不知道。为什么？曹雪芹所做的工作是把《红楼梦》的本来面目一点点地改得不像本来面目。

四、《红楼梦》是一部内涵丰富、寄托想象、让人难以捉摸的神秘作品

鲁迅说:

> 单是命意,就因读者的眼光而有种种:经学家看见
> 《易》,道学家看见淫,才子看见缠绵,革命家看见排
> 满,流言家看见宫闱秘事。

鲁迅是非常伟大的文学家、思想家和革命家,毛主席说鲁迅是在文化战线上代表全民族的大多数,向着敌人冲锋陷阵的最正确、最勇敢、最坚决、最忠实、最热忱的空前的民族英雄。鲁迅的方向就是中华民族新文化的方向。鲁迅首先是个学者,他有一本书叫《中国小说史略》,他为什么写这本书?因为鲁迅那个时候从绍兴到了北京,在教育部当科长。当时的科长挺有权的,当时教育部下面就是处,处下面就是科,没有局,所以科长相当于

处长，他管全国的图书馆和博物馆，还是有权的。这个时候章士钊老起诉他，不让他当科长。鲁迅很生气，天天和章士钊"打架"。为什么？因为他生存成了问题了。公务员工资比较低，鲁迅就觉得光这点钱不够，因为他把他妈妈也接过来了，还要照顾周作人家里面，周作人当时在日本留学，鲁迅还得给他付学费，还有周建人一家人，还有朱安（鲁迅的妻子）。他不喜欢朱安，但是朱安是他妈妈给他送的礼物。朱安这人非常好，一直服侍他母亲。鲁迅觉得公务员工资比较低，然后就找了第二职业，到女师大去教课。所以他怎么认识许广平的？因为许广平是女师大的学生。女师大的学生刘和珍、许广平，都是天天听鲁迅讲课的。鲁迅写的《记念刘和珍君》，就是纪念这位女师大的学生。当时鲁迅每星期一下午在女师大讲课两小时，教中国小说史。那个时候管理比较松，所以在上班的时候可以抽时间去，星期一下午是上班时间，他去讲课也是可以的。

鲁迅那个时候住在绍兴会馆，每天早上八点钟起床，十点钟到单位晃悠，然后吃了中饭，下午上会儿班，就讲课去了。鲁迅对中国小说的研究非常深入。他曾经作过一本书叫作《古小说钩沉》。他在图书馆里把很多小说一点点从传奇、杂记、历史史料里面抄出来。他当时讲小说史的教材，出本书叫《中国小说史略》。

他讲《红楼梦》单是命意，读者的眼光不一样，看到的《红楼梦》也不一样。读《哈姆雷特》，一千个人心中有一千个哈姆雷特，而一千个人心中有一千零一个《红楼梦》。

1. 经学家看见《易》

经学家就是研究《周易》的人。看见《红楼梦》，就说简直是《周易》八卦的形象演绎啊！乾卦、坤卦、巽卦、兑卦、离卦……咱们这都不懂，这玩意儿真不懂！

（1）易的来龙去脉

我在甘肃天水工作两年。天水是伏羲画卦的地方，有卦台山，是一个小山包。那个地方有中国陆地的几何中心，叫天星山。传说八千年前，伏羲在那儿登上一座山，一看，渭河S形穿过，旁边一座山峰，四周环绕一个盆地，这边的山峰是一条线，这边两个山峰是相对的，他就看着盆地来画个〇，看见河画个S，看一条线，横画一条，两个山峰画两条，然后这边是河，那边是风，这边是水，那边是湖……就画了个八卦，从八卦开始又变成六十四卦，古今中外非常玄妙的东西都在里面隐含着。记住"易"，易有两种，《古易》和《周易》。

伏羲画的易叫《古易》。易是一个"日"和一个"月"，日月交替并行叫"易"。《周易》跟周文王有关。周文王被商纣王关在羑里城。如果大家去过河南安阳汤阴县，就会被一帮看卦的人给围住，非要给你看卦，有人也看得很灵。当时的羑里城画地为牢，羑里城没有牢房，中国最早是周文王住的画地为牢——画一个圈，说："你不能出去，在这里给我坐着。"就像《西游记》里，孙悟空出去化斋的时候画个圈，让唐僧、猪八戒、白龙马和沙僧待在里面，不敢出来。那个时候羑里城的牢就是一个圆圈。周文王一方面待在那里不出来，另一方面指导儿子好好地做反对商纣的事业。这个时候文王拘而演《周易》。《周易》的八卦，两两相叠，变成六十四卦。前八卦：乾坤巽震坎离艮兑。天地、风雷、水火、山泽，东西南北，八种事物，八个方位，八种形象，所有天地万物，都隐藏在里面。但是我们不太懂《红楼梦》里是怎么样把八卦演绎得这么充分的。

（2）联想《西游记》

我们看《西游记》很好玩，一到暑假寒假小朋友放假了，电视剧《西游记》就开始播出了。

有人说《西游记》是神话小说，有人说《西游记》是创业小说。怎么是创业小说呢？你看《西游记》里有一个创业团队，然后拿了一份"天使投资基金"，踏上了漫长的创业之路，经过了九九八十一难，终于修得正果，最后成功上市。我当了旃檀功德佛，我当了战胜佛，我当了净坛使者，我当了金身罗汉，我当了天龙，一个个都拿到了丰厚的回报。

还有说是职场小说的，没有唐僧，孙悟空也就是个猴子；没有孙悟空，唐僧就被吃掉了；没有猪八戒，旅途过程很寂寞；没有沙僧就没有人干活；没有白龙马，唐僧要累死了。团队很重要。

还有人说，《西游记》说的是一定要结交更好的人。孙悟空当年学筋斗云的时候，就想当快递小哥。当时菩提老祖给他教什么？他教孙悟空跳得高，会翻跟头。他不是猴子吗？筋斗云能一翻十万八千里，翻得很远。孙悟空很快就学会了。学会以后，旁边的人就说："你学这个东西干什么有用？""有用啊，你给我出个文书，我当个差役，然后走得比别人快……"他想当个快递小哥，结果碰到了唐僧，保护唐僧西天取经去了；他刚开始是猴子，然后大闹一场天宫以后，就和太上老君是朋友了；跟着唐僧以后，就跟观音菩萨关系好了；取经成功以后，他和如来佛就称兄道弟了，一点点地把自己的人际关系提高了。

关于《西游记》还有一种观点，叫作《西游记》是《周易》的一个演化。中国人炼丹有两种，一种是丹炉，比如太上老君的丹炉，孙悟空一脚就把太上老君的丹炉踢翻了，踢翻以后变成了火焰山。孙悟空把葫芦里的丹像吃豆子一样吃掉了，就长生不老、火眼金睛、金刚不坏了。

还有一种炼丹，人的身体就是一个丹炉，所谓"气沉丹田"。丹田是什么地方？就是大家小腹的这个地方。坐在这个地方感觉一股气，然后一点点地"金丹冲顶任督二脉"，胸前背后两个脉，一个任脉，一个督脉，打通之后，大周天小周天通了。练过多少年后，金丹从这个地方"呜呜"地突，从头脑顶上冲出去，然后就成仙了。所以说《西游记》讲的是"抽坎填离"，坎卦（☵）和离卦（☲），坎卦中间是两个阴卦，是阴阴分，离卦是阳阳分，抽坎填离之后，就变成了坤卦，这个时候纯阳之气就呈现了，所以整个《西游记》讲的是"抽坎填离"之术。

（3）灵台方寸山，斜月三星洞

山西大学一个老师，叫李鞍钢，反复讲这个道理，讲得很有意思。他讲整个《西游记》就是讲怎么样炼丹修行的。孙悟空那个洞叫什么洞？叫"灵台方寸山，斜月三星洞"。什么叫"灵台"？鲁迅说："灵台无计逃神矢，风雨如磐暗故园。寄意寒星荃不察，我以我血荐轩辕。"灵台就是心，方寸也是心。灵台方寸山，讲心；斜月三星洞，心怎么写？斜月一二三。"灵台方寸"与"斜月三星"都指的是佛教的"一心"，所以就叫"灵台方寸山，斜月三星洞"。你看《西游记》有一回目，叫"心猿意马"，什么叫"心猿"？就是说孙悟空是人的心，所以他一跟斗十万八千里，为什么？你的心就是想象力，心有多大，想象力的舞台就有多大，你的心有蓬勃的想象力。一会儿想到宇宙万物，一会儿想到家长里短，一会儿想到伟大复兴，一会儿想到吃饭用餐……所以，心是最不受约束的。

但是心无论怎么跑，都跑不出五指山。如来佛是什么？如来佛就是人。心再怎么跑，也跑不出人。心是孙悟空，意是谁？意马，意就是人的意念，白龙马，总是驮着你走。猪八戒、孙悟空、沙僧、唐僧、白龙马，是人的眼、耳、鼻、舌、身、意的具象化。这也是一种解释，很有意思。

2. 道学家看见淫

鲁迅说，经学家看到《易》，道学家看见淫，卫道士一看到《红楼梦》就说诲淫诲盗。

《红楼梦》谈恋爱谈得这么复杂，一会儿哭一会儿笑，一会儿你不理我，一会儿我不理你，一会儿你不知道我的心，我怎么知道你的心。

林黛玉和贾宝玉两个人卿卿我我好长时间。英国人说《红楼梦》写得太没意思了，两个人对面躺着怎么不 kiss 呢？还不如分开。kiss 是哈姆雷特玩的，《红楼梦》不 kiss，一 kiss 就是外国人了，中国人不会干这事。

咱们看赵树理的《小二黑离婚》中，谈恋爱怎么谈的？两个人背靠着背，谁也不说话，这是中国人谈恋爱的方式。外国人开始谈恋爱，马上就走在一起。所以《红楼梦》写出来的是中国人的谈恋爱方式。但是道德家不可容忍，婚姻是"父母之命，媒妁之言"，怎么可以自由恋爱？这还了得！而且恋爱搞这么复杂，一会儿哭，一会儿笑，一会儿送礼品，一会儿来看病，一会儿这个又说我为你瘦成这个样子了，我喂你饭也吃不下去……所以有人说，少不读《红楼》，老不读《三国》（还有说少不读《水浒》的）。

但是《红楼梦》是一个老人写的年轻人的事儿。很有意思，年轻的时候写不出这种感觉。曹雪芹年龄大了，所有的荷尔蒙都消失了。当所有的荷尔蒙都消失的时候，他再回过头来看爱情，就发现爱情和个人的生理欲望有关系，但不是特别有关系。所以《金瓶梅》是一个年轻人写的恋爱故事，而《红楼梦》是一个老人写的故事。今年我四十五岁，现在回忆早年高中大学时候喜欢女孩子的感觉，就和当时的感觉是不一样的，再过段时间回忆，又是不一样的。所以说"才子看见缠绵"，才子看了之后感觉好。鲁迅那个时候骂施蛰存（施蛰存健在的时候我还去看过他一次。后来我在宣传部，有一次他百年纪念时，我代表宣传部去讲话），当时鲁迅骂他是"洋场恶少"。他的意思是说，这帮人看到《红楼梦》，感觉自己就是贾宝玉；去嫖的时候，叫三四个女的，感觉这边是湘云，这边是宝钗，这边是黛玉……搞这些事情。这就是鲁迅所说的"才子看见缠绵"。

3. 革命看见排满

革命家是谁？当时孙中山、汪精卫这些人反对清廷，提出"驱逐鞑虏，复兴中华"。这里需提到一个索隐派[①]。索隐派说《红楼梦》是反清复明的。所以说革命家认为《红楼梦》整篇写的是

[①] 索隐派红学的势力没有考证派红学大，但出现时间比考证派早，虽经考证派与小说批评派的屡屡打击，但影响从未断绝，且不时有东山再起之势。

反清复明，都是骂雍正。

4. 流言家看见宫闱秘事

流言家看见宫闱秘事，有些人特别关心这事那事，有一双喜欢关心小花小草的眼睛，这事情讲谁，谁和谁有什么不伦之事，谁和谁有什么不恰当的事情……

所以说每个人从《红楼梦》里面看到的都是不一样的，每个人都可以用自己的眼光、见识、角度和生活体验来看《红楼梦》。

但是真正的《红楼梦》只有一个，就是这一本书。为什么《红楼梦》流传到今天呢？绝不是因为它是流言家的宫闱秘事，绝不是因为它是才子佳人的范本，绝不是因为它是反清复明的书，它也不是《周易》这个复杂的哲学的形象……而是有它自己存在的价值。

五、《红楼梦》是一部充满人生智慧的文学作品

（一）《红楼梦》的思想智慧

有一句很著名的话，说一个伟大的作家，首先是一个伟大的思想家。没有思想的作品，读之淡而无味。比如说鲁迅是中国现代文学的鼻祖，是中国现代文学的第一大家。毛主席说，鲁迅不仅是伟大的文学家，还是伟大的思想家和革命家。伟大的思想家是伟大的文学家的基础，伟大的文学家使伟大的思想得以传播。《红楼梦》是一部伟大作品。很多人认为它写的是家长里短，写的是凡人小事，写得很啰唆琐碎，但是它里面蕴含的思想，非常伟大而深刻。

1. 总纲：大旨谈情

看思想智慧，我们说《红楼梦》是大旨谈情。

我们讲《红楼梦》有很多讲法。鲁迅说："经学家看见《易》，道学家看见淫，才子看见缠绵，革命家看见排满，流言家看见宫

闹秘事。"但是这部小说，它第一还是一部爱情小说。你再把它说得天花乱坠，再把它说得言近旨远、有很多的解释，它最核心的问题还是什么？还是一个没有成功的三角恋，是贾宝玉、林黛玉和薛宝钗的故事。当然还有另外的，就是贾宝玉和史湘云的故事。那么到底宝玉娶了宝钗，还是湘云？众说纷纭。我们现在看到的版本是"金玉良缘"取代了"木石前盟"。但是还有贾宝玉和史湘云的姻缘。在探佚学或者有人续写的《红楼梦》的最后一个部分里，是贾宝玉和史湘云走在一起了，一起去讨饭了，结局不太美好。

《红楼梦》大旨谈情，大家觉得这个"情"不是很简单吗？我们不管这一辈子生活得幸福也好，坎坷也好，热情也好，孤僻也好，不管性格怎么样，感情总是有的。亲情、爱情、友情、师生之情、朋友之情，包括同窗之情……那么《红楼梦》这个情是什么情呢？是爱情！

但也不仅仅是爱情。我们今天看来，感情已经是一个非常公开、非常崇高、被世人所赞成的东西，但是在中国古代很长很长的一段时间里，感情，特别是爱情，是为人所忌讳的。一说起爱情，不仅要红红脸、出出汗，而且还要丢丢面子、打打棍子。

《红楼梦》把这个"情"字作为整部著作的核心、思想的中心，是有一个漫长的发展历程的。

2. 核心：意淫

意淫，大家觉得这有点麻烦。很多朋友喜欢看网络小说，网络上面"意淫"两个字叫"YY"，是吧？"意淫"是什么意思？有人认为，一个小伙子或者其他年龄的人，闭上眼睛想一些不健康的东西，恍恍惚惚的样子，这就是意淫。其实不是。《红楼梦》这本书，它所有的思想、核心，就是两个字："意淫"。

这是我自己的一个伟大的发明。

（1）意淫不是"不健康的想法"

我在写博士论文的时候，整整一章讲这个问题。什么叫作"意淫"？它不是我们现在说的"不健康的想法"。它是什么意思呢？《红楼梦》第五回"贾宝玉神游太虚境，警幻仙曲演红楼梦"中：

正不知是何意，忽见警幻说道："尘世中多少富贵之家，那些绿窗风月，绣阁烟霞，皆被那些淫污纨袴与流荡女子玷辱了。更可恨者，自古来多少轻薄浪子，皆以'好色不淫'为解，又以'情而不淫'作案：此皆饰非掩丑之语耳。好色即淫，知情更淫。是以巫山之会，云雨之欢，皆由既悦其色，复恋其情所致。吾所爱汝者，乃天下古今第一淫人也。"宝玉听了，唬得慌忙答道："仙姑差了。我因懒于读书，家父母尚每垂训饬，岂敢再冒'淫'字？况且年纪尚幼，不知'淫'为何事。"警幻道："非也。淫虽一理，意则有别。如世之好淫者，不过悦容貌，喜歌舞，调笑无厌，云雨无时，恨不能天下之美女，供我片时之趣兴：此皆皮肤滥淫之蠢物耳。如尔，则天分中生成一段痴情，吾辈推之为'意淫'。惟'意淫'二字，可心会而不可口传，可神通而不能语达。汝今独得此二字，在闺阁中虽可为良友，却于世道中未免迂阔怪诡，百口嘲谤，万目睚眦。今既遇尔祖宁、荣二公剖腹深嘱，吾不忍子独为我闺阁增光而见弃于世道，故引子前来，醉以美酒，沁以仙茗，警以妙曲；再将吾妹一人，乳名兼美，表字可卿者，许配与汝，今夕良时，即可成姻。不过令汝领略此仙闺幻境之风光尚然如此，何况尘世之情景呢。从今后，万万解释，改悟前情，留意于孔孟之间，委身于经济之道。"说毕，便秘授以云雨之事，推宝玉入房中，将门掩上自去。

警幻仙子说，你天分中生成一段痴情，吾辈推之为"意淫"。贾宝玉听了就吓坏了，说仙姑说得差了，我年纪小不喜欢读书，天天被老爹骂，曾打了几回，但是呢，在"淫"字上万万不敢差池的。警幻仙子说，不对不对，我说的"淫"和别人说的"淫"不一样，叫"意淫"。什么叫"意淫"呢？她说，现今世上万千的人，不过是个什么？就是片刻之间，一刻的皮肉之欢，两性之间的欢愉。我这个"意淫"不是，而是只可意会而不可言传，可神通而不可语达的。你能意会，但是我也说不出来。然后咱们两个人体会一下，大概就知道了。

（2）只可意会，不可言传

有一个很著名的故事，叫作："精华还是糟粕？"毛主席讲，取其精华，去其糟粕，去粗取精，去伪存真，由此及彼，由表及里。《庄子》里有个故事，说梁惠王在堂上读书，堂下有个人在做车轮。现在的车轮，路上汽车轮子、自行车轮子，还有别的轮子，它中间都是一个车轱辘和金属圈，外围是气胎，行驶起来很来劲。过去不是，过去的车轮都是木头的，把木头做得很圆是很难的。以前的国王，国家小，有的国王和一个县长差不多，还不如咱们现在的区委书记派头大。所以说国王在堂上读书，堂下有个木工在干活。干什么？在制作车轮。但国王听到制作车轮的声音就觉得很烦。

国王说，别吵了，你吵得我心烦，一点都看不进去书。

那个木匠叫扁。扁问国王，在看什么书？

国王说在看圣贤之书。古代圣贤，有本事、有道德的人写的书。

木匠说，别看了，那都是糟粕。

国王说，怎么可能是糟粕呢？圣贤的书看得神清气爽，道德修养也提高了，智慧也提高了，本领也提高了，能力也提高了，怎么是糟粕呢？

木匠给国王举个例子，说别的我也不懂，我也不识字，但是我会制作车轮。我说咱们梁国的车轮是最圆的，要不然我也不给你弄这个车轮了。如果车轮是方的，是走不动的。因为很圆，转动顺畅，走起来才比较顺。虽然我做了一辈子的车轮，但是我教我的徒弟时就说不出来。我不能告诉他，哪一下是正确的，哪一下是错误的。我徒弟听了我的话以后，他还是不会。他必须在实践中一点点地探索摸索，他自己会了以后才能把车轮弄圆，所以说，说出来的东西都是糟粕，藏在心里的才是精华。这意思就是说，可意会而不可言传，可神通而不可语达。

所以曹雪芹在《红楼梦》里面用了《庄子》的这个故事。为什么要用《庄子》呢？曹雪芹读书很多，《庄子》读得很熟。他早年的时候没什么事干，他也不考科举，不读四书五经，天天读网络小说，天天读《庄子》《老子》，或者《列子》《聊斋志异》等，读这些闲书杂志，知识面非常丰富。他为什么用的是《庄子》，而不是孔子，这与他的思想有非常深刻的联系。

《红楼梦》说："惟'意淫'二字，可心会而不可口传，可神通而不能语达。汝今独得此二字，在闺阁中固可为良友，然于世道中未免迂阔怪诡，百口嘲谤，万目睚眦。"

就是说，意淫，在女孩子中间是可以成为良友的，但是在离开女孩子的外面的世界，就百口嘲谤，万目睚眦，别人都会骂你。每个人看到你的时候，都认为你是一个不肖的子孙、不成器的东西！

3. 主线：功名利禄都消尽，唯有情种留其名

鲁迅说，中国人从来都不懂做人的资格，最多不过是奴隶。在中国古代有句话，旧社会人的层级几万丈，妇女在最底层。中国古代没有"人"这一概念，中国古代的女人尤其不是人。

（1）女人无名，《红楼梦》为女人正名

以前的女人有姓无名，叫什么氏。比如，姓张的嫁给姓王的，叫王张氏；姓徐的嫁给姓何的，叫何徐氏；姓洪的嫁给姓希的，叫希洪氏……但是女孩子长得漂亮，就获得了做人的资格，叫美人。但是美人不是一个人，而是一个职务。过去讲这个美人，是什么什么美人——我们看清宫戏，比如《延禧攻略》等，里面叫美人，那是个职务，就是皇宫里面的某一等级妃子的职务名称。所以长得漂亮的女人，就可以拥有做人的资格。大多数女人没有做人的资格，最多是奴隶或者奴才。那么，说贾宝玉是古

今中外文学史里面最典型的一个人物，一个什么样的人物呢？他是把女孩子不仅当成人，而且当成好人的人；不仅把女孩子当成好人，而且还当成是天地山川灵秀的集中。

大家看《红楼梦》第二回"贾夫人仙逝扬州城，冷子兴演说荣国府"里有一段，写宝玉说什么？他说："女儿是水做的骨肉，男子是泥做的骨肉，我见了女儿便清爽，见了男子便觉浊臭逼人。"这很有意思。

我在天水工作过两年，天水是伏羲和女娲的故乡。伏羲是创造八卦的，他画了一个八卦，然后仰观天文，俯察地理，于是通了天机，创造了文明。女娲是造人的，女娲是怎么造人的呢？她拿一团泥，然后用水和一和，捏个小人，捏后吹口仙气，这个小人就活了。结果弄了好几天以后很累，她说："太累了！"拿一根树枝"啪啦啪啦"地在泥里面砸，一砸崩出来好多泥点子，结果泥点子崩出来以后，就像孙悟空的毫毛一样全变成人了。由于女娲的力量很大，这些泥点子一打以后就飞得很远，结果近的人是捏的，远的人是打的。所以说中国人比外国人要好看一点，因为女娲身边的都是捏的，是中国人。她"噼里啪啦"越打越远的，都到外国去了，变成了外国人。

女娲和伏羲他们兄妹成婚了，成婚叫"入洞房"。在天水有一个地方，叫作"卦台山"，就是伏羲画卦的地方。那个山不是很高，只有一百多米，旁边是渭河平原，一个盆地。在这个地方，有一天伏羲被一只老虎追得走投无路，就爬到山上的一棵大树上。老虎一整天在下面等着，他下不来，很无聊。在生命受到威胁的时候，思想就比较深刻了。他就发现天也是圆的，地也是圆的，河是弯曲的，东西南北方向是不一样的，于是就创造了八卦。后来女娲和他成婚。兄妹成婚，觉得不太符合礼教，就拿两个磨盘，一个拴在这边，一个拴在那边，从上面滚下来，滚在渭河上。磨盘要是合一的话，就兄妹成婚；如果不合一，就分开，各过各的。结果磨盘一下滚下来，在渭河边上啪哒一声就合拢了，合拢以后就扶起来，成为龙马。龙马出来以后在磨盘上面画了一个图，叫作"河图"。河图出来以后一看，兄妹可以结婚，于是他们就入了洞房，叫"龙马洞"。龙马出来那个地方有个洞，所以才叫"龙马洞"（现在在天水一条高速公路的旁边，因为旅游开发不太好，所以这洞房没人管）。

（2）女娲泥水捏人，贾宝玉分泥男水女

女娲是用黄土和水捏成的人，所以每个人既是水又是泥。但是一个伟大的作家就可以把泥和水捏的人分开了，一是男的，浊臭逼人；二是女的，感觉清爽。上海是非常好地继承了曹雪芹的观点的，上海男人是非常勤奋、非常贤惠的，在家里面伺候老婆伺候得非常好。有些地方，如果一个男的在家干活，会被大家瞧不起，但上海不一样，上海正好相反，男同志在家里面干活干得很厉害。我说一个上海人如果在家里不会炒菜，出门以后和单位的男同事都没话说；女同志如果不会买衣服，可能和单位的女同事也没话说。

所以曹雪芹恰恰就是真正地用审美的眼光来看女士的。过去大家看女士，是生育的工具。女子有四德，德言容功。德，要有道德；言，会说话；容，可以生孩子；功，可以做女工。德言容功，四大功能。最后还有"不孝有三，无后为大"，所以女子要生孩子，还要做家务，还有三从四德，还有女子无才便是德，还有三纲，君为臣纲、父为子纲、夫为妻纲。

但是《红楼梦》里面的女子，不仅有自己存在的价值，而且是天地山川灵秀的集合，所以她应该作为审美的载体来看。大家看《红楼梦》里的贾宝玉，他很奇怪，他不管是看自己的表妹林黛玉、表姐薛宝钗，还是表妹史湘云，还是香菱、平儿，包括看他的丫鬟，甚至一些只是听说的女子，他都是这样的。

《红楼梦》第三十九回"村姥姥是信口开河，情哥哥偏寻根究底"中，刘姥姥那天给贾宝玉说，有一天早晨起来，天在下雪，然后听见院子里有人的声音，很奇怪，怎么回事？打开窗户一看，有一个小姑娘穿着红袄绿裤子，正在抽我家的柴火，我吓坏了。哪里有这东西呀？后来想想，哦，前两天这个地方刚刚死了一个小姑娘，埋在那个地方了，可能是她的离魂。天气太冷，阴曹地府更冷，她抽点柴火去生火做饭！

贾宝玉一听，还有这桩事情！然后他就让他的小跟班茗烟，跑去到处乱找，结果找到一个庙，可能是在这里，一看，吓了一跳，是个瘟神庙！什么叫"瘟神"？就是过去因经常发生瘟疫，人们就给瘟神雕一个塑像，每天磕头上香，希望瘟疫不要打扰他们，但是瘟神长得很难看。毛主席有一首诗，说的就是送瘟神。长风公园有个湖，叫"银锄湖"，就是从这首诗来的。那个山叫"铁臂山"。原来长风公园的湖叫"碧螺湖"，后来说不行，这个"碧螺湖"的资产阶级氛围太浓了，于是改叫"银锄湖"。但把这么小的丘叫"铁臂山"？吓人一跳。

功名利禄都消尽，唯有情种留其名。到最后发现，整个贾府那么大，几百口人，祖上是国公爷，一代代地到了第五代，"落了片白茫茫大地真干净"，真正留下来的是什么？留下来的是，他和薛宝钗、林黛玉，还有其他姐妹的一些感情的纠葛。曹雪芹一开篇就说——

今风尘碌碌，一事无成。忽念及当日所有之女子，一一细考较去，觉其行止见识，皆出我之上；我堂堂须眉，诚不若彼裙钗：我实愧则有余，悔又无益，大无可如何之日也。当此日，欲将已往所赖天恩祖德，锦衣纨袴之时，饫甘餍肥之日，背父兄教育之恩，负师友规训之德，以致今日一技无成、半生潦倒之罪，编述一集，以告天下：知我之负罪固多，然闺阁中历历有人，万不可因我之不肖，自护己短，一并使其泯灭也。所以蓬牖茅椽，绳床瓦灶，并不足妨我襟怀；况那晨风夕月，阶柳庭花，更觉得润人笔墨。我虽不学无文，又何妨用假语村言敷演出来，亦可使闺阁昭传，复可破一时之闷，醒同人之目，不亦宜乎？故曰"贾雨村"云云。更于篇中间用"梦""幻"等字，却是此书本旨，兼寓提醒阅者之意。

就是说，我风尘碌碌，一事无成，到晚年的时候想起来，闺阁中几个良友，小才微善，但却非常让人想念。

他想了一辈子，最后落在北京西山非常贫困的时候，他想到的不是自己曾经富贵繁华的生活，不是自己曾经衣冠楚楚的样子，不是自己曾经见过的那些富商巨贾，而是小才微善。

什么叫作"小才"？这些女孩子没有经国济世的大才华，不是武则天，不是慈禧太后，也不是班昭，不能写《汉书》，既不能当皇帝，也不能卖国，但是有点小才，就写点诗歌。薛宝钗写的是："眼前道路无经纬，皮里春秋空黑黄。""好风凭借力，送我上青云。"林黛玉写的"菊花诗""海棠诗"什么的，等等。

什么叫"微善"？就是不太善良。过去我们老感觉，得把这个人写成一个善良的人——善是什么样子的？就是你打我左脸，我右脸也冲上去；你踢我一脚，我让你再踢第二脚。很善良，一点无害——但这不行！为什么？这不是人，这是神。感情这东西，只有人才会有，神是超然的。

4. 创作过程：披阅十载，增删五次

有位同志是我们宣传部的前领导，他去参加我们一个会议，叫作"中国青年作家代表大会"，当时他讲了一句话，说青年人一定要好好读书，好好写作，说曹雪芹写《红楼梦》就披阅十载……后来我说还有增删五次哪。你光写披阅十载不写增删五次，就是说这个人天天学习，效率不高。曹雪芹写《红楼梦》是披阅十载，增删五次。而且大家看，他不是写作时修改五次，而是披阅十载，增删五次。

谁披阅？脂砚斋披阅。谁增删？曹雪芹增删。所以《红楼梦》的作者，严格意义上来说，不是曹雪芹，而是脂砚斋和他共同创作的这部巨著，而且披阅在前，增删在后。脂砚斋一边披，曹雪芹一边改。可以看出《红楼梦》最开始的时候，底本不是曹雪芹写的。他是从哪里找来这个本子？不知道。有可能是别人写的一

个本子，然后曹雪芹看到以后，发现写得还不错，但是还不是很完美，所以说脂砚斋看一遍，批一遍，看一遍，他改一遍，一共用了十年，增删了五次。为什么是五次，而不是六次呢？因为他五次的名字都不一样。

《红楼梦》是一个有五个名字的作品，最后一次的名字是《红楼梦》。但是如果曹雪芹不是五十四岁就死了，而是六十四岁或者七十四岁死，可能《红楼梦》就会有第六、第七、第八个版本，也会有第六、第七、第八个名字，可能就不叫《红楼梦》，不知道叫什么名字了，但是我们现在只能看到一个增删五次之后的《红楼梦》。

这很正常，中国古代很多小说都不是一个人写的，比如说《三国演义》，我们现在署名"罗贯中著"，但事实上我们现在看到的本子，不是罗贯中的本子。罗贯中写的本子叫作《三国志故事》，是七十二个故事。它像冯梦龙的作品那样，是一个个小故事。现在章回体的《三国演义》是清代的毛声山和毛宗岗作的。他们要比罗贯中晚了两百多年。这两个人是书商，他们一看《三国演义》好多人喜欢读，但是罗贯中写的《三国演义》阅读难度很大，因为它不完整，而且不是章回小说，人们看起来也不习惯，他们就把它分出章回，列出题目，变成现在的《三国演义》。《三国演义》开头有一首《临江仙·滚滚长江东逝水》：

滚滚长江东逝水，浪花淘尽英雄。是非成败转头空。
青山依旧在，几度夕阳红。
白发渔樵江渚上，惯看秋月春风。一壶浊酒喜相逢。

古今多少事，都付笑谈中。

新版《三国演义》的主题曲就是这样的。

我们看电视剧《康熙王朝》，里面有一个情节，康熙帝（陈道明饰演）对施琅说，你还记得《三国演义》开头那首《临江仙》吗？"滚滚长江东逝水，浪花淘尽英雄。"

其实错了，这个《临江仙》不是罗贯中写的，实际上是明朝杨慎写的，是毛声山和毛宗岗改写《三国演义》时有感才放上去的三国开篇，因此《三国演义》是古今第一才子书，它也是很多人共同创作的结果。

很多人说《红楼梦》是中国历史上第一个由个人创作的小说。不对，根本不是个人创作的。它至少由三个人创作，第一个就是创作原本的人。谁？不知道，无名氏；第二个是谁？脂砚斋；第三个是曹雪芹，因此它是一个典型的集体创作的结晶。而且《红楼梦》是一个不完整的小说（如果有第四、第五个作者的话，就是高鹗和程伟元）。它有五个开头，没有结尾。它有很多人物的名称、年龄、时间点都对不上，而且它还有很多"前言不搭后语"的故事。但是就是这样一个满身毛病的东西，却是一部非常伟大的作品。

5. 最卓越的贡献：色仙——贾宝玉的塑造

亚里士多德说，什么是人物？人物叫"不十分善良，也不十分公正的人"。一个戏剧人物，要具备两点。

第一，不十分善良。一个特别善良的人是没戏的。庙里的佛像坐在那里，一声不吭，闭着眼睛，他不可能演出一出话剧或者舞蹈、歌曲、戏曲，为什么？因为他没有冲突。只有坏人是有冲突的。好人和好人不能打架，但坏人和坏人可以打架，好人和坏人也可以打架，但是两个人都是很好的好人，过在一起是很没有趣味的，因为没有冲突。

第二，不十分公正。一个特别公正的人是没有冲突的。比如说我们在菜场买菜，这个人称得非常公正，然后我付钱你给菜，大家交易得非常顺利，整天都秩序良好，没有发生任何冲突，这个时候没有戏剧。戏剧就是冲突，只有一个人的秤作了假，在秤砣上弄个吸铁石，明明一斤说是一斤二两，旁边有人一看，"哎！你的秤到底是怎么回事啊？"原来是有吸铁石，然后就打起来了。打起来以后，城管来了，市场监管局也来了，又噼里啪啦打了一通，这个时候这才叫冲突，这才有戏剧。

《红楼梦》里面这些人物是小才微善。一是小才，人物是有点想法的。一个特别笨的人，他是没有什么好戏可看的，因为除了打架就是骂人。二是微善，不是特别善良。如果特别善良，那也没有冲突。

《红楼梦》最出色的贡献就是塑造了一个贾宝玉，这个人叫"色仙"。这也是我的发现。《红楼梦》里面讲"色"，什么是"色"？《红楼梦》第一回，讲大荒山无稽崖下一个石头。女娲炼石补天炼了多少？炼了三万六千五百零一块。结果补天的时候用了多少？用了三万六千五百块，剩下一块没有用。没有用的石头就放在大荒山无稽崖下。"大荒山"，就是山很荒，"无稽"，就是没有可考的、没有根据的，"稽"就是根据。大荒山，一座很荒的山，假的；无稽崖，没有根据的一个崖。崖下放了一块大石头，这个石头是"补天无用"。它看见别的石头都上了天了，都补在天上了，闪闪发光的，自己不能上天，还被放在崖下无用，日夜号哭。

嘉峪关城楼有一块砖。这个砖是一个土坯烧的砖，说是当年计算的时候计算了用多少块砖，结果就多了一块。计算得非常准确，但就多了一块砖。这个砖就放在了嘉峪关城楼的二楼正中间，证明我们中国古代的建筑技术和计算方法是非常精准的。但这不大可能，为什么？因为砖经常有烧坏的，还有搬的过程中打碎的，所以说它只是一个传说，也和女娲补天一样，说三万六千五百零一块，最后有一块没用上，这一块就天天哭。

有一天来了两个人，一个和尚，一个道士，疯疯癫癫的，头上长满了阿Q式的癞头疮，一边走，一边聊天说笑，到了跟前，石头急呼："哎！两位大师，请您留步！"和尚一看，石头这么大，特别大，就和云南石林一样。如果你去石林，导游就会说："远看大石头，近看石头大；果然大石头，石头果然大。"贾宝玉那个时候也是这样，石头非常大。石头历劫之后，空空道人在石头上读到：

无才可去补苍天，枉入红尘若许年；
此系身前身后事，倩谁记去作奇传？

他说，听说现在这个国家很繁荣昌盛，我想到繁荣富贵的地方去游历一番，不要天天在这个地方住得很无聊。和尚劝他说，人间虽然富贵繁华，但有很多无奈地方，你还是不要去了吧，在这里多好哇！谁也管不着你，吸风饮露。但他依然反复哀求，说求求你，把我带到人间去吧！这个时候，和尚吹了一口气，把他变成了一个小石头，拿去干什么去了？就含在了贾宝玉的嘴里。

有人问，贾宝玉是这个石头转世吗？不是的。贾宝玉不是石头转世，贾宝玉是神瑛侍者转世。石头是谁？石头就是贾宝玉嘴里的通灵宝玉。

又说天河边有一株草，这个草叫"绛珠仙草"。结果天旱，绛珠仙草渐渐地快渴死了。神瑛侍者每天就拿天上的水给绛珠仙草浇水，浇着浇着，绛珠仙草就活过来了，活过来以后，绛珠仙草说，你对我真好，对我有救命之恩，但是我无以为报，只能下界转世变成一个女儿，用我的眼泪还你。这就是林黛玉。神瑛侍者就下世变成了贾宝玉。贾宝玉为什么长得这么帅？那名字就好，神气！王字旁，漂亮啊！又神气又漂亮的当时的帅哥。

神瑛侍者是贾宝玉，那个石头是贾宝玉嘴里的通灵宝玉，后来把它系在了他脖子上。通灵宝玉是贾宝玉的随行记者，就相当于人物旁边一个摄影记者一样，一直跟着他。他记着每时每刻贾宝玉的吃喝拉撒睡，聊天说话，贾宝玉的全部都被这个石头尽数记到它的心里。因此贾宝玉一把把石头扔了以后就疯了。为什么疯了呢？不是贾宝玉疯了，而是石头疯了，因为石头不知道贾宝玉在干啥了。贾宝玉所做的事情它不知道了，不知道了怎么办呢？石头只能说他疯了，他不正常了就不用写了。

所以神瑛侍者嘴里的石头就变成了贾宝玉的随行记者，记载了他在家的十五年，然后他出家了，很多故事都写在石头上，石头非常大。《红楼梦》一百万字，用毛笔写在这块石头上面，写得密密麻麻的。石头只能写五面，不能写六面。石头是个立方体，是六面，但是四面加上面都可以写，唯独下面不能写，因为下面是贴在地上的。左右前后和上，五面写一百多万字，一面要写二十万字，不得了！

这个石头就是贾宝玉的随行记者。那么木石前盟呢，木是林黛玉，石是贾宝玉，所以他们叫"木石前盟"。贾宝玉的爱情，本来就是前世姻缘。木是绛珠仙草，石就是这块石头，也就是贾宝玉。

但是贾宝玉还有一段缘分，就是金玉良缘。金是薛宝钗，玉是贾宝玉。所以贾宝玉有两段缘分，木石前盟和金玉良缘。

那么什么叫"色仙"？

《红楼梦》里有三种人：

第一种是色鬼。比如贾琏，这个人挺好的，很善良，但是他特别喜欢女孩子。贾母说他丑的俊的什么都往屋里拉，一看就像偷腥的猫一样，不管是仆人，还是佣人，还是尤二姐，还是戏子……他都要。贾琏的力量很足，长得也帅，贾琏其实在书里面的艳遇不比贾宝玉差。贾宝玉是情不情，就是所有人都很好，而贾琏目标比较明确，手段还是蛮好的。

第二种叫色人。什么叫"色人"呢？我们过去说："君子爱财，取之有道；贞妇好色，纳之以礼。"我是一个君子，君子也好色，但是娶妾的时候，要纳之以礼，该送礼品，该媒妁之言，该父母之命，该举行仪式。过去男人是允许纳妾的，因此贾政有两个姨娘，不是一个。我们经常看到的是赵姨娘，赵姨娘很坏；还有一个周姨娘，周姨娘没有孩子。当时王熙凤过生日，大家攒份子的时候，赵姨娘和周姨娘也交了钱。尤氏说："……这么些婆婆、婶子凑银子给你做生日，你还不够，又拉上两个苦瓠子。"王熙凤说："……他们两个为什么苦呢？有了钱也是白填还别人，不如拘了来咱们乐。"后来钱退给她们，她们两个还不敢要。周姨娘就出现过一次，而赵姨娘出现过很多次，因为赵姨娘是周姨娘的领导，周姨娘在赵姨娘的保护下生活。

第三种是色仙。什么是"仙"？仙就是神仙。他好色，但是他用的不是人的这种色的感觉，也不是鬼的，而是仙的。仙就是非功利的审美。比如，八仙过海，不管是吕洞宾、铁拐李、汉钟离、何仙姑、韩湘子，还是曹国舅、张果老、蓝采和，都是神仙，他们脱离了人间的七情六欲。

色仙，他看女孩子看的是什么？他是一种审美的观照，是人性的观照。这种观照的形象，也是中国历史上从古到今唯一的一个。现在的作家也写不出这么好的东西来。只有一个人写了一半，是谁？是金庸在《天龙八部》里写的段誉。刚开始段誉看见王语嫣，看见阿朱、阿紫，看见这些小姑娘，都是一看就痴了，痴了以后神神道道得不知所以，感觉像贾宝玉一样，到最后段誉当了大理国的皇帝，把这些人全部变成后宫！忽然感觉金庸和曹雪芹还是差了几百年！虽然他的钱比曹雪芹多，活得比曹雪芹长，但是思想境界却远远赶不上曹雪芹！到最后金庸他撑不住了，为什么？因为他毕竟是一个凡人，而且结过三次婚，娶了一个比他小三十多岁的女人。

2008年12月，我陪一位部长到香港去参加香港作联的一个活动，金庸请吃饭。金庸很有意思，吃完饭后，他从西装口袋里面拿出一个钱包，这个钱包上面有个橡皮圈。他把橡皮圈拿下来，取出一张卡，服务员把菜单拿过来，他仔细地看了一遍，上面写了一个数字。我以为写的是卡的密码，然后就交给这个侍者，侍者等一会儿返回来给他看了看，又把这卡放进去，套好了，放在这里，然后我们走了。后来金庸去世了，我写了一篇文章《十年前见金庸》发在《新民晚报》上。《新民晚报》的编辑对我说："李老师，你写错了，金庸写的不是密码，是小费的数额。"在香港吃饭是要付小费的，小费付给谁？付给侍者。侍者应该拿多少钱，刷卡都刷掉了，饭店要把这个钱还给侍者，而且这个钱饭店是不用交税的。我开始想他写的一定是密码，编辑说香港的好多卡是没有密码的，也不需要密码，他写的是小费的数额。所以后来《新民晚报》在刊登之前帮我改了。

金庸是一个很伟大的作家，但是毕竟是一个通俗小说家。他的夫人特别好，从来不照相，不和金庸一起拍照。为什么？她感觉她与他一起拍照的时候，金庸就显得更老。

6. 大旨谈情

《红楼梦》第一回说，"大旨不过谈情，亦只是实录其事，绝无伤时诲淫之病……"什么意思？说其中大旨谈情，大概说的是感情，但这个感情不是什么淫邀艳约，私订偷盟。

谁淫邀艳约？是《金瓶梅》。可能好多人一看《金瓶梅》觉得不好意思，《金瓶梅》写得挺好的，除了里面两万多字的"少儿不宜"以外，其他的都写得非常好，大家有时间的话可以拿来看一下。《金瓶梅》里面写的是淫邀艳约，书里和西门庆发生过性关系的有十九个人，最后西门庆是纵欲而死。中国古代坏人的死法有三种，一种是死于侠，被包公里面的展昭、被五虎白玉堂给杀了；一种是死于法，被法办，砍了头；一种死于鬼神，被鬼神吓死了。

所以死于侠、死于法、死于鬼神三种死法之外，西门庆是第四种死法，死于纵欲，这特别少！纵欲就是西门庆和潘金莲两个人吃了春药以后精尽而死。

什么叫"私订偷盟"呢？就是中国古代有一段时间写才子佳人小说有一种套路："才子佳人相见欢，私订终身后花园，落难公子中状元，奉旨完婚大团圆。"这叫"私订偷盟"。

《红楼梦》里面有三个厉害女人，第一个是王熙凤，第二个是王夫人，第三个是贾母。但事实上按照能力和道行来说，第一是贾母。为什么？她是这个大家庭里的董事长；第二个是王夫人，她是总经理；第三个是王熙凤，她是办公室主任。你看一个公司里面，最忙的是谁？当然是办公室主任，其次忙的是总经理，最不忙的是董事长。为什么？因为董事长只要管住大事就可以了，她关注危机处理权、人事任命权、财产分配权就可以了。所以说贾母、王夫人和王熙凤，三个女人统治贾府。

贾母不仅是一个非常能干的人，艺术欣赏水平也不低。有一次贾母做寿，来两个说书的。问最近有什么新书？回答说有，说的是残唐五代时期的故事。什么是残唐？唐代末年到宋代之间有五代，残唐五代的故事，其中最著名的是《女驸马》。有黄梅戏《女驸马》是吧？黄梅戏《女驸马》讲的就是残唐五代时期的故事。在贾府说书说的是残唐五代时期的一个故事，叫《凤求鸾》，说有一个富贵人家公子，叫王熙凤，听的人全笑了，说："是二奶奶的名字，少混说。"王熙凤怎么是男人的名字？其实凤是什么？凤和凰，凤是公鸟，凰是雌鸟。凤应该是男名，后来慢慢地改了，就变成了女名。所以大家都笑了，说这是二奶奶的名字。故事里说，这个叫王熙凤的公子，家里很穷，准备上京赶考，结果天下了雨，就在一个庙里栖身……

贾母听了一半插话说："怪道叫作《凤求鸾》。不用说了，我已经猜着了：自然是王熙凤要求这雏鸾小姐为妻了。"

说书的人说："老祖宗原来听过这回书？"

贾母说，胡说，这故事编得一点理都没有，这一听就是小户人家编出来的。就是我们这样的大户人家，一天上下有几百口人，我们一个人身边有二三十个随从，他那里面不是尚书就是宰辅，怎么就一个小姐一个跟班的。都是饱读诗书呢，结果怎么样？一见一个长得标致的后生，马上就想起男女之事来，鬼不是鬼，贼不是贼，圣贤之书都抛到九霄云外去了，因此就私订偷盟！

所以《红楼梦》说的感情，既不是儿女之情的淫邀艳约，关乎男欢女爱，也不是违背礼法的私订偷盟。你看《红楼梦》里，一个私订偷盟都没有。贾宝玉和林黛玉是从小一起长大的，青梅竹马，两小无猜，但是没有说这两个人定个盟约的，顶多只是送个汗巾子。汗巾上写了什么呢？啥也没写，只需拿着一看就明白了。然后贾宝玉说，你不知道我的心。林黛玉说，我知道你的心，你就不知道我的心。然后两个人就一下子哭了。它最高潮的地方，也就是这样子的。

（1）性其情——情其性

感情是人的根本，但是在中国古代很长一段时间内，谈情是为人所忌讳的，特别是在宋代以后。宋代的朱熹说：存天理，灭人欲。什么意思？天理就是大道理，人欲就是人的本来欲望，要存天理，灭人欲。朱熹有一句非常著名的话，叫作，饿死事小，失节事大。朱熹的一个学生问他，一个女人老公死了，如果不嫁人就要饿死了，你说她该嫁人还是不该嫁人？朱熹的回答是，不能嫁人。学生问，为什么？他说，饿死事小，失节事大。学生吓一跳，说难道饿死也不能嫁人？

当然朱熹讲这个话是有原因的，就是宋代的时候，特别是北宋时，金国打过来，北宋灭亡了。很多贵族家的小姐、宫廷里的宫女，被掳到了北方，连宋钦宗和宋徽宗也都被掳到北方，在五国城，好多人就嫁给了金国的贵族、士兵，以及各种各样的人，所以她们生下了很多汉金混血儿。好多人为了保存汉族血脉的纯正性，就说你宁愿自杀，也不要受辱，饿死事小，失节是大。存天理，灭人欲，是这么来的。

（2）程朱理学的"性情"说

存天理，灭人欲，被程朱理学，程颢、程颐，特别是朱熹发挥之后，变成了一个非常极端的学术思想。就是人要压抑自己的感情，大家知道，宋徽宗和宋钦宗在五国城坐井观天——是不是放在一个井里面，几十年不让他出来，坐井观天，像个青蛙一样？其实不是的，他过得很好，他毕竟是皇帝啊！他生了好多孩子，然后他们被封了昏德公、重昏侯。

这个时候"情"完全消失掉了，叫作"性其情"，性是规范，情是情感，要用道德来规范情感。

但是中国到晚明的时候出现了资本主义萌芽，就是从我们今天的苏州上海一带开始的。曹雪芹的父亲做过江南织造，做丝绸的，这一带经济比较发达，而且还有大量的白银进入。中国是没有太多银子的，是个贫银的国家。到郑和六下西洋之后，我们和美洲的贸易非常发达了，就把墨西哥的白银通过日本进口到中国了。中国古代很长一段时间是用铜钱的。铜钱大家知道，很小，圆形方孔，一吊钱带在身上很重，然后背在身上走不了几步路，就累得气喘吁吁了。所以中国古代为什么商品经济不发达？就是因为带这个东西很不方便，而银子又非常少。铜钱非常多，但你带一大堆铜钱也买不了几个东西，因此商品经济不发达。到了明代郑和下西洋，不仅到了非洲，主要到了美洲（仍存争议），而墨西哥的白银特别多，墨西哥的白银就通过海运到了日本，通过日本转手到了中国。所以说明代有两个东西对中国经济产生了翻天覆地的影响，一个是土豆，咱们今天吃的土豆。上海的土豆不太好吃，水比较大、比较硬，西北的土豆特别好吃。甘肃有个地方叫定西，特别干旱，定西三大宝，洋芋、土豆、马铃薯，说的都是一个东西。我在兰州读书的时候，生活很艰苦，吃的什么饭？主要是吃洋蛋（土豆），一整天都在吃洋蛋。谈到中国的人口，多少年来都不能超过一个亿，最多的时候是五千万，西汉的时候有五千万，为什么不能超过一个亿？就是因为粮食紧张。江南一带粮食产出比较多，西北地方粮食很少，人口也极其稀少。后来土豆被引进了，在干旱的地方土豆亩产可以有三千斤，所以土豆引入之后，干旱的地方吃土豆，河南一带吃红薯，中国的人口一下子变成了一个亿、两个亿、四个亿……爆炸式增长，这是土豆的作用，土豆主粮化的作用，所以中国是土豆民族。

马克思说，金银天然非货币，货币天然是金银。贵重金属的交换价值非常大，白银从美洲过来以后，很多人用白银来交易，这就大大促进了商品经济的发展。商品经济发展之后，在我们今天的苏州、上海一带出现了最早的资本主义的萌芽，那就是家庭的手工作坊。做什么？做丝绸。丝绸非常值钱，有了钱之后就要享受，饱暖思淫欲，饥寒起盗心。人吃饱喝足的时候，就要想淫欲。这个淫，不是我们所说的男女之事的淫，而是超出礼法制约的享受，这叫淫。饱暖思淫欲，吃饱喝足之后就想吃得好、穿得好、用得好。饥寒起盗心，没有吃的、没有穿的的时候，就想偷别人的东西。

过去什么级别的干部、什么级别的官衔，吃什么、穿什么、用什么、住什么，都有规矩。比如说以前不是局级干部不能坐软卧，不能坐头等舱（有钱也不能坐）。现在无所谓了，只要有钱包一节车厢都可以。

商品经济发展以后，经济把政治的统治地位冲垮了，因此这个时候就叫"情其性"，"情其性"是什么意思？就是感情要占到第一位。因为道德礼法是谁规定的呢？是领导规定的，规定什么样的一个人，吃什么样的饭，住什么样的房子，穿什么样的衣服，但是有钱人现在要把自己的欲望、享受，逐渐地膨胀起来了。这就叫"情其性"。

情其性，感情变成基础了，就是我喜欢这样吃就这样吃，我喜欢这样穿就这样穿，我喜欢干什么就干什么，这是从你该干什么到你想干什么的一个变化。

如果家里有小朋友的话，看一看他的语文课本，他的课本里一定会有这一首诗。

> 云淡风轻近午天，傍花随柳过前川。
>
> 时人不识余心乐，将谓偷闲学少年。

这是宋明理学大师程颢写的一首《春日偶成》，大家觉得这首诗写得挺好懂的吧！程颢是河南洛阳人，不是咱们现在的上海一带，洛阳属于中原地带。大概是春天，清明前后，"云淡风轻近午天，傍花随柳过前川"，说今天早晨天气特别好，云淡风轻，中午了！中午的时候，我一个人出来干什么？"傍花随柳过前川"，一边看花一边随着柳树走一段路，非常愉快非常高兴。"时人不识余心乐，将谓偷闲学少年。"说别人不知道我心里面很快乐、很愉悦——你看这老头，这么老了还自己高兴地出来玩，一个人学少年。

（3）孔颜乐处

程颢这首诗不是说自己愉快，他这叫"孔颜乐处"。什么叫作"孔颜乐处"？

孔子有一句非常著名的话，说颜回。颜回是孔子的弟子。孔子弟子三千，贤人七十二，这七十二贤人里面，孔子最喜欢的人是谁？是颜回。孔子说：

> 贤哉回也！一箪食，一瓢饮，在陋巷，人不堪其

忧，回也不改其乐。贤哉，回也！

这个"乐"是什么意思？不是快乐，我们现在把它解释成"快乐"，不是！这个"乐"是一种主观感情和客观认知，是主观和客观高度统一的一种高端的精神享受。比如说，我们在十九大会场上，听到总书记说："要实现中国梦！"热烈鼓掌，这感情非常激昂。这种"乐"才叫作"孔颜乐处"。二人转的那种乐，不叫"孔颜乐处"，那是低级趣味的享乐。孔子所讲的"乐"，是感情得到陶冶的一种精神的享乐。比如说，孙子考上了清华大学，这个时候你感觉人生非常完满。这种乐可以称之为"孔颜乐处"，为什么？你的主观感情是，我孙子考上清华大学；客观认知是，这小子今后一定会有出息，让周围的人很羡慕你，你觉得所有苦都没有白受。这种乐，是一种高级的享乐。孔子和中国儒家一直追求一种精神境界的高端享受，但是这种高端享乐非常少。为什么？因为大多数人都不可能参加十九大，清华也不是人人都考得上的。所以怎么样把这种道德之乐变成人间的世俗之乐呢？这就是《红楼梦》那个时代应该解决的一个问题。

（4）理学——心学

《红楼梦》的产生不仅仅是一个小说问题，而且是一个社会历史的问题，不仅是社会历史的问题，还是一个思想道德逐渐发展的问题。

咱们过去讲宋明理学，存天理，灭人欲，结果到明代出现一个心学。咱们现在很多人都喜欢王阳明。王阳明一生俯首知行合一，王阳明是立德、立功、立言，三不朽。这是儒家的大儒。他是军事家，他有很多学生，他写了《传习录》《近思录》等。那么"龙场悟道"呢？贵州那个地方叫"龙场"，王阳明下放到那里去做驿丞，非常辛苦，结果他突然得道觉悟，然后创出了心学，阳明学说。总书记到贵州还到龙场去看了，这个地方是中国传统文化的一个重要的根据地。

但是阳明学说现在被不恰当地提高到了很高的地位。阳明学说最大的问题是空疏，他不研究实际问题。王阳明在龙场的时候，说格物致知。什么是格物致知呢？格物就是研究，研究物体就能有知识出现，结果他和他两个朋友对着院子里的竹子格了七天，一动不动看着竹子，下雨也不回去，刮风也不回去，饿了也不吃饭，大的意义上什么都没有得到。他觉得格物不行。为什么呢？好像看外界的竹子看了半天，看了七天以后竹子也没跟我说一句话，既不能当食，也不能当穿，觉得没意思。还要致良知，而良知只在我心头，从自己的心里面来开悟，来获得知识和感悟。我们上海有个中学叫"格致中学"。什么叫"格致"？格致就是格物致知。格物就是研究物，致知就是获得知识。咱们过去物理就叫"格致"，不叫"物理"。我觉得这个词挺好的。

（5）李贽"童心说"

总书记说"不忘初心，牢记始命"；不忘初心，方得始终；不忘初心，继续前进。这个初心来源于什么？来源于童心。

万历年间，苏州的一个思想家叫李贽，他提出了一个童心说。什么叫"童心"？最初念之本心，就是一个人最初时候的意念。换言之，你在婴儿时期最初的、本来的想法。是人性本善，还有人性本恶？不知道。孟子说，人性本善。荀子说，人性本恶。也有人说，人性无善恶。到底是什么呢？不知道。李贽说，最初一念之本心，叫"赤子之心"。什么叫"赤子"？婴儿生下来的时候，是没有衣服、赤身裸体的。婴儿的心就是本心、赤子之心。这个时候不受外界的任何污染。李贽说，人的心就像一条河流，在源头的时候非常清澈，后来越流污染越多，到下游的时候就乌七八糟的了。虽然是澎湃的激流，但是一点也不清澈，所以要寻找最初一念之本心，这叫"童心说"。因此总书记讲"不忘初心"，是来源于这个地方的。

初心、童心，两种表述有异曲同工之妙。什么是"初"，大家知道吗？我们做衣服扯布的时候，剪子剪的第一下叫"初"。我们做衣服扯布的时候，这布不是剪子剪的，而是剪一刀后撕的。因为撕比较整齐，剪是剪不整齐的，所以说撕布的水平是一个绸布店员工的基本功。如果你初剪一刀不到位，一撕就撕歪了。这就叫作"不忘初心，方得始终"。

（6）冯梦龙《情史》

冯梦龙写过一个《情史》（《情史类略》《情天宝鉴》），将我国历史上著名的爱情故事、有关爱情的传说分类排列叙述。全书共分二十四类，每卷一类：情贞、情缘、情私、情侠、情豪、情爱、情痴、情感、情幻、情灵、情化、情媒、情憾、情仇、情芽、情报、情秽、情累、情疑、情鬼、情妖、情外、情通、情迹，共有八百七十五个故事，这些故事都是讲什么的？都是讲感天动地的爱情、友情、亲情的故事，里面甚至还专门有写神鬼爱情和同性恋的感情的，这些故事为《红楼梦》的出现奠定了一个非常好的思想基础。

中国古代有一个非常有意思的人，这个人特别小气，他一辈子不舍得花钱，发了四大宏愿，什么一曰衣服不破，二曰食之不消，三曰拾得金银，四曰夜梦鬼交。一曰衣服不破，就不用再买衣服了。二曰吃食不消，吃下去的东西不消化，一直很饱。三曰拾得金银，走路的时候捡到金银财宝。四曰夜梦鬼交，晚上睡觉的时候碰见鬼了，来个美女，他就不用娶媳妇了。

（7）什么是"情其性"？

情其性，就是以感情为根本，道德和规则要符合情感的需求。中国古代儒家思想是主流，所以刚开始的时候儒家并不是显学，真正的显学是道家和法家。儒家是干什么的呢？是吃死人饭的。过去人死了，有很多殡丧礼节，如三鞠躬、上香，怎么吃饭，怎么行礼，怎么吹奏等，做这种事情的，叫儒，就类似于咱们今天殡仪馆的工作人员。孔子为什么要提倡厚葬？因为厚葬他们就有饭吃了，如果薄葬的话，今天死今天就埋了，儒家就失业了，所以儒家特别讲究礼节。过去朝拜的礼节，和人死了之后孝子磕头差不多。过去皇帝上朝的时候，大臣要三叩九拜，如果把黄衣服换成白衣服的话，你就感觉像在办丧事。

非常有意思，中国的文化是丧葬文化。我们现在每年的十大考古发现都是什么？都是哪里出土了什么东西。现在我们都是火葬，所以中国文化要断档了。为什么？因为骨灰盒里啥都没有。我们现在出土的文物，不管马王堆汉墓也好，海昏侯墓也好，还是战国的墓也好，墓里面陪葬的都是过去人们生活中常用的东西。

今天我们人死了以后，都在火葬场里爬烟囱了，然后一个小盒子带回去，什么陪葬都没有。而中国古代的文化是丧葬文化，如果没有丧礼，中国文化就要断档了。

道家最具代表性的是著作《庄子》，道家是讲人法自然的，要把人性与天地相通。还有法家，法家讲法术，讲怎么统治人。这个时候《红楼梦》息息相通的是《庄子》，离恨天的警幻仙子是从《庄子》里面来的。

7. 谐音字的奥妙

女娲补天的时候单剩下一块石头备用，放在青埂峰下，"青埂"谐音"情根"。脂砚斋批云："妙，自谓落堕情根，故无补天之用。"（甲戌本）可见此词自有含义。《红楼梦》里面用了好多谐音，比如说甄士隐的家奴霍启，谐音"祸起"，因为弄丢了甄士隐年方三岁的爱女甄英莲，便逃往他乡去了。甄士隐的女儿是英莲，是"应该可怜"的意思，出身还不错，出生在一个小地主家，衣食不愁，有几亩薄田。结果她一辈子过得很惨，先被拐卖，后来又被卖，以后嫁给薛蟠，一天到晚挨打，最后难产而死，死得非常早！这是英莲。

甄士隐家里本来不错，但是正月十五看灯的时候他的仆人霍启背着英莲去看灯，把小姐英莲放在一个人家门前的石狮子前，上了厕所回来，遍寻不见小姐，然后就跑了。甄士隐丢了女儿，神情恍惚，有一天隔壁寺庙失火，烧了甄家房子，房子烧了以后就寄居丈人家了，后来来了一个和尚和一个道士，把甄士隐领走了。

甄士隐的丫鬟叫娇杏。娇杏就是"侥幸"，娇杏的故事很有意思。贾雨村住在葫芦庙的时候，穿得很破。有一天，是八月十五，月亮出来，甄士隐和贾雨村一起喝酒赏月，贾雨村看见天上月亮说：

时逢三五便团圆，满把晴光护玉栏。

天上一轮才捧出，人间万姓仰头看。

这里有一个很有意思的事情，大家也不愿讲，就是薛宝钗最后嫁给谁了？薛宝钗嫁给了贾宝玉，后来贾宝玉出家了，出家之后贾府败落，薛宝钗最后的结局，是嫁给了贾雨村。

大家觉得很奇怪，薛宝钗怎么可能嫁给贾雨村呢？薛宝钗最后确实嫁给了贾雨村。在第一回里面就看出来了。贾雨村刚开始出来的时候，不得志，考不上进士，考不上举人，念一首诗，叫作："玉在匣中求善价，钗于奁内待时飞。"时飞，是贾雨村的表字，所以说最后薛宝钗在贾府败落以后，不管贾宝玉是出家了还是干什么了，她是嫁给了贾雨村的。因为薛宝钗是一个非常现实的人，她是最典型的现实主义者。她到金陵来干什么？是要选皇妃的。因为贾元春才选凤藻宫，贾宝玉的姐姐贾元春成了皇妃，薛宝钗一想，我和她差不多，比她年轻，有才学，长得比较漂亮。大家觉得薛宝钗比较胖，林黛玉比较瘦，而比较胖的人有生育能力，过去讲女人"德言容功"，生育能力是第一功能。林黛玉很瘦，是先天不足之症，气血不足，估计生孩子挺麻烦的，长得又很瘦小。薛宝钗比较胖，精力非常充沛，很健康，所以她的生育能力很好，又很有才学，脸蛋很标致，是有福之相！

过去选妃、选媳妇，就要看看她的福相怎么样。所以她到金陵的目的不是要嫁给贾宝玉，而是要嫁进后宫。结果皇帝年龄大了，对这个事情好像没兴趣了，废止了这次选妃计划。薛宝钗在金陵待着没事干，第一个选择不行，就要自由选择了。她选择了贾宝玉，成了贾家奶奶，宝二奶奶，贾家实际的当家人。贾府败落之后，薛宝钗这样的人，她是绝对不会流落街头，绝对不会变成乞丐，绝对不会抑郁而死的，她一定会给自己找一个合理的下家！

咱们看到八六版电视剧《红楼梦》里，贾府被抄家，大家都被卖掉了，薛宝钗最后穿的是粗布衣裙，像一个农村妇女，这不可能！她应该是嫁给了贾雨村。嫁给贾雨村之后非常有讽刺意味的是，贾雨村的老婆是谁？是娇杏。娇杏就是贾雨村在甄士隐家念诗时路过的那个丫鬟，她见贾雨村这个人不是凡人——贾雨村长得虎背熊腰，个子很高，穿着又破，很像孔乙己——娇杏就看了他一眼。贾雨村那个时候长期没有亲近女人，老婆在家里面，一看这个小姑娘对我还有意思，然后又看了一眼，对娇杏就很有印象。后来贾雨村判完葫芦案之后知道，娇杏是甄士隐的丫鬟，甄士隐跟着和尚到处去修仙，贾雨村就把娇杏纳到自己房中。第二年贾雨村的夫人死了，娇杏给他生了一个儿子，马上被扶正，成了正房夫人，娇杏对贾雨村的帮助很大。后来薛宝钗到了贾雨村家里只能当小妾了。所以命运非常嘲弄人，一个丫鬟，侥幸得了正房，而薛宝钗这样的富家大族出身的，又是贾家的正房夫人，到了贾雨村这里反而做小，成了他的妾，所以命运是"三十年河东，三十年河西"。

8. 佛教的影响

空空道人因空见色，由色生情，传情入色，自色悟空，遂易名"情僧"。

咱们现在讲"色"，好像认为是女色，不是的。色是什么？是物质。在佛教里，色是讲物质，空是讲得道，讲哲学。空是道理，色是物质。色不异空，空不异色；色即是空，空即是色。咱们看《心经》，现在好多人信佛，《心经》一百八十一个字，"观自在菩萨，行深般若波罗蜜多时，照见五蕴皆空，度一切苦厄……"可能很多人都在庙里面拿一本《心经》，然后每天抄，不停地抄，抄一遍积一次功德，抄一百零八遍，送到庙里去把它焚化了，然后再拿一本，慢慢抄，慢慢抄……《心经》里面最核心的就是："因空见色，由色生情，传情入色，自色悟空。"所以空空道人……遂易名"情僧"。

9. 披阅十载，增删五次

《红楼梦》是披阅十载，增删五次。它有五个名字：

（1）《石头记》

最早的名字就是《石头记》。它是"通灵宝玉"在贾宝玉身上做的一个新闻实录，相当于一部报告文学。就是他说什么我就写什么，他干什么我就写什么，像报纸一样，纪实版。

（2）《情僧录》

什么叫《情僧录》？一个和尚，看到青埂峰下的大石头，石头上面写的字，他把它抄下来。抄的过程中，因为是人抄的，再努力也有可能抄错，所以《红楼梦》的抄本有很多，共有十二个版本，就有不少是抄错的。一边抄，一边看，一边看，一边有所悟。"因空见色，由色生情，传情入色，自色悟空。"有所悟，就叫作《情僧录》。从《石头记》到《情僧录》是一个很大的飞跃，什么飞跃呢？石头有没有感情？没有！情僧有没有感情？有！虽然是和尚，四大皆空，但是他毕竟是情僧，录是记录，《情僧录》。

（3）《风月宝鉴》

从《石头记》到《情僧录》，加入了一个作者。这是第一次增删。第二次是什么？是《风月宝鉴》。《红楼梦》第十一回和第十二回，讲贾瑞和王熙凤的故事。贾瑞喜欢王熙凤，然而家里又很穷，天天想王熙凤想得不得了，王熙凤设计让贾蔷和贾蓉把他关起来，倒了一盆粪水，冬天又特别冷，又阴又怕，死了。死之前，来一个和尚送给他一面镜子，这镜子叫"风月宝鉴"，说这镜子你一定要看背面，不能看正面。他一看背面，是个骷髅，吓得浑身发抖；一看正面，看见王熙凤在里面向他招手。他进去云雨一番，一发不可收，结果身体越来越虚弱，就这样死了。

所以"风月宝鉴"在《红楼梦》里面是这么体现的，但是《红楼梦》有一版就叫作《风月宝鉴》。什么叫"鉴"？鉴就是镜子。咱们现在看到的镜子是玻璃制品，过去的镜子是铜制品，铜镜。铜镜不太好，需要经常磨，因为时间长了会生锈，生锈了要磨一磨才能清晰可见。过去有一个职业叫"磨刀磨镜（磨铜镜）"，这铜镜不像咱们现在的玻璃镜子毫发毕见，照得人会变形，镜中人和本人还是有差别的，所以叫"镜花水月"。镜子里的花和水中的月，都不是真实的，都是幻象。从石头到情僧到镜子，这就越来越不真实了，这就是《风月宝鉴》。

（4）《金陵十二钗》

第三次增删叫《金陵十二钗》，"金陵十二钗"指的是十二个人，薛宝钗、林黛玉、贾元春、贾探春、史湘云、妙玉、贾迎春、贾惜春、王熙凤、贾巧姐、李纨、秦可卿，就是贾府里的十二个女子。张艺谋拍的《金陵十三钗》，是讲妓女的，与金陵十二钗是风马牛不相及。为什么要选十二钗？就是要写十二个人，十二个女人。大家知道，中国古代的小说都是写事情的，没有写人的，尤其不写女人。

《三国演义》写的是什么？写的是从公元184年到公元290年，这一百零六年的三国争霸的风云变幻，它里面尽管写曹操、诸葛亮、刘备、关羽、孙权等人物，但全部是围绕着事情写的，人随事走。事情来了，人就来了；事情消失了，人也就没了。《西游记》是写取经的具体事情的。尽管写的是孙悟空、猪八戒、唐僧、沙僧、白龙马，这些人物都是贯穿全篇的。还有每一回的妖精，今天是白骨精，明天是耗子精，下一个是蜘蛛精，前后没有什么联系。所以看《西游记》像似在看系列短篇小说。《水浒传》也一样，鲁迅说，"虽云长篇，颇同短制"。它好像是长篇，但写的都是一篇篇的小故事，武松的故事、李逵的故事、史进的故事、林冲的故事、鲁智深的故事……故事相互间有交叉，但是把它抽出来以后就是短篇小说。

（5）《红楼梦》

只有《红楼梦》把写作的重点放在了人上面。我们说文学是人学，但中国古代，文学不是人学，而是事学，它是放在史传文学的传统中的。比如说《三国演义》，什么叫"演义"？就是三分虚构，七分真实。你看《石头记》《西游记》就都是记事的，是报告文学或者是新闻采访实录。《红楼梦》不一样。梦是什么意思？梦是假的。

为什么说《红楼梦》是中国古代一部伟大的小说？

第一，它发现了人；第二，它发现文学是虚假的。

过去人们以为文学是史记的实录。《西游记》《三国演义》，包括《东周列国志》《水浒传》等，这些都是纪传小说，不是事记就是人物的传记。而《红楼梦》认为，小说是假的。小说是围绕虚构的人物而写的。

现在好多人认为《红楼梦》是曹雪芹的自传，这就完全背离了曹雪芹创作的根本意义。他本意就是要虚构。《红楼梦》第一回说，"朝代年纪，失落无考"。有人问，《红楼梦》写的是清代的故事，还是明代的故事？是南京，还是北京？都不是。它是地域、邦国皆不可考，它说的就是假的，但是它的细节是真的，人物都是假的。《三国演义》则不是，孙权是真的，曹操是真的，刘备是真的……《西游记》里还有一个唐僧是真的呢。《水浒传》就更不用说了，一百零八将里面三十六个是真的，七十二个是假的。而《红楼梦》是一部虚拟小说。

10. 体会"意淫"

我刚才讲的"意淫"，说：

> 淫虽一理，意则有别。如世之好淫者，不过悦容貌，喜歌舞，调笑无厌，云雨无时，恨不能天下之美女，供我片时之趣兴：此皆皮肤滥淫之蠹物耳。如尔，

则天分中生成一段痴情，吾辈推之为"意淫"。惟"意淫"二字，可心会而不可口传，可神通而不能语达。汝今独得此二字，在闺阁中虽可为良友，却于世道中未免迂阔怪诡，百口嘲谤，万目睚眦。

就是说贾宝玉在大观园里面，都是他的朋友，为什么？鲁迅说："昵而敬之，恐拂其意，爱博而心劳，而忧患亦日甚矣。"

哪几种人呢？一是"假使或男或女偶秉此气而生者，上则不能为仁人为君子，下亦不能为大凶大恶。"叫小才微善。二是"置之千万人中，其聪俊灵秀之气，则在千万人之上；其乖僻邪谬不近人情之态，又在千万人之下。"下面这句很有意思："若生于公侯富贵之家，则为情痴情种；"就是贾宝玉。"若生于诗书清贫之族，则为逸士高人；"就是甄士隐。"纵然生于薄祚寒门，甚至为奇优，为名娼，亦断不能为走卒健仆，甘遭庸夫驱制。"

《红楼梦》里有没有写到"奇优名倡"呢？写到过，如尤三姐、蒋玉菡。这些人都是"奇优名倡"，唱戏唱得非常好，包括尤三姐。尤三姐最后调戏贾珍和贾琏时的那种感觉，她说哪是男人嫖了她，简直是她嫖了男人，弄得贾珍和贾琏一句话都说不出来。尤三姐当时那个感觉，把贾珍和贾琏两个人玩弄于股掌之间，非常气爽。这种人就是过着一种不走寻常路的生活，他有可能是"情痴情种"，也有可能是"逸士高人"。这些人就是不好好工作，不会天天上班，不会每天到公司里打卡、加班，然后拿点工资，回去买点小菜等。这种人不干，实在不行就是"奇优名倡"。我去唱戏，去当妓女，我就不走寻常路，不当普通人！

为什么？这种人是欲己而生。《红楼梦》第一回应该反复看，写得非常有意思。它说，有一种人是应运而生，就变成英雄豪杰，比如说尧、舜、禹、汤、文、武、周、召等。还有一种人是应劫而生，比如说王莽、曹操这些大凶大恶的人。又有一种人是逸士高人，比如说历朝历代的隐士，有才华，有情操，但是他们就是不工作，不会成为一个普通的老百姓，不会天天早九晚五上班下班，也不会正儿八经地去做生意。为什么？因为他在这个世界上走的是另外一条路，就是贾宝玉这条路。

什么叫作"意淫"？鲁迅用一句话讲清楚了："昵而敬之，恐拂其意，爱博而心劳，而忧患亦日甚矣。"

这是什么意思？

（1）昵而敬之

"昵而敬之"就是贾宝玉对女孩子的态度，昵是亲昵、亲切、亲密；敬，就是尊敬。就是对女孩子既亲密又尊敬，这就不容易了。贾琏是什么？亲昵而不尊敬。贾政呢？是尊敬而不亲昵。还有的人是既不尊敬，又不亲昵，像贾赦，修仙求道去了，还有的是娶小老婆了。贾宝玉是昵而敬之。对女孩子首先是亲密亲切，不摆正人君子的架子，不摆公子的架子，但是它的本质是尊敬。不管是对薛宝钗、林黛玉，还是对袭人、晴雯，还是小红、碧痕，还是对那些乡下的小姑娘，他都非常尊敬。他把亲切和尊敬和谐地融合在一起。

（2）恐拂其意

"恐拂其意"，生怕违逆了女孩子的心意。最典型的是晴雯撕扇。晴雯拿这个扇子撕了。贾宝玉说，你把它撕了？这扇子是用来干什么的？晴雯说，扇子是用来凉快的！但是如果我想撕得"嘶嘶"响也行！贾宝玉说，可以呀，给你撕一把！就给她一把，又撕了，接着又撕了一把，感觉很爽！咱们现在的扇子不值钱，过去的扇子很值钱，扇子是有点技术含量的。苏东坡觉得扇子很奇怪，扇子像变魔术一样，"咔"的一声展开一尺多，合拢的时候就收得很窄，觉得挺好，有点机械原理的！

贾宝玉家的扇子上面都是有名家字画的，是艺术品。不像我们现在的扇子，撕不破。像石呆子的二十把扇子都很值钱，如果一撕，往少里说，几万块钱没了。结果她撕得很来劲！贾宝玉说，接着撕！这种感觉是什么？恐拂其意，生怕把晴雯的好心情给破坏了。但晴雯也确实是知道了贾宝玉对她的好。

还有"勇晴雯病补孔雀裘"。贾宝玉有一件孔雀裘，破了一个洞，没法穿了。晴雯打个补丁，补丁一般人打起来很简单，拿块布，这么一缝，就可以穿了。孔雀裘打补丁这事还挺难的。孔雀裘是西洋的东西，贾府那个时候家里面很有钱，能用西洋东西。就是曹雪芹他们家很有钱，而在明代和清代的时候，中国的外贸已经非常繁荣了。

11. 贵族生活方式超前

《红楼梦》里面经常写到喝葡萄酒，玫瑰花露也会经常用。而且《红楼梦》里面很有意思的是，所有的人都有钟表。有人问，《红楼梦》是不是明代人写的？不可能，为什么？因为中国的钟表在贵族之家普遍使用是在清康熙以后。我们看故宫钟表展，特别多的钟表，各种各样，很神奇。有一个英国造的钟表，一到整点的时候，出来一个小人，手里拿着一支毛笔书写四个字，"四海来朝"。不得了！这是清代的时候英国国王给中国皇帝的礼物。这个小人是机械的，它一到整点就出来，把"四海来朝"四个字写在一张纸上，然后就回去了。做得非常好！

（1）准确的时间观念

刘姥姥一进荣国府的时候是几点？十点钟。她找不见王熙凤，但她打听到了地方。仆人让她到一个房间里面去，让她等着。结果她看到柱子上挂着一个东西，一个铁盖在那儿晃着，"当"，响了一声，把她吓了一跳！一来一去八九下，几下？十下。那就是上午十点钟。这个是非常准确的。

刘姥姥家在郊区，她早上起来想打点秋风。六点钟起床，天色稍微亮了一点。她带着小外孙板儿，小脚老太太带着小朋友走得比较慢，走了三小时，到了城里，找到贾府。到了贾府之后，先找仆人问："周瑞家的在哪里？"好不容易找到，前门不让进，走到后门。就找到周瑞家的以后又过了个把小时，就到了那个地方，正好十点钟。刚刚去了以后，看见那钟"当"响了一声，吓一跳！这是什么东西？

过去的人吃饭，一天吃两顿。咱们现在吃三顿，早饭、中饭、晚饭。过去早上十点和下午四点钟吃饭。所以那个时候王熙凤在干什么？在吃饭。他写得很具体。那个时候十点钟，王熙凤在吃饭，刘姥姥她没吃饭。她一早起来走了三个多小时，走了二三十里路，一个小老太太带着七八岁的小男孩，这个距离差不多正好走过来。

《红楼梦》在细节上面描述得非常准确，他很看不上好多小说把细节写得很空。他就可以准确地描写，从郊区走到贾府十点钟。钟响了十下，王熙凤在吃饭。我老家山西八十年代初的时候，煤矿工人的福利比较好，开始发挂钟和座钟，就是"当当"响的这种钟。当时我们家拿了一个，放在我们村子里，大家都来看，很奇怪！它怎么能这么响？

（2）领先三百年

过去的贵族和老百姓差多少年？差三百年！三百年前他们有的东西，我们到现在才刚刚开始有。而且那个时候，跟着王熙凤的人随身都有钟表。不仅贵族有，贾府里面的高级公务员、当差的，随身都有钟表、怀表，所以贾府是非常有钱的。而且他们时间观念非常强，只要事误了点，怎么办？不仅打骂，还要罚工钱。过去讲中国人的时间观念不强，错了！在三百年前的贾府，时间观念就非常强，上午十点钟吃早饭，下午四点吃晚饭，过了时间没饭吃。不是一般人家，对吧？

12. 增删之重点：风月笔墨

如果大家看得仔细的话，《红楼梦》前二十三回和二十三回到八十回有一个很大的不同，什么不同？前二十三回有很多风月笔墨，就是写男女之事，包括"送宫花贾琏戏熙凤，宴宁府宝玉会秦钟"。有一回薛蟠到南方去采买东西，回来给贾府送了好多宫花，薛姨妈请周瑞家的一个个地送，她就去送给王熙凤。送过去以后，在中午，她见到丫鬟朝她摆手示意，"不要过来，不要过来"。一会儿门开了，贾琏的丫鬟平儿出门，拿着大铜盆打水，干什么？贾琏和王熙凤中午的时候在里面行夫妻之事。但是他是侧面描写的。第二天早上吃饭的时候，贾琏和王熙凤说，我昨天晚上换个姿势，你就扭手扭脚的。王熙凤"扑哧"一声笑了以后，拿个筷子打了贾琏一下，就讲这些东西。包括第六回，"贾宝玉初试云雨情，刘姥姥一进荣国府"，贾宝玉初试云雨情这样的故事，叫"风月笔墨"。写男女之事的，在前二十三回有一些，二十三回之后都没有了。

为什么？因为脂砚斋认为不好。过去的本子里面有大量的男欢女爱的描写，像《金瓶梅》一样，不仅有动作描写、情态描写，还配了好多诗。《红楼梦》里面也有好多诗，但是《红楼梦》的诗和《金瓶梅》的诗完全不一样。《金瓶梅》的诗全部是写男女之间怎样蜂蜂蝶蝶的，而《红楼梦》里这样的诗一首都没有。

贾宝玉梦游太虚幻境，正和可卿缠绵的时候，忽然来了许多夜叉海鬼，一下把贾宝玉拖下水去，贾宝玉喊"可卿救我"，就醒了。就这样的故事、这样的笔墨，在二十三回之后绝对没有了，为什么？因为曹雪芹认为，他写的是一个纯粹的爱情小说，是纯粹地写纯洁之爱、写男女之间纯洁爱情的小说。纯洁爱情是不应该涉及这些问题的。但是，有很多人用探佚学或者什么方法，就把一些风月的故事重新写出来，这恰恰是背离曹雪芹本意而行的，这不是发现了《红楼梦》，而是糟蹋了《红楼梦》。曹雪芹之所以这样做，就是要把"实淫"变成"意淫"。

《红楼梦》最开始的时候像《金瓶梅》一样描写的是"实淫"，就是"他和她怎么样，她和他怎么样"这样的，经过脂砚斋、曹雪芹精心构思，巧夺天工，把"实淫"改写成了"意淫"。比如贾珍和秦可卿的关系。写的是王熙凤和贾宝玉到了东府，待了一天，天色晚了，要回去，其实很近，非常近，然后派个人去送，派了谁？派了焦大！焦大喝多了酒，"有了好差事就派别人，像这样黑更半夜送人的事，就派我，就欺负我焦大年老。爬灰的爬灰，养小叔子的养小叔子，我什么不知道？"

爬灰的爬灰，是指谁啊？贾珍和秦可卿。谁养小叔子呢？王熙凤和贾蓉。

王熙凤和贾蓉的故事写得非常好，也是侧面描写，没有把王熙凤和贾蓉两个人发生了怎么样的故事直接写出来，一句也没有。

贾蓉来了说："婶婶有什么事啊？"王熙凤不停地翻炉子里的炭，翻着翻着忽然说："没事，你回去吧，中午再说。"别的没有了！

秦可卿死了，王熙凤作为办公室主任去打理丧事。到了以后，贾蓉说："赶紧倒茶，婶婶还没喝茶呢！"你看，自己老婆死了他不关心，却关心婶婶喝茶没喝茶？写的这些事情非常不一般。但就是这种不通情理的话，显示出贾蓉和王熙凤关系不一般。《红楼梦》中绝对没有写一句贾蓉和王熙凤说"我爱你，I love you"之类的话。因为他写的是真正的感情、深处的爱情，包括贾蓉和王熙凤。他们违反礼法了吗？违反礼法。但是他们并不是没有感情的。他们的感情是真正深入骨髓的一种男女之情，而不是"新造茅坑三日香"的感情。

还有我前面给大家讲的李纨和平儿的感情。就用平儿的一句话，"奶奶，别这么摸得我怪痒痒的"，这样来写，其余的统统没有了，让看官产生充分的想象。如果你要问，平儿和李纨的关系到底怎么样？不知道。因为《红楼梦》它是有自己的底线的，描写不能有太多风月笔墨。

13. 揭示灵魂的深

《红楼梦》深入人物内心，揭示灵魂的深，用了许多表达心理的词。《红楼梦》里面有很多痴、呆、蠢、闷、幻、妙、闲、愁、苦、警、悟。这些都是表达心理的词。这个叫"厚地高天，堪叹古今情不尽；痴男怨女，可怜风月债难偿"。

看一个大家都知道的《好了歌》：

> 世人都晓神仙好，惟有功名忘不了！
>
> 古今将相在何方？荒冢一堆草没了。
>
> 世人都晓神仙好，只有金银忘不了！
>
> 终朝只恨聚无多，及到多时眼闭了。
>
> 世人都晓神仙好，只有娇妻忘不了！
>
> 君生日日说恩情，君死又随人去了。
>
> 世人都晓神仙好，只有儿孙忘不了！
>
> 痴心父母古来多，孝顺子孙谁见了。

这是第一回"甄士隐梦幻识通灵，贾雨村风尘怀闺秀"里面的。甄士隐当时女儿丢了，接着房子烧了，年龄大了，渐进下世的光景。有一天，他在街边闲坐，来了一个道士，一边走一边念《好了歌》。甄士隐听了，便迎上来道："你满口说些甚么？只听见'好了''好了'。"那道人笑道："你若果听见'好了'二字，还算你明白。可知世上万般，好便是了，了便是好。若不了，便不好；若要好，须是了。我这歌儿便名《好了歌》。"甄士隐本是有夙慧的，一闻此言，心中早已彻悟，因笑道："且住！待我将你这《好了歌》解注出来何如？"道人笑道："你解，你解。"甄士隐乃说道：

> 陋室空堂，当年笏满床。衰草枯杨，曾为歌舞场。蛛丝儿结满雕梁，绿纱今又在蓬窗上。说甚么脂正浓，粉正香，如何两鬓又成霜？昨日黄土陇头埋白骨，今宵红绡帐底卧鸳鸯。金满箱，银满箱，展眼乞丐人皆谤。正叹他人命不长，哪知自己归来丧？训有方，保不定日后作强梁；择膏粱，谁承望流落在烟花巷！因嫌纱帽小，致使锁枷扛。昨怜破袄寒，今嫌紫蟒长。乱烘烘，你方唱罢我登场，反认他乡是故乡。甚荒唐，到头来都是为他人作嫁衣裳。

大家记得八六版电视剧《红楼梦》的最后一个镜头是什么吗？就是贾雨村被抓了，在一个囚车里面。大雪纷飞，最后就念这首诗，就是："甚荒唐，到头来都是为他人作嫁衣裳。"然后全剧终。

这个镜头还是很有冲击力的，既应了"白茫茫大地真干净"的预言，又把这个歌词重新给大家念了一遍。这个《好了歌》，当时是甄士隐念的，念完以后，那个疯跛道人听了，拍掌大笑道："解得切！解得切！"甄士隐说一声："走罢！"将道人肩上的褡裢抢了过来背上，竟不回家，同了疯道人飘飘而去。后来他的夫人也很快就死了。

（二）《红楼梦》的审美智慧

《红楼梦》是部小说，小说首先是文学艺术作品，一个没有审美色彩的作品就不是小说，而是一则新闻。比如《解放日报》上一篇报道，总书记参加上海代表团的审议。这是一篇新闻，它没有文学性。如果写成有文学性的话，巨大的关怀，亲切的鼓舞，浦江上事事都看好，潮汐中处处是生机……这是文学。

《红楼梦》作为一部伟大的文学作品，它首先是审美的，而且《红楼梦》的美是一种音乐的美、一种戏剧的美，但首先是一种文学的美，而且它还是一种观念的美。

1. 打破传统的思想和写法

鲁迅说："自有《红楼梦》出来以后，传统的思想和写法都打破了。"

什么意思？过去，思想是这个人物的事情的附属。《三国演义》写的是三国争霸的故事。先写事儿，然后再写人。比如说关羽、刘备和张飞。刘备是一个卖草鞋的，关羽是一个送快递的，张飞是一个杀猪的。这三个人本来没什么关系，然后就因为一个皇榜，他们走到一起来了。

朝廷出了榜，招聘勇士来破黄巾军。关羽在这个地方推着小车送快递。一看，说："国家有难，大丈夫理应担当！"当时张飞一看，心想："一位红脸大汉，志气这么高，他想这么干，我也想这么干！"刘备卖草鞋草席，卖不动，抬头一看，说与其卖草鞋，还不如去打仗！这个时候刘备看见两个人，一个红脸，一个黑脸，心说这两个人长得这么高，又笨，我想对他们忽悠一下："两位兄弟，你们一看都是英雄啊！想干什么？"

"我们想投军替皇帝效命！"

"找我就对了，我是中山靖王之后汉景帝后代，叫刘备。"

"哟！来了一个皇家子弟啊，赶紧跟着他吧。"

结果他们三个人就结拜兄弟。由此《三国演义》第一章开始，"宴桃园豪杰三结义，斩黄巾英雄首立功"。这三个人桃园结义，是为了去斩黄巾军，而不是说要塑造三个伟大的人物，所以说《三国演义》里面的人物都是扁平的，都是观念的代言人。

鲁迅说，"欲显刘备之长厚而似伪"。刘备这个人非常忠厚，非常道德仁义，但是很假。比如说摔阿斗，赵云冲过去几进几出，在长坂坡把阿斗救出来，抱了个小包袱说："少主人抢救在此！"刘备"啪"地摔到地上说："为这儿，险失我一员大将！"然后赵云感激涕零，忠心耿耿地保卫了刘家王朝几十年。但是你说刘备是真的还是假的呢？半真半假。完全假的也不可能，为什么？因为刘备认为一个战将比一个儿子重要得多。赵云在三国是排第二位的。一吕二赵三典韦，四关五马六张飞。除了吕布之外，赵云的武功最好，排第二。刘备说："别的没有，女人还没有吗？我多生几个儿子很容易，但是得一个赵云可不容易。"但刘备生育力比较差，就一个儿子。还不如他的儿子，他的儿子有五个儿子。所以说刘备摔阿斗，半真半假。也不能全是假的，为什么？因为他认为，阿斗如果死了，我再生一个儿子，但赵云没了，这个江山就危险了。所以说刘备人很忠厚、忠良，非常聪明。

鲁迅说，"状诸葛之智而近妖"。认为诸葛亮的智慧感觉就像个妖，一会儿借东风，一会儿草船借箭，一会儿祭神不灭，他说如果七七四十九天灯不灭，我就可以延寿十二年，从五十四变成六十六，结果魏延冲过来汇报军情，步子走得很大，灯给扑灭了，诸葛亮说："我完啦，要死了！"

关羽很忠义，张飞很莽撞，但是他们的性格非常单一，这叫作"扁平人物"，而《红楼梦》写的是圆形人物，就是说《红楼梦》里面所有的人都是性格很复杂的。王熙凤是一个很精明的人，但她有真情。她和贾琏应该说是政治婚姻，王家和贾家联姻。王夫人非常聪明，她为了控制贾家，把自己的亲侄女嫁给了嫡长子的儿子。这个很有意思，她不把王熙凤嫁给自己的儿子贾珠做老婆。贾珠娶了李纨，李纨是一个小户人家的女儿，没有什么背景。她把侄女嫁给了贾赦的儿子贾琏，因为她通过王熙凤就可以把贾琏收在自己的门下。王熙凤非常能干，是王夫人年轻时代的翻版！因此王熙凤虽然是贾赦的儿媳妇，但是基本上感觉是在贾政家里干活的，这样也就把贾琏弄过来了，所以邢夫人很生气。

贾琏和王熙凤两个人是有真感情的。贾琏送林黛玉回苏州，贾琏在外，王熙凤和平儿晚上睡在床上就在算："你看今天大概走到什么地方了，应该走到什么地方了……"心心念念在琢磨他们两个人的行程！

贾琏和王熙凤这样的关系，就有爱情和感情在里面，可他们的爱情和感情不像林黛玉和贾宝玉那么真实和真切，但远远超过贾政和王夫人。上一代他们的政治婚姻是没有感情的，两个人你叫我"老爷"，我叫你"夫人"，这些称呼是工作职务的称呼，而不是夫妻之间的称呼。在家里也是"夫人怎么样""老爷怎么样"，所以他们之间是工作关系，两个人共同成立了一个贾王联合公司，他们是合伙人关系。

而贾琏和王熙凤也是贾王联合公司，但这里面就有感情了。而到了贾宝玉和林黛玉的时候，就纯粹是感情了。为什么？因为他们这个时候的富家子弟没有生活的负担和压力，可以纯粹地去谈感情。因此从贾政的爱情观，到贾琏的爱情观，再到贾宝玉的爱情观，有一个慢慢发展的过程。

传统的小说写作思想就是把人物变成事件的附庸，《红楼梦》把这样的思想和写法都打破了。

2. 以女子为审美的写法

《红楼梦》是以女子为审美的。过去女子都是男人的工具，没有独立存在的价值。但《红楼梦》里女子不仅有独立存在的价值，而且是山川灵秀之气的汇聚，《红楼梦》给了她们最高的荣誉。

女子是水晶般的，山川灵秀之气的汇聚，是中国精神再造者。女儿是水做的骨肉，男儿是泥做的骨肉。我见了女儿，我便清爽；见了男子，觉得浊臭逼人。

为什么？因为男人手上是仕途经济，男人天天想的是功名利禄，想的是怎么样当官，怎么样发财，怎么样把别人的钱赚到自己手里，怎么样把别人的老婆放在自己家里，想着这些东西自然是浊臭逼人的。女子之所以清爽，是因为她们和这个世界离得比较远。

贾宝玉是个富家公子，但是他说："我和你一比，我就如那野坟圈子里长的几十年的一棵老杨树，你们就如秋天芸儿送我的那才开的白海棠。"他说的是谁？说的是那些在贾府里面唱戏的小戏子。

咱们现在看戏，到天坛大剧院、上海大剧院，到兰心大剧院，到上海艺术中心，到东方艺术中心，买票分贵宾席、普通席，去买票看戏，感觉很好！看歌剧，穿的西装革履，戴个领结，开着车去，看帕瓦罗蒂，感觉很高尚，很不一般。

过去人不是这样的，人家的府里面自己养戏班子，人家从来不到外面去看戏。杜月笙、黄金荣看戏，看一个什么角，什么梅兰芳、周信芳，捧个角。杜先生等人是什么？那是江湖侠士，是上海滩上的青洪帮，没有什么水平的，属于那种普通的慢慢混世界的人。

真正的贵族，他们家里是养着戏班子的，从不到外面去看戏，像那些大家闺秀怎么可能出门呢，从来不会出门的。你们看巴金的《家》里面的那个女人，在成都七十年没有出过门。《家》里的男人，包括觉慧、觉新，他们有工作，出去坐个轿子，一个人上班，四个人抬着，这成本挺高的！觉新是在一个事务所工作，做个小会计。一出门，四个人抬着。他的工资养活不了这四个轿夫。但是你看他们家里那些老太太和女人，几十年没有出过门，没有到过郊区。为什么？因为大家闺秀是不出门的。

要娱乐怎么办？他们自己养戏班子，所以贾府里面有十二个小女孩子，从她们小的时候就开始调教学习。都是女孩子，过去家庭戏班是没有男孩子的。结果贾宝玉说，我和你们一比如何如何，贾宝玉是富家子弟，是贾府的继承人，但是他认为，他还不如那些戏班里的小姑娘。他是夏天的老杨树，女孩子是秋天的白海棠。为什么？

这些女孩子都是家里比较穷的，随富家子弟学戏，很辛苦。七八岁开始，师傅又打，冬练三九，夏练三伏，很辛苦。但是贾宝玉给她们最高的礼遇，认为她们是白海棠。

贾宝玉对宝钗、黛玉、湘云、袭人、晴雯、平儿、金钏，还有刘姥姥讲的神话小姑娘，都是一样待遇、一样尊敬。特别是金钏，金钏是王夫人的大丫鬟，死得很惨。

一天中午，王夫人就这么躺着，金钏给王夫人捶腿，贾宝玉过来了。贾宝玉是十一二岁的小男孩，他当时还住在大观园里面，应该说第二性征还没有发育，金钏比他大一点，笑道："你忙什么？金簪儿掉在井里头——有你的只是你的……"

宝玉笑道："谁管他的事呢？咱们只说咱们的。"

王夫人一听，气坏了！一脚踢下去说，我说宝玉怎么搞坏了，都是被你们这帮小蹄子带坏了，滚！把她赶出去！

金钏的父母就是贾家的奴隶，她是生在贾府长在贾府的，没地方去。袭人和晴雯她们不怕被赶出去。袭人家是旁边村子里的，她家还有几亩薄田，实在不行就回家，回家嫁给村里的小伙子过日子，没问题。晴雯回去以后，她哥哥不管她，得了肺炎死了。但是她们都有去处，金钏是没去处的。因为他们家是什么？就跟国企子弟一样——像我们家，我爷爷在这个煤矿，我爸爸也在，我也在，我在农村没有土地，没地方去——金钏被赶出贾府之后，她不仅没地方去，连她的父母兄妹都要受影响，所以金钏到最后只能投井自杀。为什么要想不开啊？怎么死了？因为她没处可去。后来王夫人很伤心，然后说，我本来想教训她一番……

金钏很小的时候跟着她，像她女儿一样，长到十几岁，她也是有感情的，没想到她这么刚烈，投井自杀。

金钏自杀后，宝玉就很伤心。过了两天王熙凤过生日，大家都在捧王熙凤，王熙凤也很开心。结果出了两件事，一件事情闹得很大，就是王熙凤回到家里，发现贾琏和鲍二家的在偷情，她就闹得天翻地覆，贾琏拿着宝剑要把王熙凤给杀了！这是一件大事。还有件小事，在大家都奉承王熙凤的时候，贾宝玉觉得很无聊，就出来了，出来以后看见金钏的妹妹玉钏在哭，为什么哭？这天是金钏的"头七"。贾宝玉又想起了金钏。所有的人都忘了金钏这个人了，过了七天，不管是王夫人还是谁，所有的人都忘了曾经存在过这么一个人，贾宝玉没忘，他专门去祭奠金钏。

所以说，这是一件很感人的事情，一个富家子弟不仅把仆人当人看，而且在自己的亲表姐、嫂子，还是贾府的实际前台控制人过生日的时候，在这么大的一个 Party 的时候，他又作为第二主角——第一主角就是王熙凤，贾宝玉是第二主角，因为他是继承人，而且是长得很漂亮的、老太太董事长最信任的孙子——跑了！他干什么去了？他去祭奠金钏。这是有违人情的事情，所以为什么说贾宝玉是反对"世事洞明皆学问，人情练达即文章"的，因为它这里面的世事人情都是世俗的世事和人情，而不是真正的世事和人情。

《红楼梦》把传统的思想和写法都打破了。曹雪芹认为《红楼梦》自己写得非常好，所以说真正的高人是不谦虚的。曹雪芹也很得意，因为他认为古今中外的小说家都没有他水平高，虽然他吃不上饭，得靠脂砚斋来救济，今天送点馒头，明天送点咸菜，然后喝酒的时候还得赊账，但是他说："历来野史的朝代，无非假借汉、唐的名色……不借此套，只按自己的事体情理，反倒新鲜别致。"

第一，它超越了朝代和年纪。《三国演义》《水浒传》《西游记》有朝代年份，《红楼梦》到底是唐朝、宋朝、清朝，还是三国，还是周朝，他不管。地域什么皆不可考，什么时候发生的事情，在哪儿发生的，不知道。

第二，"况且那野史中，或讪谤君相，或贬人妻女，奸淫凶恶，不可胜数；更有一种风月笔墨，其淫秽污臭，最易坏人子弟。"它超越了什么？超越了这样的写男欢女爱的性爱小说。

第三，至于才子佳人等书，则又开口文君，满篇子建，千部一腔，千人一面，且终不能不涉淫滥。

《红楼梦》超越了才子佳人小说，超越了《三国演义》，超越了《金瓶梅》，这是一点一点地超越的，而不是像腾云驾雾的孙悟空一蹴而就的，是像一身肥肉的猪八戒，走得很艰难的。

过去那些才子佳人小说，都有一个这样的小姐，看到一个书生，还有一个丫鬟（红娘）在其中穿针引线，最后终成好事。《西厢记》里是崔莺莺和张生，比如一首诗说："待月西厢下，迎风户半开。拂墙花影动，疑是玉人来。"

第四，历来几个风流人物，不过传其大概以及诗词篇章而已，至家庭闺阁中一饮一食总未记述。

《红楼梦》所描写的人物和事物都很翔实。为什么？因为曹雪芹知道富贵人家是怎么生活的，普通人一般不知道富人是怎么生活的。我们想象不到，当然也可以凭空想象，这是每个人的自由。比如一个农民天气热的时候躺在门洞里，风吹在身上，感到非常舒服，他想："啊呀，皇帝也不过就是这样子了，顶多是'哎，来点清华凉水'，皇帝也就是这么个感觉。"这是贫穷限制了对富贵人家生活的想象力。

曹雪芹是富家子弟，他当然知道贵族家里怎样吃饭，怎样喝茶，怎样说话，怎样作诗……一饮一食，总未记述，为什么？因为细节是非常难写的。比如说他是个好人，"请举三个例子，来说明他是个好人。""唉，举不出！""举不出，怎么能说他是个好人呢？"一定要有很多例子才能把这个人或这件事说清楚，要论点、论据和论证齐全。论点，我写富贵人家；论据，我要写出很多细节；论证，我写作手法非常高明。

第五，大半风月故事，不过偷香窃玉、暗约私奔而已，并不曾将儿女之真情发泄一二。

《红楼梦》里男女之情的细节，超越了那些暗约私奔的小故事。可见，曹雪芹是一个非常自觉的文章改革家，也是一个非常自觉的小说理论家。我曾经专门写过一篇文章，叫《〈红楼梦〉在中国小说发展史上的跨时代意义》。就是鲁迅说的，思想和写法都打破了。这句话写得是非常准确的。

举个例子，第五十四回"史太君破陈腐旧套，王熙凤效戏彩斑衣"，有这么一段叙述：

> 贾母笑道：这些书都是一个套子，左不过是些佳人才子，最没趣儿。把人家女儿说得那样坏，还说是佳

人，编的连影儿也没有了。开口都是书香门第，父亲不是尚书就是宰相，生一个小姐必是爱如珍宝。这小姐必是通文识礼，无所不晓，竟是个绝代佳人。只一见了一个清俊的男人，不管是亲是友，便想起终身大事来，父母也忘了，书礼也忘了，鬼不成鬼，贼不成贼，哪一点儿是佳人？可知那编书的是自己塞了自己的嘴。

贾母之所以能说出这样的话，是因为只有像贾母这样的人才知道富贵人家是怎么回事。一些编书的人，他自己穷得连饭都吃不上，他想象得出这一点已经很好了。他能想象富贵人家有多少个丫鬟吗？家里有一个丫鬟还不够啊？但贾府仅贾宝玉就有十几个丫鬟了。

我第一次跟一位部长出席一个活动，是上海财经大学九十年校庆，那是在 2007 年。那天吃早餐，吃完早餐以后我要去签字，一看每人一百零五元，"哇，吃个早餐要一百零五元？"在当时感觉很不可思议，说："早餐怎么这么贵？"后来发现一百零五元也就是这么回事。当你知道早餐还有一千五百元的时候，就感到一百零五元不足挂齿。但是当时确实是吓一跳，后来发现这一百零五元还是个优惠价。

当你经历过之后，才会发现它到底是怎么样的。比如有个小说《二号首长》，这个小说刚出来时大家觉得写得很好。但我作为一个秘书，这么多年下来，知道哪些细节写得是比较好的，哪些细节就不那么真实，比如说，领导与秘书讲那么多机密事情，这是不可能的。从大处讲，这是工作的大忌。从小处讲，领导有领导的工作，秘书有秘书的想法，秘书也有很多私心，他也在那儿拉帮结派，在外面背主求荣，为自己谋取更多利益。领导如果把那么多机密和你商量的话，那你就离死不远了！

但是有一个细节还是写得不错的，省委书记到基层，市委书记和市长来迎接的时候，车门打开，秘书先下去，书记和市长来给省委书记介绍情况，走过来的时候他要和秘书握手，秘书不能和他握手，这是对的。但是他忽略了下去的人应该是警卫员，而不是秘书。这里面没有警卫员是一个失误，因为省委书记是有一个警卫员和一个秘书的。可见他这个细节写对了，但是人的身份搞错了。所以关键还是在作者是否经历过。

贾母继续说：

> 再者，既说是世宦书香大家子的小姐，又知礼读书，连夫人都知书识礼，便是告老还家，自然奶妈子丫头伏侍小姐的人也不少，怎么这些书上，凡有这样的事，就只小姐和紧跟的一个丫头知道？你们想想，那些人都是管什么的，可是前言不搭后语了不是？

贾母说自己是中等人家，已经是很富了。但是她所说的中等人家，是在她这个层面上说的。

贾母说自己是中等人家，不是谦虚，而是她真实的感觉。因为过去封"国公"的在全国可能有几十个，甚至更多。那像她这样的人家在全国会有很多。比如说，北静王水溶，是王爷，那比贾府要高得多了，人家的丫鬟管家是官派的，而贾府是自己雇的。虽说水溶是个小孩，但是他给贾宝玉送珠子，贾家上下奉如至宝，因为他是皇帝的亲兄弟。

贾母说自己是中等人家，而且家里面还没有什么有工作的人，最多就是贾政是工部员外郎，住建部一个司长，一个兼职的巡视员，没有实权。即便是这样的人家，丫鬟也不少，何况宰相、尚书的家，怎么就一个丫鬟？其他人都到哪儿去了？因为写书的人根本就不知道那些人是怎么生活着的。

> 有个原故：编这样书的人，有一等妒人家富贵的，或者有求不遂心，所以编出来糟蹋人家。再有一等人，他自己看了这些书看邪了，想着得一个佳人才好，所以编出来取乐儿。他何尝知道那些世宦读书人家的道理！别说那书上那些大家子，如今眼下拿着咱们这中等人家说起，也没那样的事，别叫他诌掉了下巴颏子罢。

所以说，曹雪芹对这些书是很看不上的。毛主席说，艺术来源于生活。没有生活，写不出真正的艺术。

3.《红楼梦》的新文学观

（1）明确了文学的虚构性

艺术的生命是真实，但是文学的行为是虚构。如果文艺也是真实的话，那看新闻报道、看报纸、看电视不就得了？如果讲真实性，看《新闻联播》，那比看电视剧强多了。

这个过程，第一个是《石头记》，这是中国的纪实传统。第二个《情僧录》，有了创作者，就是情僧，但是和尚的感情还不够丰富。第三个《风月宝鉴》，有个镜子，表明是镜花水月，小说由真实向虚构转变。第四个《金陵十二钗》，出现了人之后，注重了女性的典型。第五个，也就是最后一个，《红楼梦》，变成了一个梦。梦是什么梦？梦要醒的，梦是假的，但是梦来源于真的生活，叫"日有所思，夜有所梦"。

所以《红楼梦》讲的是一场梦，但是梦最终要醒过来的。此开卷第一回也。作者自云因曾历过一番梦幻之后，将真事隐去，故曰"甄士隐"云云，"贾雨村"，假语村言，敷衍出一段故事来。但是他又说："假作真时真亦假，无为有处有还无。"

（2）追求的是艺术的真实，而不是事实的真实。

"假作真时真亦假，无为有处有还无。"它是朝代年纪、地域邦国都失落不可考，没有了。只有细节是真的，人情、人性是真的，其余的全是假的。

你看"抗日神剧"，与曹雪芹的创作思想是完全颠倒的，时间是真的，事情是真的，但是整个情节全是假的。手撕鬼子、手榴弹打飞机、服装里面掏个手榴弹出来……几乎没人信。

所以曹雪芹认为什么是真实，细节和感情是真正的真实。至于这个事情存在过没有，不在乎。比如，《阿Q正传》里的阿Q，是否存在过？没关系。但是鲁迅写出了阿Q身上中国人的共性，写出了国民性。所以我正月初二的时候跑到鲁迅公园，在鲁迅墓前三鞠躬。我说："感谢先生赐予衣食，虽没有大富大贵，但也丰衣足食。我靠研究现代文学活到今天也挺好。"

《红楼梦》说，贾雨村是胡州人氏，胡州不是浙江的湖州。胡州就是"胡诌"，胡诌八道的"胡诌"，意思是说没这事，就和

"乌有之乡"一样。"乌有之乡"的意思是没这个事，没有这个地方。没有胡州这个地方。

（3）肯定了文学的娱乐功能

这是很好的。过去孔子说《诗经》：

> 小子何莫学夫诗？诗可以兴，可以观，可以群，可以怨。迩之事父，远之事君。多识于鸟兽草木之名。

"小子何莫学夫诗"，说，你啊（对他儿子），你要学点《诗》啊（当时不称《诗经》，称《诗》），为什么学《诗》呢？就可以兴，可以观，可以群，可以怨。

什么是兴？就是比兴，比兴人世间的风俗；"可以观"，可以看看人家的道德的高低；"可以群"，在聊天的时候可以有话说；"可以怨"，在表达自己的意见的时候，可以借用《诗》的话。有意见或建议不要直接给领导说，否则领导生气了很尴尬，要拐个弯地说想干什么，借用《诗》里的话说，比如："关关雎鸠，在河之洲；窈窕淑女，君子好逑。"藏族和维吾尔族好多人讲话都这样，"高高的天上有只雄鹰，"然后再说，"这个事情，我们一定要去做……"这是用比兴的手法。

"迩之事父，远之事君"，远的可以为君主服务，实在不行在家里孝顺父亲，也是一个知书达理的人。《诗经》里面写了好多花花草草，"关关雎鸠"是鸟，"参差荇菜"是草，有许多植物学知识，然后鸟兽草木之名，你在里面看看，学点知识也好啊。

"可以兴，可以观，可以群，可以怨。迩之事父，远之事君。

多识于鸟兽草木之名。"尽管他说了《诗》的政治功能、服务功能和认识功能，但是没有说《诗》的审美功能。他认为《诗》不是一个文学作品，它是一个舆情总集。现在都讲舆情，还讲我们要关注舆情。当年我是上海市第一任舆情处处长，当时就我一个人。在2005年时（现在的舆情工作已经很活跃了）中国最早的一批舆情工作者，我是其中之一。中宣部到现在为止用的两本教材都是我写的。

最开始《诗经》就是舆情总集。比如咱们熟悉的白居易写的《卖炭翁》也是一个舆情材料。

卖炭翁，伐薪烧炭南山中。

满面尘灰烟火色，两鬓苍苍十指黑。

卖炭得钱何所营？身上衣裳口中食。

可怜身上衣正单，心忧炭贱愿天寒。

夜来城外一尺雪，晓驾炭车辗冰辙。

牛困人饥日已高，市南门外泥中歇。

翩翩两骑来是谁？黄衣使者白衫儿。

手把文书口称敕，回车叱牛牵向北。

一车炭，千余斤，宫使驱将惜不得。

半匹红绡一丈绫，系向牛头充炭直。

我们觉得这个诗写得很好，写了一个下层的老百姓、一个烧炭的老农民，被强买强卖的故事，反映了下层人民被压迫的阶级血泪，但这首诗就是一个舆情材料。现在还要有个提要，就是我

128

们给领导写材料的时候要有个提要。因为领导很忙，写一句话，告诉他是写什么事儿的，如果领导感兴趣的话就看一遍，不感兴趣的就不看了。所以要有一个内容提要，下面写了一首诗，朗朗上口，就是让你看这宫里的采购太不像话了！用"半匹红绡一丈绫"，去抢人家老农的炭，"一车炭，千余斤"啊！而且他"身上衣裳口中食"都没有着落，你给他这点红绡丈绫，他怎么办？吃不得，穿不得。希望皇帝来个批示，处理一下强买强卖欺行霸市的行为。

所以它是一个有现实作用的东西，这是一个舆情处处长该干的活。白居易那个时候的工作就和我那个时候一样，是个舆情处处长。他上街去看到一些事情，收集材料。这个时候，文学是为政治服务的，或者说文学是为统治阶级服务的。但是曹雪芹说，文学要为人的精神娱乐服务。

《红楼梦》里面说，小说就要让它娱乐化，让大家爱看。喜欢政治新闻的人少，爱看闲适文学的人多。老百姓谁天天去看治理之书呢？大家都爱看看闲书。

就是一般的老百姓，理论可以看。但是曹雪芹认为，一般的老百姓看治理之书的少，看闲适文学的多。所以《红楼梦》这个故事，也不愿世人称奇道妙，也不一定要世人喜悦检读，只愿他们当那醉余睡醒之时，或避事消愁之际，把此一玩，岂不省了些寿命筋力？

意思是说，我这本书你不要把它当成什么很高大上的著作，看《三国演义》，觉得是三国争霸的智慧；看《水浒传》，觉得是造反有理的理论；看《西游记》，看怎么降妖捉怪，怎么创业上市，怎么巴结领导。看《红楼梦》，不要看这些事。那看什么呢？醉余睡醒，已经喝多了，生活很舒服的时候，吃饱了，睡在床上，没事干，看一会儿《红楼梦》吧，看着看着就睡着了，然后醒了以后接着看。或者避事消愁之际，或者是你什么都不想干了，做个隐士了，但是隐士很寂寞，看点什么书呢？正经书不想看，就看《红楼梦》。为什么？因为你是隐士嘛，不想看那些闲言碎语，就看看男欢女爱，吃吃喝喝，吃得挺好，穿得挺好，感觉很好，让你益寿延年，岂不挺好的吗？

所以曹雪芹发现，文学还有这个功能，不仅要经国济世，是不朽之大业，还可以有娱乐功能。

说起来荒唐，细看来深有趣味。曹雪芹这个人是一个非常清醒的文艺理论家。你们觉得我这些话现在听来好像挺荒唐的，但是细看的话真的是这么回事。我们现在一再地想把文学的娱乐功能打压下去，但终究是打不下去的。为什么？说实话，有几个人想通过看电视剧当官呢？

（4）注重细节的生活经历

《三国演义》我们也喜欢看，八十万字一百二十回，写一百零六年里的巨大的战争风云，但是《三国演义》没有细节，因为人太多了。

一个特别精彩的细节，就一句话概括了。比如说"关公温酒斩华雄"，要是现在的话要打三集啊！打起来没完，一来一回，关公怎么打，华雄怎么打，还可以加一点心理描写。但是《三国演义》怎么写？侧面描写。华雄在外面叫阵，几个大将被安排出去迎战，很快都被斩，而且连斩五六个。这个时候曹操请关羽出来迎战。于是关羽说，我愿意取华雄人头！袁绍说，你是谁啊？曹操说，他是一个马弓手。就是相当于一个骑兵排排长。袁绍说，去去去，我们这么多战将，怎么轮得到一个马弓手？你先一边歇着去吧。曹操说，没事，他不就是排长，如果他斩了华雄，咱们就省事了；如果他死了，也没事是吧？反正这个人地位很低。

但是看见关羽身长九尺，面如重枣，飘飘髯在胸前，威风凛凛。曹操看这个人，说不定是个英雄，然后给他倒上一杯酒，"英雄，饮了此杯，好去出战！"告诉你，死之前也别忘了喝杯酒。"临行喝妈一碗酒，浑身是胆雄赳赳……"但是关羽说，你放着，我把华雄斩了以后，再来喝庆功酒。关羽提刀上马，一阵鼓响。很快他就回来了，"哗"的一下，把华雄的头扔在地上。其酒尚温，酌酒还热。说明关羽动作迅速，只用几分钟。过去的酒杯是金属制品，散热快，咱们现在是玻璃杯或者是保温杯，酒的温度散起来很慢，过去是青铜的。

《三国演义》用的是侧面描写，精彩的故事可以侧面描写。为什么？因为罗贯中不太擅长细节描写。古龙和金庸他们都写武侠小说，但两人写法完全不一样。金庸一开始就是"青光闪动……"他怎么打，他怎么打，他怎么打，一打就打了好几页，都不知道谁和谁在打。古龙不是这么写。古龙的写法是，"他看着他，一动不动；他跟他也一动不动，突然……一个人头已经落下了！"这刀法非常快，你看不清刀是怎么来的。刀光见，人头也没了。为什么？因为古龙写不了细节。不是说他不想写，是他写不来。于是他就把这个事情搞成这样子了。杀人，只需一刀！一刀即可杀人，没有第二刀。他不知道下一刀该怎么写。每个作家的才能不一样，所以说《三国演义》没有细节，《红楼梦》全是细节；《三国演义》都是大事，《红楼梦》整部著作没有大事，最大的一件事情就是"葫芦僧判断葫芦案"，但是还是在第四回，在整篇故事还未展开时出现的。

《红楼梦》里吃个螃蟹可以吃好几章。写个"菊花诗"，你一首，我一首，他一首。然后林黛玉病了，贾宝玉来看她。来了以后外面竹子怎么样，花怎么样。薛宝钗来探望林黛玉，送过燕窝，一天吃几两，怎么做法，细细写来，不厌其烦。为什么？因为他认为，细节见功夫。能把一个这么小的事情写得那么清楚，相当不容易。

他写细节反复推敲，精耕细作，"至若离合悲观，兴衰际遇，俱是按迹循踪，不敢稍加穿凿，至失其真"，就是说这些女士不敢稍加穿凿，不敢一点点写错或者写坏。为什么？因为我写出来，有懂行的会看出来。曹雪芹他们家里面有钱，但有钱人不止曹雪芹一家。有的人一看这个不对，一看那个不对，我们家根本不是这样的，也不是这么过的……

2004年有本书叫《细节决定成败》，里面有个例子，上海地铁一号线是英国人设计的，沿途要有好几个拐弯；二号线是上海人设计的，他说："拐那么多的弯干什么？……弄直的，直接下去！"后来发现，坏了！因为冬天开空调的时候，运行时有拐弯的地方很省空调，因为它拐几个弯的时候，冷气进不来，热气出不去。直的则相反。这时才发现，设计拐弯很重要。这就是细节决定成败。

上海人很聪明，吃一堑，长一智，世博会的场地，排队的通道都设计为 S 形的蛇形通道。这不是让你排队，而是增加你等待的时间。因为你在外面等待时间长了以后，里面就不会拥挤。你在这儿走圈，你多走了五十米，那你在这里停留的时间可能多了半分钟，别小看这半分钟，就会起到作用，为里面减轻很大的压力。

可见，细节非常重要，《红楼梦》PK 的就是细节。西方的小说，不管是《巴黎圣母院》，还是《悲惨世界》《红与黑》，都有非常详细的环境描写，像《巴黎圣母院》把当时巴黎周围的情况，写了好几页。但是《红楼梦》呢，把所有的细节描写、环境描写，都和人物描写紧密联系在一起。比如贾府，是怎么设计、怎么规划的，房屋是怎么安排的，这些是通过林黛玉进贾府、通过林黛玉的步子和眼睛一点一点地写出来的。他不会给你凭空交代，像设计师一样，他不是。他"雇佣"一个导游，把林黛玉当成小导游，一步一步地看过来。那为什么是林黛玉？因为她走得慢。

第一，她年纪小，七岁；第二，她刚到了贾府，不敢多行一步路，不敢多说一句话；第三，陪她的人很多；第四，她刚好从外地来，不熟悉。而且林黛玉非常细致，是一个很细心的小姑娘。如果史湘云进贾府，坏了！啥也看不见。因为她是一个比较粗的人。史湘云不合适。林黛玉进荣国府，就可以交代荣国府的布局。因为林黛玉是南方人，苏州人，非常细致。如果是史湘云，是京城人，走进荣国府，一个跟头栽过去。所以说人物和他的职能是相配的，这叫作"人岗相适"。

我们现在选干部，要人岗相适。写小说也要人岗相适。什么样的人干什么样的事儿。晴雯可以撕扇子，袭人就不可能撕。为什么？袭人她琢磨要当二奶奶了，撕了扇子怎么行，坏了自己的家产。所以袭人给贾宝玉打理得特别细致。有一个小细节，就是袭人她母亲去世了，请了三天假，这期间晴雯病了，派了一个王太医来看病。贾府人特别善良。老太太病了让谁来看？王太医，看特需门诊。晴雯病了也是王太医。这可不得了。这说明贾家是很善良的，没有人高低贵贱的区别。

贾宝玉在这样一个环境下生活，不是他个人有民主思想，整个的贾府其实都是比较平等的。比如说焦大，焦大天天骂"爬灰的爬灰，养小叔子的养小叔子"，但是焦大的功劳贾府上下人人都知道，为什么？他骂的时候，尤氏对凤姐说："因他从小儿跟着太爷出过三四回兵，从死人堆里把太爷背出来了，才得了命；自己挨着饿，却偷了东西给主子吃；两日没水，得了半碗水，给主子喝，他自己喝马溺。不过仗着这些功劳情分，有祖宗时，都另眼相待，如今谁肯难为他？"就这些功劳，几十年了，上上下下都知道。说明贾家人心非常好，很善良，没有人把焦大怎么样。而且人人都知道，这个人是立过功的。如果遇上刘邦、朱元璋之流，早就把他一刀砍了。

（5）自觉以塑造平凡人物为主旨

《红楼梦》里面叫"小才微善"，没有一个大人物。最大的人物是水溶。水溶是假的，被水融化了。被水融化了就是没有了，也就是假的。所以说《红楼梦》里面最大的是个假人。然后就是贾政，一个正厅级干部，一个巡视员，没什么职权的。然后是老太太，也没什么，虽然是一品诰命夫人，却没什么官位。实际上就是贾宝玉、贾珍、贾琏、贾蓉、贾蔷、贾瑞，还有王熙凤、元迎探惜。元春是大人物，很快就死了，四十岁不到怀孕，结果难产死掉了，而且她出场让贾府风风光光以后，贾府就破产了。

元春省亲，大兴土木。有人觉得，皇帝家里的东西难道不是你家的吗，有皇妃的赏赐嘛。其实这也麻烦。去年我爸到北京，我请他到我曾经工作过的地方吃了一顿饭。吃了以后他很失望，说："你们中午吃的就是这样的饭？"我说："这个饭已经是北京国家机关里吃得最好的了！"我爸爸说："以为你们每天吃得有多好呢！这么大的国家机关吃点东西还算啥？"我说："这可不对啊，这么大的国家机关有这么大的国家机关的事，我们已经很好了。"

元妃在宫里面，她属于地位不是太高的一个妃子，所以说她更多的时候是需要家里拿钱去孝敬皇帝身边的那些人，太监、跑腿的，来维护她的地位。她给贾家提供政治庇护，贾家给她提供经济支持。贾家收租，收来租子，结果元妃省亲，造了大观园，又搞接待，又大兴土木，一折腾，贾府破产了。可见，元春省亲留下了一个非常巨大的伏笔。为什么？因为她太高调了！如果当时贾元春不省亲，可能这个时候宫廷里面像《延禧攻略》那样，攻击她的人会少一点。结果她省亲以后，这么夸张地折腾一通，她的地位就受到威胁，不太好过，最后很快就去世了。元春是，或情或痴，或小才微善，亦无班姑、蔡女[1]之德能。严格意义上说，她是德不配位。

---

[1] 班姑：班昭，班固的妹妹，后来续写了班固的《汉书》。好为人师，人称"曹大家"（夫姓曹。"家"音"姑"）。蔡女：蔡邕之女。名琰，字文姬，传制《胡笳十八拍》。她俩都是一代女文豪。

4.《红楼梦》中对审美心理的描述

《红楼梦》写出了小说的几个非常重要的职能，它的娱乐性、它的真实性、它的虚构性。写具体细节，在具体细节里面体现出作者的审美品位。还讲一个，就是审美心理。

咱们讲，阅读是一种审美体验！这个审美怎么体验呢？有的人看书看得很高兴，有的人听相声听得哈哈大笑，我们看二人转，开怀大笑，但一笑了之，之后就没有什么东西了。这不叫审美体验。

《红楼梦》里面有一个特别有意思的情节，宝黛读《西厢》，咱们不是看他们怎么读《西厢记》，这一点写得比较粗略，但是《红楼梦》是怎么清晰详细地表现审美体验的，大家可以看一下。

（1）黛玉听曲

林黛玉性格比较郁闷，她不太喜欢听戏。但是她有一天路过园子外面，当时就有戏班子里的十二个小姑娘在排《西厢记》。所以说《红楼梦》写得非常有意思，在这之前先写"宝黛读《西厢》"。为什么？先读了以后，有些基础，预习过一段时间，所以听的时候才能听得懂。如果没有预习过，就根本不知道在唱些什么，就不可能有什么感受了。毛主席说，熟悉的东西，你才能更好地感觉到；感觉到的东西，你才能更熟悉它。

《红楼梦》里面讲得非常清楚，她先看了一遍戏文，然后就听曲。薛宝钗也很有意思，她给人的感觉非常镇静。薛宝钗学习能力很强，《西厢记》她也看过，但是她偷偷地看，不像林黛玉和贾宝玉是两个人一起看。

宝黛读《西厢》是大事。怎么读的？林黛玉素习不大喜看戏文，便不留心，偶然两句吹到耳内，唱道"原来姹紫嫣红开遍，似这般都付与断井颓垣"，倒也十分感慨缠绵，便止步细听。为什么？因为"断井颓垣"，林黛玉心情本身不太好，她一听"断井颓垣"，这和自己的心情比较接近。如果姹紫嫣红开遍后就没后文了，林黛玉可能心里没感觉。因为她的心情比较低落，十分感慨，听到"良辰美景奈何天，赏心乐事谁家院"，便止住步，侧耳细听，不觉点头自叹，心下自思道"原来戏上也有好文章"。

　　很感慨，原来戏文里有好文章，写得这么好！"良辰美景奈何天，赏心乐事谁家院"，她正在悲伤自己身世，父母双亡，然后在这里一年三百六十日，风刀霜剑严相逼。虽然是老太太的外孙女，但是既没有父母，又没有兄弟姐妹，也没有钱。薛宝钗算是亲戚，哥哥也在，妈妈也在，表弟表妹也在，家里又很有钱。林黛玉是一个孤儿，吃的用的都是贾府的，仰人鼻息，看人脸色。但是薛宝钗就用不着，她今天送宫花，明天送螃蟹，后天送燕窝。为什么？兜里有钱！经济基础决定上层建筑。所以为什么最后薛宝钗胜了林黛玉？关键是什么？林黛玉没钱，薛宝钗有钱。

　　林黛玉又后悔不该胡想，耽误了听曲子，只听唱道"则为你如花美眷，似水流年"，不觉心动神摇。又听道"你在幽闺自怜"，如醉如痴，站立不住，蹲身坐在一块山石上——一点一点变化！细嚼"如花美眷，似水流年"八个字的滋味，又忽想起"水流花谢两无情"，"流水落花春去也，天上人间"，"花落水流红，闲愁万种"，这些都一时想起来，凑聚在一处，仔细忖度，不觉心痛神驰，眼中落泪。

她从不习戏文，到一步一步变成心痛神驰、眼中落泪。艺术打动一个人的心灵，过程写得非常传神。不仅写了戏曲的细节，还写了人物心理的细节。这种心理细节，没有细致的观察是写不出来的。

很难想象《三国演义》里面把貂蝉写成这样的一段，不会的！貂蝉进了徐州，吕布杀了董卓。先娶了貂蝉，没了！四个字"娶了貂蝉"。他不会写："进去以后，见了貂蝉，心痛神驰，眼珠子也……"没有的事儿！为什么？貂蝉不就是一个工具嘛！王允施了连环计、美人计，杀了董卓，然后吕布娶了貂蝉。娶回来干什么？该干啥干啥去。

（2）香菱学诗

虽说香菱没文化，但是慧根很好，毕竟是甄士隐的女儿，所以喜欢学诗，跟林黛玉学。林黛玉诗写得非常好，而且审美能力很强。马克思说："对于非音乐的耳朵，再美的音乐也没有意义。"如果没有音乐的耳朵，上海交响乐团演奏，你也听不懂。

香菱喜欢学诗，但是她不太会读。为什么？因为真正想写好诗，必须先会读，要看得出来诗的好处在哪里。读王维的《塞上》。

单车欲问边，属国过居延。

征蓬出汉塞，归雁入胡天。

大漠孤烟直，长河落日圆。

萧关逢候骑，都护在燕然。

　　香菱笑道："据我看来，诗的好处：有口里说不出来的意思，想去却是逼真的；又似乎无理的，想去竟是有理有情的。"黛玉笑道："这话有了些意思。但不知你从何处见得？"香菱笑道："我看他《塞上》一首，内一联云：'大漠孤烟直，长河落日圆。'想来烟如何直？日自然是圆的：这'直'字似无理，'圆'字似太俗。合上书一想，倒像是见了这景的。要说再找两个字换这两个，竟再找不出两个字来。再还有：'日落江湖白，潮来天地青。'这'白''青'两个字，也似无理。想来，必得这两个字，才形容的尽；念在嘴里，倒像有几千斤重的一个橄榄似的。还有：'渡头馀落日，墟里上孤烟。'这'馀'字合'上'字，难为他怎么想！我们那年上京来，那日下晚便挽住船，岸上又没有人，只有几棵树，远远的几家人家做晚饭，那个烟竟是青碧连云。谁知我昨儿晚上看了这两句，倒像我又到了那个地方去了。"

　　你看，这就是写读诗的时候是怎么样的审美心理。大漠孤烟直，大漠，是在甘肃、新疆，大家可能都没去过，我在那里生活了五年多，很熟悉这个情景。但是香菱不知道大漠怎么"孤烟直"，她就想起了在江南晚上的时候，也是没有风，烟柱直冲天！就像咱们小时候学的《风级歌》：

零级烟柱直通天；一级轻烟随风偏；二级轻风吹脸面；三级叶动红旗展；四级枝摇飞纸片；五级带叶小树摇；六级举伞步行艰；七级迎风走不便；八级风吹树枝断；九级屋顶飞瓦片；十级拔树又倒屋；十一二级海上见。

所以这一段讲了艺术是怎样在心里引起审美共鸣，引发审美情绪的过程。

《红楼梦》中的智慧

我们看一下《红楼梦》是如何演绎一个外表和谐、内里风刀霜剑的贾府世界的，还有在竞争非常激烈的状态中，这些人是怎么上位、怎么作假、怎么用心机、怎么样成功或者怎么样失败的。

　　林黛玉是好人，她的好牌怎么被打烂的？薛宝钗怎么样利用亲情上位，一步一步地成为贾府的实际控制人的？我们现在很多人都认为贾母和王熙凤刚开始是喜欢林黛玉的，后来钗黛争婚，以钗取黛，是个临时的决定。其实不对！正如毛主席所说的，内因是决定性的因素，外因只是一个条件。如果没有林黛玉和薛宝钗两个人暗中的斗法，特别是薛宝钗的步步紧逼和林黛玉的步步退让，到最后是不可能出现钗黛争婚的！因为这两者都是聪明人。

一、《红楼梦》的人际智慧

钗黛之争是《红楼梦》的主要线索。那么薛宝钗是怎么样化不利条件为有利形势的？林黛玉是怎么样从老祖宗的心肝宝贝，变成孤家寡人的？这正是《红楼梦》的主要线索。

（一）林黛玉败走麦城

1. 林黛玉美，众人喜爱

刚开始第三回，"托内兄如海荐西宾，接外孙贾母惜孤女"，林黛玉进贾府的时候，王熙凤的出场非常精彩，叫"未见其人，先闻其声"。当时很多人都在见贾母，然后准备吃饭。忽然，只听后院中有笑语声，说："我来迟了，没得迎接远客！"林黛玉吓一跳，心想，现在大家都平心静气的，在老祖宗面前一声不敢吭，这是谁这么高声大气地嚷嚷着？忽然一看，来了一个非常漂亮的年轻媳妇，叫什么？一双丹凤三角眼，两弯柳叶吊梢眉。身量苗条，体格风骚。粉面含春威不露，丹唇未启笑先闻。一看就是王熙凤。

王熙凤来了以后，看到林黛玉，第一句就是："天下真有这样标致人儿，我今日才算看见了！况且这通身的气派，竟不像老祖宗的外孙女儿，竟是嫡亲的孙女儿似的！"咱们现在上海人都喜欢女儿，就是外孙女也是好的，更何况是孙女。过去不一样，内外有别，差别很大！如果是外孙女的话，是外姓人家的孙女。你看，元春、迎春、探春、惜春，是姓贾的。特别是惜春，是贾珍的妹妹，她不是荣国府而是宁国府的，但是老太太把她带在身边，与其他孙女一起长大，可见贾家对孙女是很重视的。林黛玉的妈妈贾敏，是贾母的第三个孩子，贾母的孩子就是贾赦、贾政、贾敏，林黛玉是外孙女。

2. 外孙因孤，外婆心疼

贾敏最小，但死得最早，所以老太太非常心疼林黛玉，一进来就搂入怀中，"心肝儿肉"叫着，大哭起来。贾母没见过黛玉，因为过去通信不发达，没有飞机、火车，短信和微信也没有，更没有朋友圈。如果是现在，搞个"贾家大院"的群，老太太发个红包，然后林黛玉抢一下，抢了大的以后再发一个，开心啊！但那时候没这东西。

但是到了最后，林黛玉一步一步惨到什么程度？林黛玉病了，老太太和王夫人路过她住的地方潇湘馆，进来以后，林黛玉一看，外婆来了！很高兴，要倒杯茶水给外婆喝。但是她端在手里，王夫人说，姑娘，放下吧，老太太不渴。她连最后倒一杯茶水给外婆喝的资格都没有了。

3. 小姐脾气不改，一手好牌打坏

林黛玉手上原来是一副好牌，老太太家里特别嫡亲的外孙女，于情于理于法，她都应该是贾宝玉婚配的第一人选，因为她是老太太的外孙女，过去不讲究近亲不能结婚。那时候《婚姻法》还没有颁布。过去讲的是同姓不能结婚。比如说田姓和陈姓不能通婚。为什么？过去山东是齐国和鲁国，齐国最开始是陈姓，后来田姓篡了位，因为田和陈是一个姓，所以田陈是不能通婚的。比如两个人都姓李，不能通婚，但是表兄妹之间是可以的，而且姨表亲通婚的还挺多。

还有很多传奇，比如说写《乡愁》的余光中，一个很著名的诗人，他的老婆就是他的表妹。但是他的后代都是挺聪明的。近亲结婚的后代有不聪明的也有聪明的。这么比，薛宝钗比林黛玉隔了一层，她是姨表，林黛玉是姑表。就是薛宝钗是王夫人的妹妹薛姨妈的女儿，是姨表；而林黛玉是贾宝玉的姑姑贾敏的女儿，是姑表。从伦理上说，姑表亲大于姨表亲。

怎么样从细节一点点看出来，林黛玉的失败和薛宝钗的胜利的必然性是什么？

有一次吃螃蟹，吃得很开心，非常嗨，吃完以后大家写诗，结果薛宝钗写了一首：

桂霭桐阴坐举觞，长安涎口盼重阳。

眼前道路无经纬，皮里春秋空黑黄。

酒未涤腥还用菊，性防积冷定需姜。

于今落釜成何益？月浦空余禾黍香。

林黛玉的弱点，薛宝钗铆铆牢了，其中两句叫"眼前道路无经纬，皮里春秋空黑黄"。她写螃蟹，螃蟹走路不是横着走吗？"眼前道路无经纬"，眼前的路它就不知道怎么走；"皮里春秋空黑黄"，这就是说谁？在说林黛玉。因为你现在已经走投无路了，你还在这里使小性子，天天哭。朝后去，有你哭的时候！

所以说到最后，黛玉焚稿泪尽而亡。这实际上是对神话传说的一种呼应，"木石前盟"的绛珠仙草做出的"我无以为报，下凡变成女儿身，用眼泪还你"的承诺。林黛玉说，我怎么光知道伤心，泪却慢慢就没了？贾宝玉说，又怎么可能呢？一个人泪怎么还没有呢？结果还就是这样。这是神话传说，但在现实中一点点印证了这种必然的命运。

（二）王夫人不露声色，操控全局

《红楼梦》里谁是实际控制人？有三个人，贾母、王夫人和王熙凤。在里面，真正起决定作用的是谁？是王夫人。

为什么是王夫人？王夫人是第一个出场的人物。王夫人已经是一个人到中年的妇人，当时大概四十多岁。大女儿元春，嫁到皇宫里面见不着了，儿子老大贾珠死了，老二宝玉还年轻。她已经吃斋念佛了，但是吃花素①，每月的初一、十五吃素。

1. 吃花素，以显佛心

中国人很有意思，觉得自己要积点功德，还记得佛爷的事。其他时间是大鱼大肉的，初一、十五要吃素。

他们贾府那些人呢，初一、十五要吃花素，虽说王夫人已经开始念经吃素，但是王夫人年轻的时候是非常利索的一个人，和王熙凤差不多。

《红楼梦》第六回"贾宝玉初试云雨情，刘姥姥一进荣国府"的时候开篇，前面的五回全是序言。第一回讲"真事隐去，假语存焉"，讲"我是假的，不是真的"。然后讲，林黛玉和贾宝玉是怎么投胎转世的，通灵宝玉是怎么来的，讲的是神话故事。第二回是冷子兴演说，讲荣国府的故事。说荣国府现在就是"百足之虫，死而不僵"，翰墨诗书之族，如今的儿孙，竟一代不如一代了！但是架子没有倒，外面看起来还是富贵繁华，房子很多，固定资产很多，但是没有流动资金了，现金缺了。就像现在好多企业一样，现金流一断，倒下了。

2. 丫鬟女婿也有"花头"

冷子兴是谁呢？他是个珠宝商人，就像城隍庙里倒腾珠宝

---

① 根据个人的条件、学佛程度和决心的不同，佛有方便之门，信佛人吃素多种方式：（1）吃长素：也叫"长斋"，即长期吃素，因为天天素食，可不必牢记日期。（2）吃花斋：即不一定天天吃，有按农历初一、十五两天素的；也有按六斋期，每月吃六天素；也有按十斋期，每月吃十天素；也有逢佛诞日加吃一天素的；吃花斋要牢记好日期。（3）吃短素：即在一个短期内吃素，如逢夏天吃几个月的"六月素"；或有人在父母去世后吃一个时期（或一二年）的"报恩斋"；或因"还愿"而吃素的，或因患某种疾病，在短期内吃的"发愿素"等。（4）吃"肉边菜"：即只吃与肉类混煮在一起的蔬菜。

的。他是贾府王夫人的陪嫁丫头周瑞家的的女婿，很复杂。所以冷子兴做珠宝生意，靠的是贾府这棵大树。他不是贾府的正牌，甚至连亲戚都轮不上，而是王夫人的陪嫁丫头周瑞家的的女婿。就这么一层关系，也就是说是奴才的女婿，他的事情都做得很大。有一天冷子兴在外面出事了，周瑞家的的女儿说了这一事。周瑞家的说，那不是什么事。等到掌灯时分，周瑞家的偷偷给王熙凤说了一句，王熙凤说，好的，我过去给你摆平。

3. 侄女全控贾府流动资金

王熙凤的能量还是非常大的。王熙凤非常喜欢敛财，因为她是管家，知道贾府现在不行了。一个企业快不行了的时候，蛀虫就比较多。为什么？他们感觉我不捞一把，就被别人捞了。王熙凤赚钱靠做两件事情。

第一件事是放高利贷。她掌握着贾府人员的工资，贾府几百个人都要发工资的。这工资是很庞大的一笔钱，比如说王夫人是二十两银子，袭人、晴雯是一两银子，还有半两银子的，还有五两银子的，加起来一个月可能要发上千两银子。本来是正月初五发，她搞到二十发，中间十五天干什么？放高利贷，拿去放高利贷赚钱。但也经常有放出去收不回来的时候，就拖延发工资。所以她不发工资，赵姨娘和周姨娘没钱花，就唠叨了一句。

第二件事是帮人铲事儿。北京人叫"拼缝"，上海人叫"搞定"。比如说有件什么事帮你办一下，拿点好处费来。还有跟某人拉关系，在北京这种局很多，做局的叫"局长"，不是什么工业局、商业局的局长，就是做饭局的"局长"。他专门做这个事情。"哎，我是谁，我是谁谁谁……"这种人很多。王熙凤就干这个事儿。所以说周瑞家的出了事以后，请她去摆平，她一句话就摆平了。到时候她可能写几封信，传几句话，事情就结束了。所以周瑞家的也是很有实力的。

到第三回，就是林黛玉进贾府。通过林黛玉的眼睛把贾府上上下下，怎么吃、怎么用、怎么住、怎么说话写了，然后贾宝玉出场了，王熙凤出场了，贾母出场了，王夫人也出场了。贾府的所有人在这一回（第三回）以后都出场了。

到第四回，葫芦僧判葫芦案，这时候薛姨妈、薛宝钗、薛蟠也出场了。

到第五回，警幻仙子通过《红楼梦》的十二支曲说了十二钗，然后序曲，开辟鸿蒙，谁为情种？一直到食尽飞鸟各投林。然后把金陵十二钗的正册、副册、又副册，把所有人的命运，用歌曲的方式像预言一样地表达出来了。

所以说，前五回是五个开头，《红楼梦》是个"五头鸟"。

到第六回，故事才开始。怎么开始的？就说贾府上下，事件不多，每天有一二十件，人虽不多，有几百口人，不知道从何开始。然后突然扯得很远，说当日地陷姑苏，当年毛主席写的"共工怒触不周山"，就是当时共工和颛顼打仗，共工被打败了，很生气，跳起来以后用脑袋撞柱子，"咔嚓"一声把那个天柱子撞断了！撞断之后，天倾西北，地陷东南，东南角这个柱子倒了，然后西北高东南低，山河流水都顺着向东流去，大河东流去，一直流到了黄浦江，流到了东海边，流到了上海来。那么说，地陷姑苏，城外有个小村子，这个村子里面的一个小老太太，就是从刘姥姥开始讲了。

刘姥姥是个引子，她家里很穷，过年过不了，有一天她对她的女婿说："咱们进城去找贾府的人……"女婿问："贾府的人谁认识你？"刘姥姥说："当年我们在南京的时候和他们连了宗。"什么意思？就是刘姥姥她嫁给一家姓王的，说和他们王子腾王家人连了宗，因为都姓王，攀附一个贵亲戚，就比如说："咱们两个写一张帖子承认是一家人……"

其实差得很远！特别是中国的大姓，王姓、李姓这种姓，它们来源特别复杂。比如说李姓为什么那么多？因为有好多李姓是皇帝赐姓。比如说原来瓦岗寨里的徐茂公，功劳很大，皇帝赐姓李。很高兴把姓改了，然后"谢主隆恩，我和你姓一样的，姓李"。还有像李唐家族，是鲜卑族。鲜卑族是没有姓的，到了唐朝的时候都先后姓李，因为唐太宗本人是鲜卑族人，不少的少数民族很想姓皇帝的姓，唐朝有的少数民族全姓李，所以这个来源特别复杂。

结果刘姥姥她说什么？第一个说，二小姐人很爽快，但不拿大，这说的是谁？是王夫人。王夫人家里面排行老二，薛姨妈排行老三，老大是谁不知道。所以说《红楼梦》是个很二的作品，连女人都写老二。

王夫人是第一人际关系高手，她从一个像王熙凤一样精明、爽利、利索的二小姐，变成一个温文尔雅、遇事不开口、一副佛相的二太太，贾政的老婆。她是经过很长期的修炼的。但是她到这个时候，道行深了以后，水平也高了。想当年王二小姐是一个很爽快的人，现在王夫人半天不说一句话，为什么？因为她好多事情谋在心里面。你看咱们去庙里，佛永远不说话。为什么大家都去求佛？因为他是所谓的控制者。你想要升官、发财、求子等，都要去求菩萨。但你不知道他办还是没办，就像你求领导一样，办成了是领导关心我，办不成是看来我还关系不到位。领导永远是对的。

这个时候，王夫人在荣国府、宁国府是牵头的，为什么？因为她实际上牢牢地控制着荣国府，而宁国府没有人工作，贾珍虽然是族长，但是他也整天无所事事，他的父亲贾敬，天天求仙问道，吃炼丹给吃死了。

4. 王夫人处置人际关系的主要手段

我们来看一下，王夫人怎么样在贾家闪展腾挪，成了贾家实际控制人的。

（1）依托娘家势力，京营节度使王子腾

贾家讲究政治婚姻。第四回说："贾不假，白玉为堂金作马。阿房宫，三百里，住不下金陵一个史。东海缺少白玉床，龙王来请金陵王。丰年好大雪，珍珠如土金如铁。"金陵王就是王夫人家里面。她家里一个哥哥做官做得非常大，是京营节度使王子腾，他是党政军外交全部管的，比咱们现在的市委书记还要管得多，他要管军队、管司法、管民政、管行政等，所有的人和事都管。

贾府是贵族，王家是有一个实际当官的，所以他们两个家庭是富和贵的结合。因此王家非常有势力，你看贾府的事情，大的都托给王子腾去办，小的托给薛蟠去办，家里的交给王熙凤办，全被王夫人家里的哥哥、侄女和外甥控制了。贾府的那些男人在干什么？吃喝玩乐，不过酒色而已。不管是贾琏、贾蔷、贾蓉，包括贾珍，全都干什么？酒色而已（宝玉还好一点，他小一点）。

　　一次，尤三姐喝多了酒，然后贾琏和贾珍想调戏尤三姐，占人家便宜，结果被尤三姐狠狠地调戏了一番，弄得他俩哑口无言，连话都不会说了。所以，《红楼梦》里面对他们贾府的男人是很鄙视的，但对贾府男人还是描写得比较善良的，不像薛蟠，呆霸王。但他"呆"得很有能力。他打死人的时候，还知道该怎么办。要是贾宝玉犯了命案，早就吓跑了。薛蟠就是不怕，为什么？"我有钱，我舅舅是王子腾，我的姨父是贾政……"他觉得自己有靠山。还有，他还经常去采买一些东西，很细心，给妹妹买了好多小礼物，不仅给薛宝钗买，还给贾府上上下下所有的人买，连赵姨娘都得到了他的好处。所以说薛蟠虽然人品比较坏，又吃喝嫖赌，既搞女朋友，又搞男朋友，但他比贾府的人聪明能干。贾府的人只有贾琏一个人办了一件事，就是把林黛玉送回苏州，然后又接回来，沿途风风雨雨都护着她。王熙凤觉得不得了，天天和平儿算时间，今天到哪儿了明天到哪儿了，恨不得打个电话，但当时没电话可打。

　　所以说王夫人是依托娘家势力。就是说，她娘家的势力不仅仅是在当地，就算在贾府，也是举足轻重的。

　　（2）把贾母接到自家，"挟天子以令诸侯"

　　三国时曹操被认作"挟天子以令诸侯"。他把汉献帝接到了许昌。当时汉献帝在洛阳很惨，虽然是一个皇帝，但是吃不上饭，住在一个老太监家里面，房子漏雨，冬天冷得不得了。所有的二千石以下的官员，都到郊外挖野菜。他感觉快饿死了，很不成体统。这时候袁绍势力很大，他在今天河北邯郸一带。他手下的谋士田丰说："咱们把皇帝接到我们这个地方来，举起皇帝的大旗！"袁绍说："算了，这拿过来还是个麻烦事。我现在是老大，弄过来以后，你说给他请示汇报，还是不请示汇报？请示汇报他没用，不请示汇报他又是老大。"但是曹操就看准了，说："皇帝这个牌子非常重要！"

为什么？因为拿到这个牌子以后，就把皇帝的玉玺、诏书拿到手里了。所以他那时候打孙权的时候说："近者奉辞伐罪，旄麾南指，刘琮束手。今治水军八十万众，方与将军会猎于吴。"我打你，是皇帝让我打你的，"奉辞伐罪"。

咱们看过曹操和杨修的故事，说魏王府修了一扇门，然后曹操一看，便在门上写了一个"活"字，就走了。大家都看不懂这是什么意思，魏王干吗写个"活"字？不活了，还是要活？后来杨修跟他们说，这不是一个"阔"嘛，门里面加个"活"，是阔。说门修得有点大，改小一点。为什么要改小？他不能逾越礼制。就是什么级别的人，用多大的门，这么大的门可能是皇帝才能用的。他要把它改小，因为他不想有生之年当皇帝。

但是建筑师也很聪明，建筑师一定要把它建这么大，为什么？或许曹操会说："我很想当，你不让我当？你凭什么不让我当？把他杀了！"所以建筑师建大，曹操改小，说明魏王"心胸宽大"。

王夫人也干这种事，把贾母接到自己家里。按理说贾母应该在贾赦家里住，人家是长子，长子有媳妇。但是王夫人就仗着宝玉非常可爱，而且贾母很喜欢宝玉，把她接到自己家里面来了。

接到自己家里来以后，非常有意思的是，林黛玉进贾府，她先到了老太太这边，就是先到了贾政这边，然后吃了晚饭以后去了贾赦那边。去了以后有个描写，说在贾政这边，家里面非常宽大，非常气派，还有几个桥桥廊廊、几个院子什么。到了贾赦那边以后，感到特别寒酸，院子很小，好像是从中间硬生生隔出来的。

所以说她把贾母接到自家以后，因为贾母在这个地方，贾政的家里就变成了整个宁荣二府的政治中心。一个宁国府，已经没有老人了；荣国府就一个老太太，是一品诰命夫人，是第二代贾代善的老婆。他们现在已经传到第五代，所以老太太是一个宝。老太太是一品诰命夫人，没人敢把她怎么样！而且老太太是宁荣二府的董事长。

老太太那儿还是有点钱的。你发现没有，王熙凤和鸳鸯的关系非常好。鸳鸯就是老太太的贴身丫鬟，也就是老太太的贴身秘书。所以王熙凤那么牛气的一个人，见谁不是骂就是打，看到鸳鸯就非常巴结，为什么？因为她知道，没有领导身边的情报，你是玩不转的。老太太为什么特别喜欢王熙凤？王熙凤说个什么话，老太太都很开心。这当然离不开她的情商高这个原因，关键是她有情报。鸳鸯经常给她说，老太太开心时你该干什么，不开心时你该干什么，所以她知道老太太今天睡得好吃得好，还是睡得不好吃得不好……情报由鸳鸯提供。王熙凤接到情报以后，才可以对症下药，哄老太太开心。你在那个环境中要做出准确无误的判断，没有准确的情报系统，根本做不到。

当时王熙凤和王夫人把贾母接到老二家里，一方面把她供起来，每天给她安排舒适的生活，老太太吉祥，老太太晚安，一天两三次问候，陪吃饭。大家知道，熟悉才有感情啊，干部来自熟悉。薛宝钗和林黛玉为什么到最后两个人乾坤大挪移了呢？薛宝钗她一天三次到老太太那儿去问候！林黛玉的身体不太舒服，有时候一天两次，一天一次，后来两三天不去。刚开始的时候，老太太会问："黛玉怎么没有来？"后来慢慢地对她失望了。而且老太太被王夫人的家人包围着，王夫人、王熙凤、薛姨妈、薛宝钗，把她全包围了。她根本接触不到贾府其他人，给她形成了一个四面包围的包围圈。

第四十一回写，王夫人得空歇着，随便歪在方才贾母坐的榻上。这是不得了的！过去婆婆和媳妇那是天壤之别，说"多年的媳妇熬成婆"，熬的过程很艰难的，她现在不得了了。而且贾母是一品诰命夫人，那是有铁帽子的，有免死金牌。你王夫人无功无禄，就是一个儿媳妇，没有封号，没有什么地位，但是她心里面已经不把贾老太太看在眼里了，至少在心里是这样。为什么？她就随便"歪"在榻上。贾母还是坐着，她却躺着！而且她斜躺着，像吸大烟一样，"随便歪在"。说明她心里面对贾母已经很轻视了，觉得你八十岁老太太，光吃喝玩乐，你懂什么事儿？贾家现在已经是这个样子了，你还在这里，能怎么样？她心里有一种很得意的样子。

不仅她，薛姨妈也这样，也不把老太太看在眼里了。老太太还是贾府里脑子最灵光的一个，虽说是最灵光的一个，但已经寿命不长，已经被人家薛家和王家的人看不上了，所以贾家这个时候已经是里外全空了。

（3）把自己能干的侄女嫁给老大的儿子

这挺有意思的。她把王熙凤嫁给贾琏。贾琏这个人长得比较帅，但是具体怎么帅《红楼梦》里面没有写。为什么？因为宝玉特别帅，写了一个男一号帅，宝玉是男一号，贾琏就是男二号，男一号比较帅，男二号不能一起帅，否则的话男一号就不显得帅了。

贾琏二十多岁，正好青春年少，鸳鸯特别喜欢贾琏。当年贾赦想鸳鸯做他的小妾，跟老太太要，老太太不给。老太太非常生气，把他骂了一顿，骂了一顿以后，贾赦心里想："自古嫦娥爱少年，你肯定喜欢宝玉，或许还有贾琏。"还真是，鸳鸯的年龄偏大一些，大概二十多岁，她觉得宝玉是小朋友，不喜欢，她喜欢贾琏。所以说二十多岁的喜欢贾琏，十五六岁的喜欢宝玉，两个层次不一样。

王夫人为什么把自己能干的侄女嫁给老大的儿子贾琏？她发现，相比起来，这个贾琏能力比较差，而王熙凤能力比较强。贾琏到最后也天天跟着王熙凤到王夫人这边来混，邢夫人当然很生气，说自己正经婆婆家里的事情不管，天天像个黑老鸦一样占别人的巢穴。这样王夫人就把贾琏控制住了。贾琏是贾宝玉这一代里面最能干的一个人，她把最有实力的几个人控制了——控制了贾琏，就是控制了大房，控制了贾赦，控制了邢夫人这边。

（4）把管家之位传给自己侄女，自己在幕后把控

王夫人把最能干的贾琏控制在手里，把最权威的老太太控制在手里，然后把管家职位传给侄女，自己在幕后掌控。王熙凤是一个特别骄傲的人，见谁就骂，见谁就打，但是她见到王夫人就

服服帖帖，早请示晚汇报，一句话不敢多说，什么事情都不敢做主，连给林黛玉做衣服做什么颜色、用什么布料，自己明天要去哪里，拜访什么人，都得王夫人点头通过以后才敢去办。王夫人说"怎么还问我，自己办去"，她才敢去办。看不出来王熙凤是这么乖的一个人，为什么？因为她的命运掌握在王夫人手里。

（5）支持王熙凤与族长贾珍的夫人、儿媳处好关系

焦大讲了一句话："贾府里面爬灰的爬灰，养小叔子的养小叔子。""爬灰"讲贾珍，"养小叔子"讲王熙凤和贾蓉。贾蓉是秦可卿的老公，论辈分是王熙凤和贾琏的侄子，但是王熙凤和贾蓉的关系非常好。这里面对他们两个人的私情描写很隐晦，这就是《红楼梦》比《金瓶梅》强的地方。

《金瓶梅》要写这个，可能一看就直接上去了。但是《红楼梦》中，王熙凤和贾蓉的关系从始到终没有一句违背礼法的话。最多就是两次，一次是王熙凤拿小铁棍拨着炭炉半天，贾蓉站着。她说："你回去，晌午再来。"还有一次是贾蓉过来以后，王熙凤不停地吃瓜子，不理他，一边吃一边吐，吐得满地都是。没有了！这种表达，非常含蓄，但是这种感情，一个婶婶对一个侄儿的这种感觉，超越了礼法。这种感觉讲得非常传神。

那么为什么王熙凤和尤氏关系好？因为尤氏是贾珍的夫人。贾珍是族长，过去一个家族有族长，族长是代表这个家族行使一些权力的，包括对外交往什么的。贾珍世袭了一个三品爵威烈将军，所以他事实上是掌握这个家族的帅印的。贾府里面有三种人，一种是像老太太这样的，职业董事长；一种是像贾珍这样的，家族族长；还有一种像贾政这样的，在外面有工作的人。王夫

把握了这几方面的关系，这几方面构成了贾府这个家族庞大的支撑体系。因为贾珍是族长，所以好多事情必须通过贾珍来办，特别是，比如说和皇帝的联系，和外面的交往，都要通过贾珍，而且贾珍是三品威烈将军。

贾珍这一代只有贾珍是有爵位的，宝玉没有爵位。宝玉必须通过科举考试才能获得身份。《红楼梦》最后"兰桂齐芳"，一起考中科举，这是符合当时贾家发展的必然规律的，到最后只有通过科举才行。你原来是贵族，但现在变成了平民。比如刘备，原来是汉景帝之玄孙、中山靖王之后，是正宗的皇室，但是到东汉末年，刘备变成一个卖草鞋的，由贵族变成了普通人。他和他妈妈两个人，一个人编席子，一个人卖草鞋，开了一个手工艺品公司，卖手工艺品。

（6）让大儿媳李纨领导众姐妹

李纨老公死得早，贾珠死了。丈夫死了之后，李纨没事干，于是王夫人就在大观园里面组织了一个"女子别动队"。李纨是长房长媳，是大儿媳妇，她很懂自己的进退，所以李纨永远是一个在场的不在场者。她遇事从来不说话，不管做事也好，吃饭也好，永远是在场和不在场一个样。王熙凤小产了，请了一年假，大观园没人管，怎么办？找了一个三人领导小组，李纨是组长。

但李纨是个名誉组长，从来不管事，她也没这个能力，也不操心。她就是一门心思管儿子。谁管事？探春管，她来管是对的，毕竟是贾府的三小姐，虽然是赵姨娘生的。但是后来是谁管？薛宝钗。

薛宝钗，她是亲戚，而且是薛姨妈、王夫人妹妹的女儿，和贾家啥关系都没有。她是来租房子的。但是她已经变成了贾府的三人领导小组的成员之一，而且她起了很大的作用。因为李纨是不管事的，探春一个人管，探春有时候还要和薛宝钗进行一些商量，而且薛宝钗的政治智慧远远在探春之上。她已经是贾府三人领导小组的成员了，她怎么可能不嫁给贾宝玉呢？林黛玉别说三人小组，六人小组也轮不到她！在《红楼梦》里是薛宝钗说了算。但是不管怎么说，李纨是纪委的领导，只要她在，好多事情别人就不敢做。

但是李纨在和不在，还是不一样的，为什么？要知道王夫人在贾府不是只有一个儿子，还有另外一个儿子，就是贾珠。其实贾政还有一个儿子，就是贾环，是赵姨娘的儿子，但是王夫人坚决要把贾环污名化。

（7）支持老公出去工作

支持老公出去工作，这也挺重要。现在谁没工作啊？没工作不行！你看我们上大学、上研究生、上博士后，去找个工作，找不到工作很着急。为什么？养活不了自己！但是在过去，有工作是一件很耻辱的事情。过去皇城的八旗子弟饿得快死了，宁可坐在地上喝酒，他也不干活。为什么？跌不起那个份儿！他说我还伺候人？绝不伺候人。贵族也是这样的，不工作。

贾府就是个企业。这个企业的经济来源是它的田租、地租。房子、稻子、谷子、螃蟹、鹿和兔子，它都有，它每年收租子。王夫人她自己是没工作的，但是她丈夫贾政是有工作的。为什么？这是王夫人让他去的。为什么让他去？因为王夫人家里人人都有工作。她的哥哥更厉害，京营节度使。所以她知道你没工作，你在家里面再折腾，你也就是一个山霸王，遇到事情你摆不平。而且她知道，那个时候贾府已经和外面有很多联系了，《红楼梦》里面外国的东西很多，香水、葡萄酒、钟表……所以那个时候中国已经开始对外开放了，在对外开放的环境下，你不出去工作，永远守在一亩三分地里，是没有前途的。王子腾他们家是最早知道世界的变化的。

王夫人让老公出去工作。所以贾政虽然没什么能力，但不管怎么说，是贾府男人对外的唯一通道。好多事情，比如贾雨村当年把葫芦案胡乱判完以后，写封信给谁？给贾政并京营节度使王子腾。他为什么不写给贾赦、不写给贾敬啊？因为这两个人更加没用，贾政还有点职务，住建部的司长，正局级巡视员。

（8）把探春与生母切割

探春可能是姐妹里面最有能力的一个。元春运气好，生在大年初一，长得也很漂亮，成了皇妃。其实很可怜，所以元春省亲的时候，那章写的是"鲜花着锦，烈火烹油"。她来了以后，老太太、贾政和王夫人先给她磕头，这是国礼，因为她是皇帝的老婆，是皇妃。所以这个时候贾母、王夫人率先磕头，磕完头之后，行家礼，这个时候元春要给王夫人和她奶奶史老太君磕头，磕完头之后，说好多年没见了，然后握着手开始一边哭一边说，最后元春说，你们把我送到见不得人的地方。

为什么？后宫里更加是风刀霜剑，所以元春四十岁就死了。死得不明不白！宫里说她怀孕，受了风寒，圣眷隆重，身体发福，一口痰没上来，就死了。真正怎么死的？不知道。故宫里冤案很多，他们说到现在，故宫里都经常有些神异事件，这些神异的事件，是因为里面冤魂特别多。

元春是这个样子，迎春是一个"二木头"，每天看《太上感应篇》，什么事情也不管，最后嫁给一个姓孙的。"子系中山狼，得志便猖狂。金闺花柳质，一载赴黄粱。"迎春被老公虐待死了。

探春非常精明，她是赵姨娘生的，但是探春也是一个非常狠毒的人。到最后你看她对赵姨娘的态度，恶得不得了。为什么？因为她知道，如果她和赵姨娘稍微一好，王夫人一定会把她打入冷宫。但是王夫人就发现，探春这个人不得了，是个人物。所以她就让这些女儿都跟着老太太住。

其实她的核心就是一条，要把探春弄到手里。但是光把探春一个人弄到手里也不行，迎春也是老太太的孙女，她是贾赦的女儿。再把惜春也从宁国府弄过来，三个人跟着老太太，跟着老太太就是跟着她王夫人。所以到最后探春叫王夫人"妈妈"，叫赵姨娘"姨娘"。当然，这也是符合封建礼制的。

当时赵姨娘的兄弟死了，探春是管家，说给二十两银子。赵姨娘说，你舅死了，怎么才给二十两？她回她母亲说，我舅舅刚封了九省检点，哪又来一个舅舅？"赵国基不是你舅舅吗？""他赵国基就是个奴才，要不然怎么不摆舅舅的谱？"

为什么？她要政治第一。

什么叫政治第一？就是要维护核心。维护王夫人在贾府的核心地位，这个不能乱、不能动。所以说王夫人要把探春和生母切割。唯一能干的人要是帮着赵姨娘，还真够王夫人喝一壶了。王夫人发现探春是个人物，就先把她弄过来，然后把她远远地嫁到爪哇国去了。为什么？把她留在身边，她迟早要反击。她在成长过程中心理受到巨大的伤害。一个人，不管怎么说，血缘关系是逃不脱的。所以赵姨娘天天找她闹事，她表面上很生气，背后说她母亲："见识短，老是被人当枪使。"她心里也很难过，毕竟是自己的亲妈！

如果哪一天探春真正掌了权，王夫人老了，探春收拾起来，估计很狠的。所以王夫人就找了个理由，把探春嫁到爪哇国去了，嫁到了今天的印度尼西亚，去了以后，再也回不来了。正如第五回"贾宝玉神游太虚境，警幻仙曲演红楼梦"里写到的：

> 宝玉看了仍不解：待要问时，知他必不肯泄漏天机；待要丢下，又不舍。遂往后看，只见画着一张弓，弓上挂着一个香橼。也有一首歌词云：
>
> 二十年来辨是非，榴花开处照宫闱。
>
> 三春争及初春景，虎兔相逢大梦归。
>
> 后面又画着两个人放风筝，一片大海，一只大船，船中有一女子掩面泣涕之状。画后也有四句写道：
>
> 才自清明志自高，生于末世运偏消。
>
> 清明涕泣江边望，千里东风一梦遥。

什么叫"千里东风一梦遥"？坐了条船，顺流而下，像郑和下西洋一样，去了南洋，再也回不来了，只能做梦回来。

（9）妖魔化贾环

贾环是赵姨娘生的孩子，王夫人为什么要妖魔化贾环？因为她妒忌赵姨娘。赵姨娘像袭人一样，是贾政当时的大丫鬟，后来做了他的姨娘。他们两个从小一起长大，感情非常好。赵姨娘人长得非常漂亮。贾政在部里面工作，他不是每天都回家的，当时可能交通不太方便，早上要四点钟起床，然后要上早朝，很麻烦。他一回来老是睡在赵姨娘的房间里，他和王夫人没话说，通篇《红楼梦》里王夫人和贾政没说过几句话。贾政大多数的话，就是给老太太认错，或骂贾宝玉，没什么别的事。而且贾政这个人能力非常差，差到什么程度？比如那个马道婆，赵姨娘给了她点钱，请她作蛊，把王熙凤和贾宝玉一块儿弄得快死了！大家都很着急，连贾赦这样的人，都到处找医生。贾政说："这儿女的命就该如此，由他们去！"他都已经放弃了。所以贾政是个窝囊的人，处理问题的能力还不如每天想娶小老婆、和小老婆喝酒的贾赦。

但是他是一个真性情的人，他很喜欢赵姨娘。贾环是赵姨娘生的儿子，不管怎么说也是贾府的三少爷。贾政三个儿子，贾珠、宝玉、贾环。王夫人就妖魔化贾环，还天天骂他。你想，贾环本身应该也是比较漂亮的吧？因为赵姨娘长得比较漂亮，贾政也不差。贾环的长相应该不难看。宝玉面若中秋之月，色如春晓之花，鬓若刀裁，眉如墨画，鼻如悬胆，睛若秋波，虽怒时而似笑，即瞋视而有情；项上金螭缨络，又有一根五色丝绦，系着一块美玉。长得非常漂亮，翩翩佳公子。天然一段风韵，全在眉梢；平生万种情思，悉堆眼角。

贾环呢？不行，为什么？因为他的钱特别少。赵姨娘二两银子一个月，这二两银子不是她一个人用，还有贾环呢。贾环每天穿得特别破。人靠衣服马靠鞍，贾宝玉见林黛玉的时候是一套衣服，一会儿见了他娘回来，又换一套衣服。人家每天穿得神清气爽，贾环因为钱特别少，所以鞋都穿不上一个整的。而且贾宝玉是贾府的继承人，巴结他的人很多，探春就偷偷给他做鞋，说："宝哥哥，我给你做一双鞋。"然后赵姨娘很生气，说："你自己兄弟，没看见他鞋都破了，鞋帮子都掉了，你帮他做一双。"然后探春说："我就看见谁顺眼给谁做！什么他鞋子的，我也不知道。"她怎么能不知道呢？她巴结贾宝玉，她不用巴结贾环，她要离贾环远一点，所以贾环穿得比较差，然后天天被人骂。王夫人没黑没夜地骂贾环，然后王熙凤说："要是依着我的性，早撵出去了！"你凭什么撵人家走？人家也是贾政的亲生儿子，不是捡来的。她打不倒赵姨娘，把贾环先打倒，打倒之后就没有人和她竞争继承人的位子了。宝玉是绝对继承人。

但是老太君还是很有意思的，她到最后分钱时，宝玉结婚一万两银子，环儿三千两——贾环也有三千两。

本来贾政对贾环还是比较好的。结果有一天大观园建成了，大观园试才题对额那天，宝玉过来，穿得风采照人，几个人陪着。贾环穿得破破烂烂的，因为他天天挨骂，老是觉得他哪里不太对劲，贼眉鼠眼，贾政开始不喜欢他了。

贾政刚开始因为喜欢他妈妈，一定喜欢这个孩子。但是王夫人千方百计地打击他，最后他亲爹也喜欢宝玉而不喜欢他了。所以贾环在整个《红楼梦》里面形象是非常龌龊的，其实他什么毛病都没有。他不像薛蟠那样去搞同性恋；贾宝玉在学堂打架，贾环也没打过；贾宝玉吃人家胭脂，他也没吃过；贾宝玉去找女孩子，他也没找过。他什么坏毛病都没有，但到最后就变成一个负面形象。贾宝玉一堆坏毛病，上学打架，不好好学习，和薛蟠一起搞戏子，和袭人发生两性关系，一不留神就跑出去找别人玩去了，但是宝玉的形象非常光辉，这就是王夫人对他形象塑造的结果。

咱们现在讲，舆论塑造形象，舆论形象很重要。所有人说这个人好，把所有的好的细节都给他，他就变成一个好人了。这个人是再好的人，只要把所有的错误、细节堆在一起，他一定会变成一个坏人。所以王夫人妖魔化贾环，贾环很可怜，但贾环也不是可怜到极致那种，有一个人特别喜欢他，就是彩云，一个小丫鬟。彩云特别喜欢贾环，彩云很聪明很贤惠，她看准了，贾环是贾府三少爷，他最后可能会找一个小姐结婚，但是他也需要一个姨娘。谁呢？彩云觉得自己很合适，所以她伺候贾环特别到位。你看这些小丫鬟的脑子也是很清爽的，她知道嫁给贾环是不可能的，当贾环的正牌夫人，她没戏，但是可以当他的姨娘，就像袭人嫁给宝玉一样。那么谁嫁给贾环呢？不知道，可能会娶一个门当户对、差不多的一个人。彩云一直对贾环非常好，她觉得自己唯一的希望就是嫁给贾环，改变自己的出身。

包括小红也是这样。小红叫红玉，特别聪明，王熙凤看得上的人没几个，她算一个。一次王熙凤叫她来回话。回话之后，王熙凤对旁边的管家们说："你们都听不懂，这里面有四五家的事儿，这小姑娘全部说清楚了。"

小红喜欢谁？喜欢贾芸！为什么？贾芸给贾府搞一些园艺设计，给大观园买点花草，干这个事的。她觉得贾芸虽然家里出身不好，没什么钱，是贾府的旁支，但小伙子人长得精神，也很能干，而且还非常孝顺，父亲死得早，母亲孤身把他养大，他天天出来找王熙凤、找贾宝玉，要找个事情做。他年龄比宝玉还大，但是他比宝玉晚一辈，然后他就认宝玉为干爸。这也是不容易的。为什么？因为人家是贾府正宗的继承人，他是一个旁支的小户人家，但是小红说我要嫁给他，为什么？凤凰男大有出息！所以说婚姻也是一种政治，就是为了自己的前途，要各寻生路。

（10）把自己的妹妹接到贾府来住

这算什么事？这个挺厉害的！为什么？因为薛姨妈永远是王夫人最坚定的支持者，这个是没有二话的，是自己的亲姐妹。当时为什么薛家从南京到了北京？主要原因是薛宝钗要来选妃。当时皇帝要选妃子，薛宝钗觉得自己长得很漂亮，又有才华，还比较胖，能生育，就来了。来了以后，皇帝好像还没开始选，就住在了京城。薛家很有钱，在京城有房子，但是需要修理一下，要几个月才能修理好。王夫人说："既然这样的话，你到我们家来住，反正我们家房子多。东北角上有几间房子，你住，不要房租，白住。"然后薛姨妈说："我在这里只住房子，吃穿用度全我自己来，不用在贾府账上开支。"

贾府是个大家族，因为人多事多，所以和企业差不多，它有它的账目，专门管账的人就管每年进多少钱，出多少钱，给每人发月钱等，和企业差不多，有自己的财会系统。

薛姨妈说："我不用你们的一分钱，我就住房子。"然后她一住就不走了！本来你想她一个月收拾好房子，两个月搬出去算了！装修一个月，再一个月搞个什么检测，差不多三个月，够了。她为什么不走了呢？她忽然发现，贾府有机可乘，贾府是外面的架子没有倒，里面慢慢浸上来了。首先是人才匮乏，没一个能干的人；第二是家风日益坏了，爬灰的爬灰，养小叔子的养小叔子；第三，贾府的人都非常懦弱；第四，王夫人是绝对的掌控者。这四条她一看，说："可以不走，不仅不走，我还要逐渐地鸠占鹊巢！"

薛宝钗要把宝二奶奶的位子拿到手，所以这时候王夫人把薛姨妈接过来了。接过来之后，你看薛姨妈和薛宝钗对贾府的态度发生过非常大的变化。刚开始的时候她们特别客气。你想，他们家是皇商，过去称"士农工商"，"士"就是读书人，"农"是农民，"工"是手工业者，"商"是第四类。贾府是贵族，是国公，是超一流的！而薛家是最后一类，做生意的。虽然是做大型国企的老总，是给皇帝采买丝绸、古玩字画的皇商，但是不管怎么说，社会地位比较低。薛姨妈的老公死了，儿子不争气，就一个女儿，然后女儿也比较小，按说是孤苦伶仃，孤儿寡母，非常难过。

薛姨妈刚开始的时候对贾家非常客气，后来越来越不客气，最后到什么程度？老太太叫她去吃饭，她都懒得去。她为什么敢呢？因为她心里已经觉得，老太太你不过尔尔了，就是有个空架子，有个一品诰命夫人的头衔，而你们家基本上都归我管了，马上我女儿就是你们家的实际控制人了，你们谁也不敢把我怎么样。你贾府又没钱，吃个螃蟹也得我供啊，吃个燕窝也得我供啊，送点小礼品也得我供啊！没实力，没实力也就没魅力，魅力都是假的。所以，这个时候王夫人迎来一个非常大的后援团，就是薛姨妈。薛姨妈有钱，王家有行政能力，两方控制了虚有其表的贾家，贾家不可能不亡。一个国有企业一边被民营资本控制，一边被外国资本控制，你还想继续活下去，怎么可能？

（11）打击林黛玉，策划薛宝钗配贾宝玉

大家可能会想林黛玉有什么好打击的呢，而王夫人打击林黛玉确实有她的目的。林黛玉是非常聪明的人。我们好像感觉林黛玉是不是光会哭，光会要小性子，老是一言不合就哭哭啼啼的，其实不是，她也是非常聪明的人。人家是贾府的外孙女，父亲是进士，母亲是贾府的千金，遗传基因决定她不会是个笨人，不过她有点抑郁质。多血质、胆汁质、黏液质、抑郁质，都是气质的类型。林黛玉属于抑郁质，就是性格比较忧郁，但绝不笨。

林黛玉来到贾府的时候，六七岁，就很懂事，不敢多说一句话，不敢多行一步路，只怕被人耻笑了。要是一般的孩子，肯定吓得浑身发抖，或者马上要见到外婆了很高兴，情绪很激动，而她是一边走一边看，把贾府看了个一清二楚，林黛玉绝对是个非常好的间谍，记性超级好。她一边走一边就观察，她个子小，前呼后拥的，只能从人缝里看、在轿子里看，但是她连感觉带观察、感受，把贾府的院子是怎么构成的，怎么进来，怎么出去，几进门，几个游廊，几个回廊等，记得清清楚楚。如果林黛玉会画画，可能就把这个结构图画出来了，把它卖给冷子兴赚点钱。她一看，宝玉什么样子，老太太什么样子，王夫人什么样子，王熙凤什么样子，还有丫鬟、婆子等，她都看得清清楚楚，尽收眼底。而且她也知道贾府不行了，也提醒过贾宝玉说你要趁早想一些办法。

但是她富家小姐的脾气不改，她感觉到自己是，一年三百六十日，风刀霜剑严相逼。意欲不饱。为什么不饱？不是她在贾府吃不饱饭，林黛玉说："给我一个小地方，我自做自吃，让我和紫鹃、雪雁三个人一起生活。"贾府再怎么也缺不了她的吃的，她为什么感到"严相逼"？因为她嫁给贾宝玉这事不可能实现，王夫人给她定的老公是薛蟠。这不得了啊！林黛玉这么一个瘦弱的人，叫她嫁给呆霸王薛蟠？可这是有道理的。

第一，她是贾家脉络的，不管怎么说也是贵族。薛蟠是皇商，有钱，是民营企业家、买办，但他没有社会地位。他娶了夏金桂、香菱，都没有地位。如果他娶了林黛玉，那就是富贵结合。林黛玉可以给他带来高贵的社会地位，他就是贾府的女婿了，不得了！在过去看门第出身，薛蟠是个呆霸王，娶了林黛玉，可能一下子变成了呆国王。

第二，薛蟠性格非常暴躁，但是薛蟠这个人还真有点性情。我们不要光看他唱那些曲子，什么女儿洞房等乱七八糟的，这个人还是特别关心女人的。他去采买，给薛宝钗买一堆礼物，让薛宝钗拿去送人。他看到林黛玉的时候，整个人浑身发酥，他非常喜欢林黛玉。虽然薛蟠没说，但是薛宝钗、王夫人、薛姨妈都看得出来，薛蟠是非常喜欢林黛玉的，所以她们觉得把林黛玉嫁给薛蟠也不错。为什么？因为薛蟠性子很野，而林黛玉性子温和。薛蟠是个怕老婆的人。夏金桂河东狮吼，天天弄得薛蟠哄也不是，求也不是，打也不是，骂也不是，非常烦恼。薛蟠表面上看很狂暴，其实对女人还真不错，属于上海男人那种比较好的一类，况且林黛玉只是有点小性子，这小性子对薛蟠的大野性来说正好。所以说那个时候别人已经给林黛玉决定了，要她嫁给薛蟠。大家可能觉得不可思议，林黛玉是金枝玉叶，绛珠仙草，令人怜爱的一株，这朵奇葩怎么会嫁给一个呆霸王呢？如果贾府不倒，黛玉不死，这个结果就是一定的。

为什么？因为没有一个人能左右得了自己的命运，把宝钗嫁给宝玉，把黛玉嫁给薛蟠，这样贾家和薛家就是再度联姻，变成两重联姻的一种三角形关系，非常稳定。富与贵的结合，这是世俗的价值取向。所以钗黛争婚从本质上说是根本不存在的，林黛玉没有资格和能力来争，人家是一家人，薛姨妈、王夫人、王熙凤、薛蟠、宝钗，而林黛玉就一个人，一个弱女子怎么可能争得过五个这样聪明的人呢？所以说这是不可能的。就跟伊拉克跟美国打一样，共和国卫队连还手之力都没有。

刚开始林黛玉是多么骄傲的一个人，到最后一点点唱这个《葬花词》：

花谢花飞花满天，红消香断有谁怜？

游丝软系飘春榭，落絮轻沾扑绣帘。

闺中女儿惜春暮，愁绪满怀无释处；

手把花锄出绣帘，忍踏落花来复去。

柳丝榆英自芳菲，不管桃飘与李飞；

桃李明年能现发，明年闺中知有谁？

三月香巢已垒成，梁间燕子太无情！

明年花发虽可啄，却不道人去梁空巢已倾。

一年三百六十日，风刀霜剑严相逼。

明媚鲜妍能几时，一朝飘泊难寻觅。

花开易见落难寻，阶前愁煞葬花人。

独倚花锄偷洒泪，洒上空枝见血痕。

杜鹃无语正黄昏，荷锄归去掩重门。

青灯照壁人初睡，冷雨敲窗被未温。

怪侬底事倍伤神？半为怜春半恼春；

怜春忽至恼忽去，至又无言去不闻。

昨宵庭外悲歌发，知是花魂与鸟魂？

花魂鸟魂总难留，鸟自无言花自羞；

愿侬此日生双翼，随花飞到天尽头。

天尽头！何处有香丘？

未若锦囊收艳骨，一抔净土掩风流。

质本洁来还洁去，不教污淖陷渠沟。

尔今死去侬收葬，未卜侬身何日丧？

侬今葬花人笑痴，他年葬侬知是谁？

试看春残花渐落，便是红颜老死时。

一朝春尽红颜老，花落人亡两不知！

"侬今葬花人笑痴，他年葬侬知是谁？"最后焚稿，呼唤着"宝玉宝玉"就死了，因为她在贾府已经走投无路了，除了死路，她再也没有活路可走了。这一步一步谁干的呢？当然有她个人的问题，但是更多是王夫人在后面操作的结果。

5. 王夫人取得的效果

（1）贾宝玉成了荣国府的继承人

按惯例，谁应该是贾府继承人？是贾琏。贾琏是老大贾赦的儿子，老大的大儿子是谁？不知道，没交代，估计也死了。为什么是贾琏？第一，是长房；第二，贾琏这时是长孙，长房长孙。按情理贾琏作为继承人，是顺理成章、毫无疑问的，结果却是宝玉成了继承人。宝玉是继承人，第一个反对的应该是王熙凤！"我老公应该是继承人！"但是王熙凤从始到终没有反对。为什么？因为她在贾府欺下瞒上、骄横跋扈、放高利贷、克扣工资、给别人拼缝铲事儿赚钱，全靠王夫人撑着。敢和主子抢位子，不想活了？所以王熙凤这么厉害的一个人，眼睁睁地看着自己老公的继承人资格被人家给占了，一句话都不敢说。这是王夫人最大的收获。

为什么王熙凤对王夫人言听计从？因为孙悟空再折腾也逃脱不了如来佛的手心，王夫人的"佛手"压住了王熙凤。在贾府，大家对王夫人是非常信任的，其实王夫人、王熙凤是一路人，人都很聪明，有一种新兴资产阶级唯利是图的本性，为了获得利益，她们什么事都会干。但是贾府是贵族，是通过军功一代代传下来的，是读书人家，是有些廉耻之心的。按说王夫人、王熙凤和贾老太太根本不是一路人，王夫人、王熙凤都不读书，为什么不读书？因为王家不读书。你看王夫人念的经是什么经？《太上感应篇》。不是佛经，而是道经。不是普度众生，而是劝人规范，经王夫人解读后变成了缚人就范。

（2）贾母对王熙凤非常信任

贾母，就其身份而言，是看不起王熙凤的，但是王熙凤天天哄贾母开心，贾母一见她都说："你不是个人……"这是一种嬉笑怒骂的表示。王熙凤为什么能哄得贾母开心呢？首先是王夫人的支持，其次是王熙凤本身情商高，最后是她不走寻常路。你看别人都安安静静地在老太太面前吃饭——贾府人虽多，吃饭的时候鸦雀无声——她不是。还有，王熙凤与鸳鸯关系很好，鸳鸯把老太太的喜怒哀乐及时传递给她，甚至她们两个人可能一个眼神，就知道了贾母今天要听什么话，把老太太给拿下了。只要老太太喜欢王熙凤，王熙凤在贾府办公室主任的位子就坐得很稳，反之随时可能被炒鱿鱼。不管怎么着，把你赶到贾赦那边去，总可以吧？

（3）离间贾母与黛玉关系，破坏了木石前盟

王夫人不是讨厌林黛玉，她对林黛玉没有什么成见，只是在政治上不容她。当年赵匡胤要灭掉南唐。南唐后主李煜写了一封信，说，我好好的，我每年给你纳税送钱，我没犯什么罪。赵匡胤说，南唐王虽无罪，但卧榻之侧，岂容他人酣睡？你是没罪，但是在我睡的榻旁边，不可能再睡一个皇帝，所以你必须被拿下。

所以说，王夫人为了自己的王家、薛家和贾家三家的政治联姻，一定要把林黛玉移送到薛蟠怀里，把林黛玉和贾宝玉的木石前盟拆开，把薛宝钗和贾宝玉的金玉良缘给接上。我们觉得很残酷，但是王夫人认为她必须这么做。

看《康熙王朝》，当时康熙要进攻准噶尔汗噶尔丹，康熙的女儿是噶尔丹的妻子，他的妃子和女儿都竭力阻止。康熙说，若有阻挡，乱箭齐发，射死一切敢于抗天者！不管是谁，在这个时候都没有办法，因为你们是我老婆、女儿就停止这一切吗？不可能！这就是政治。

过去叫"和亲"，从汉代的时候开始，汉高祖刘邦和匈奴打仗打不过，就送个公主过去。然后你是我的女婿，我是老丈人，咱们不打了。欧洲也是这样，欧洲联姻时间更长，一千多年，到最后血统很混乱。英国国王同时兼荷兰国王，为什么？因为就他一个继承人。

王夫人也是认为，我没有退路，我必须这么做，才能保证贾府繁荣，保证王家昌盛，保证薛家有钱赚。为了薛家有钱赚，王家有官做，贾家有名望有地位，她必须运作这种事情，因为婚姻在他们那个层面上，从来不是两个人的事情，而是几个家族之间的事情。

因此，林黛玉和贾宝玉不符合联姻政策。为什么？因为林黛玉家里面已经没人了，如果林如海还活着，并且做官了，比如说做了两广总督，做的官很大，那么林黛玉嫁给贾宝玉是百分之百没问题的，因为林家也可以成为贾家的依托。但是现在林家没人了，林黛玉实际上变成了贾家的一分子。贾家如果内部结婚，资源没法交换，没有一加一大于二，而是一加一小于一，所以这个时候贾家一定要和薛家联姻，和薛家联姻就是和王家联姻。

那么薛家一定和林黛玉联姻，又是为什么？因为和林黛玉结婚就是和贾家联姻。如果宝钗不嫁给贾宝玉，那么薛家和贾家就没有联系了，如果薛蟠娶不到林黛玉，结果也一样。因此这样算下来，木石前盟不可能实现。他们就像一根木头和一块石头一样，只能相依相伴，永远不可能相伴共生。所以说你想想，他们没有一个人是坏人，但都没有办法。所有的残酷都有它理性决策的起因。

（4）薛家在贾家越来越强势

既然薛宝钗要嫁给贾宝玉，那么势必要求薛宝钗在贾家的地位要提高，光靠婚姻是不行的。举个例子，刘邦老的时候特别喜欢戚夫人。戚夫人长得很漂亮，能歌善舞。戚夫人的儿子叫如意，戚夫人天天哭哭啼啼，想要把吕后的儿子废了，立她的儿子赵王如意为储君。结果刘邦拗不过，就开了一个御前会议，说："我准备立赵王如意做太子……"结果大臣们全部反对。刘邦没办法，不了了之。刘邦一死，戚夫人被吕后抓起来砍了手脚，扔在猪圈里面，成了人彘。赵王如意也被吕后毒死！很残酷。但是谁出了问题？就是戚夫人自己。她在自己没有实力的情况下，提出了不应该的要求。吕后不仅仅是刘邦的老婆，还是刘邦的革命同志啊！但是戚夫人就不行，戚夫人就是一个长得比较漂亮的女人，手里什么实力都没有，只有一个儿子。你这一个儿子想获得大汉江山，就差得太远了。她应该怎么做呢？应该赶紧趁刘邦还活着，赵王也不要当了。为什么？赵国离长安太近。当个什么蜀王，到蜀地去，再不回来了，这辈子不回来。你给我地盘封得大一点，我跟着儿子过去，吃喝玩乐享受，再不和你打交道了。平安过一生，挺好的。结果她就忘了，刘邦是喜欢你，但刘邦自己也说了不算，何况他快死了。所以戚夫人提了一个自己不应该提的要求，送了他们母子的性命。

贾母对木石前盟也持反对意见，说："如果是一起玩玩的话还可以，提这个要求那还是人吗？"这很奇怪？怎么一个外婆这么骂自己的外孙女！觉得特别残忍。贾母是不是脑子坏掉了？不是的。贾母也知道，林黛玉不能嫁给贾宝玉，如果嫁给贾宝玉，就破坏了贾府的政治规矩。

（5）李纨守节到底，贾兰成了贾府的希望

李纨和平儿，也仅此而已，一本书里面也只敢摸摸痒痒，没什么事情。贾兰，"兰桂齐芳"成了贾府的希望。

（6）随嫁仆人周瑞家的女婿古董生意很大

冷子兴的古董生意越做越大，对荣国府了如指掌，他在荣国府外面雇了很多人。冷子兴是不是白手套？不知道。有可能冷子兴是王熙凤和王夫人的白手套。古董生意说实话就是洗钱。你说这个钱怎么洗出来的？洗的是谁的钱？冷子兴一个仆人的女婿能把关吗？生意做得那么大，那是玩啊？古董生意都是暴利啊！没有雄厚背景支持是做不大的。她让自己仆人的女婿去做这个，那么赚的钱归谁呢？是王子腾、王夫人、薛家，还是王熙凤？不知道，肯定不归贾家。

（三）剑走偏锋的王熙凤

王熙凤是《红楼梦》里面性格最出色、最有戏份，也最让人恨和最让人爱的一个人。恨的人多，爱的人也不少。中国著名的美学家王朝闻先生写过一本书叫《论凤姐》，就专门研究王熙凤，比《红楼梦》还厚。毛主席说，王熙凤有总理之才。王熙凤是一个非常有能力的人，她在贾府里面剑走偏锋。

第一，她不会读书，那么她干什么呢？她就发现，我不读书，我讲故事，她就走"赵本山路线"，天天说笑话给老太太听。

第二，贾府的人都不会做具体的事，理家、发工资、处理事情、送东西等，贾府的人都不会干，都是读书人。王熙凤说我就干这个，我要立足于我是一个喜欢讲故事、善于干具体事务的能干的俗人。过去读书人都是不能干的雅人，都是大门不出、二门不迈，稻草也拿不动的，只读圣贤书，不闻窗外事。王熙凤说，那不可能啊，贾府这么大的一个企业，如果你们都不管事，都光吃不动，怎么办呢？我就走这条路线，你们离开了我，根本不行。

所以她把自己的劣势变成了优势，这叫作"换道超车"。如果她这么想：我不读书，看人家林黛玉读得这么好，薛宝钗读得这么好，贾宝玉读得这么好，家人都读得这么好，我不会读书，很自卑，浑身不舒服，我什么也不敢说。那完了！她不仅在这里立不住脚，她可能连嫁进贾家的资格都没有。所以说，她就剑走偏锋，专门填你的空。但是她要证明她是有能力的，而且能力非常强——贾府缺了我，就玩不转。

你们去念书，你们去唱戏，你们去烧香拜佛，你们去喝酒打牌，没有我在后面给你们操持，你们一天都过不下去。所以她是一个不可或缺的人物，就叫"操盘手"，构建你的盈利体系。

1. 对王夫人言听计从

为什么王熙凤对王夫人会言听计从？举个例子，林黛玉进贾府后，要给她做衣裳。王夫人就问王熙凤："该随手拿出两个来，给你这妹妹裁衣裳啊。等晚上想着，再叫人去拿罢。"王熙凤说："我倒先料着了，知道妹妹这两日必到。我已经预备下了。等太太回去过了目，好送来。"王夫人一笑，点头不语！

你看，王熙凤对谁有这么俯首帖耳？在老太太面前她都高声大气，想怎么说就怎么说，想怎么笑就怎么笑，但是在王夫人面前呢？"太太回去过了目，好送来！"干什么？领导要亲自看看！王夫人一笑，点头不语，意思是说："行，办得可以。"

这说明什么？第一是两个人很默契，点头一笑。因为毕竟是亲姑侄，同样一个王，有相同的血液，感情很默契。第二说明王夫人对王熙凤的忠诚还是很欣赏的。总书记说"世界之大，莫大于忠"，做人忠诚很重要。王熙凤坚决忠诚于王夫人。

她忠诚于王夫人，首先是忠诚于王家。在贾府里，有薛家、王家、史家、贾家，这四大家族共同在贾府这个平台上演出各自既合作又斗争、既斗争又合作的戏剧，但是从来不分裂。

王熙凤完全按王夫人指示行事。很有意思的一件事情，是刘姥姥一进荣国府之后，先找到周瑞家的，由周瑞家的介绍到荣国府。王熙凤过来摸底细，她对刘姥姥的态度，完全随着王夫人的态度在变化！说是和王家连了宗的，就起身满面春风地问好，又问周瑞家的："怎么不早说？"早点说，我去接她去呀，安排早饭了没有？又问周瑞家的："回了太太了没有？"周瑞家的说，太太说了，今日不得闲，二奶奶陪着便是一样。王熙凤一听太太说今天不得闲、不得陪，那说明不重要，"没时间"就说明不重要。

什么叫"没时间"？说白了，就是我的时间不给你。一个男孩追一个女孩，问："今晚看电影吗？""对不起，我要做作业！""没关系，明天一起去吃饭吧！""对不起，我考试还没考完。""那么就后天来吧！""对不起，我家里来人了……"如果三次都这样，第四次你就别找了，找了也没用。一个英雄救了一个美人，如果英雄长得帅，美人就说："遇到英雄，三生有幸！小女子今生愿当牛做马，报答你的恩情！"如果长得不帅，说："来世当牛做马，报答你的恩情。"意思是说，这辈子没时间。下辈子就是来世，今世无缘。

刘姥姥来了，说太太说了今日不得闲，二奶奶陪着便是一样。试想，如果王子腾来了，你看看王夫人怎么办。问题是王夫人没啥事，除了每天念佛，就闲坐着，不读书，不看报，不听广播，不刷微信，啥事没有。所以她一听是刘姥姥，马上说，我不能陪了！

王熙凤过东边房里来，又叫过周瑞家的去，问她才回了太太，说了些什么。凤姐听了，说："既是一家子，怪道我怎么连影儿也不知道？"王熙凤刚开始以为，刘姥姥是王夫人很重视的人，所以她满面春风地问好，后来知道原来王夫人是这么回事，她也就不理了。

（1）下级是随上级而变化

有人说："领导很和蔼，就是秘书很不耐烦，对我们态度很差。""领导肯见我们，就是秘书不让进。"有些群众碰到领导，说："领导啊，我那天去找你，你的秘书挡着不让见。"怎么可能呢？领导想见你，秘书服务得非常快。凡是秘书不让见的，一定都是领导的意见。所以说，这个时候千万不要以为"阎王好见，小鬼难缠"，小鬼吃的是阎王饭，都是按阎王指示办事的。

至掌灯时分，凤姐已卸了妆，来见王夫人回话。早上进来的时候，请示一遍，晚上回来汇报一天的工作。王夫人虽然不动声色，但是她通过王熙凤，牢牢地控制着贾府每天所有的事情。一二十件事，都在她心里盘算，所以怎么进，怎么出，包括给人送礼，她都在盘算。凤姐又道："临安伯老太太生日的礼已经打点了，太太派谁送去？"王夫人道："你瞧谁闲着，叫四个女人去就完了，又来问我。"其实王夫人抓权还是非常狠的，连派谁去送王熙凤都不敢做主，要问王夫人，王夫人说："这些事情你就自己做主吧！"但是如果她真的自己做主了，行吗？所以还是要多请示，多汇报。

（2）宁可请示汇报，切勿自作主张

有人说，你多请示，领导会嫌你烦，这个时候就在考验你，但你不请示，他就会愁。所以宁愿让领导烦，也不要让领导发愁。发愁的话，事情就非常严重了。所以王熙凤很细致、很小心，否则哪有好果子吃呢？

接着，凤姐又笑道："今日珍大嫂子来请我明日去逛逛，明日有什么事情没有？"该不该去？不敢问。东府和西府是连着的，挨着，大概走路也就二十米。但是你该不该到东府去，这是一个政治问题。比如日本离我们很近，到日本访问，什么时候去，要不要去，是对方先来，还是我们先去，那学问大得很！所以她这个时候到东府去，和贾珍的老婆尤氏一起吃饭、聊天，这是两家的一种政治活动，所以她要问，请示一下。

王夫人道："别辜负了他的心，倒该过去走走才是。"你看，这个时候王夫人的感觉是什么？"别辜负了他的心。"按说贾珍是族长，贾珍的夫人是族长太太，应该是贾府的掌门人，但是王夫人压根就没把贾珍和尤氏当回事。一是贾珍本身没有什么能力，只会"酒色"二字，他看到尤二姐、尤三姐，都想弄，他和秦可卿也有点不清不楚。二是，尤氏是小户人家出身，背后没有什么大树可庇荫，王夫人根本看不起这种小户人家出身的，他们背后没什么资源！

（3）先后有序，权重第一

次日凤姐梳洗了，先回王夫人，方来辞贾母。看到了吗？应该先辞贾母，然后再辞王夫人吗？不对！为什么？因为回王夫人是工作；辞贾母是礼节。所以她一定先回王夫人，当王夫人发出"去吧！"的指示后，方来辞贾母。

《红楼梦》有一百多万字，但是好多词用得非常准确。"方"是什么意思？就是"才"。先给王夫人回话，王熙凤说，我要去了，还有什么打点的？拿什么东西？还要带宝玉去。讲了半天，怎么想的，怎么说的，要干什么，达到什么目的，这是工作。然后"辞贾母"，这是礼节，告诉老太太，我去宁国府转一圈，吃完晚饭回来，这是礼节。所以这个时候谁是董事长，谁是总经理，就看得清清楚楚了。办公室主任先向总经理汇报，然后给董事长说一声。王夫人是抓得非常紧的，这个时候王夫人和王熙凤的关系是上下级的工作关系。她们不仅仅是姑侄关系，也不仅仅是婆媳关系，而是上下级关系。王熙凤要对王夫人负责，而且只对王夫人负责。那么你想，王熙凤放高利贷、不按时给别人发工资，难道王夫人不知道吗？王夫人怎么可能不知道，那是她们的事，要利用这个给自己攒点钱。否则一旦贾家倒了，她们怎么办？

2. 王熙凤处理人际关系的特色

王熙凤处理人际关系的核心是：瞒上欺下，争利好强。

为什么？因为她背后是王家，王家当官。她的人际关系处理方法基本上就是"欺下瞒上"，而不会"欺上瞒下"。你敢欺上吗？你敢欺皇上吗？同样，你瞒得了下面吗？所以欺不了上，瞒不了下（百姓的眼睛是雪亮的），只能"瞒上欺下"！

她争利好强，因为在贾府这样的贵族家庭里面，王熙凤这样没有读过什么书的女人，如果不是很强势，那就没有立足之地。你发现没有，官当到一定的程度，女领导都比男领导强势。好多男领导最后就像个菩萨一样，温文尔雅；好多女领导变得像金刚一样，刀枪不入。更有意思的是，人的性格、面容是随着年龄、地位的变化而变化的。刚开始，孩提时代，男女分不清楚，年龄越大，男女性格分得越开。一旦当上领导，而且领导当得越大了时，男的像女的，女的像男的。

为什么？女同志面对的环境更加恶劣，她如果没有披荆斩棘、逢山开路、遇水搭桥、佛挡杀佛、见妖降妖的本事，她能上去吗？根本上不去！

上海的男女比例，是女的占多数，男的占少数。上海是女多男少的城市，但是官员是男多女少。女同志的竞争压力高到什么程度？而且一个领导干部，由于她官当得特别大，在家里老公特别难受，他把他自己的名字忘了，所有的人就说"这是谁谁谁的老公"，他发现自己变成了六个字的男人，谁谁谁的老公，特别难过。

王熙凤也是这样，她在贾府这个地方要获得生存权，并且获得主导权，她一定是：

（1）扬长避短，剑走偏锋

王熙凤不识字！不管怎么说，你是大户人家的女儿，怎么不识字呢？

大观园里开诗社，她掌握着财政大权，拉她当个社长，就是出钱嘛。"我先出二十两。写诗？不会写诗呀！""不会写？你就随便凑一句吧。"她说："昨天晚上我看见风刮得很紧啊……一夜北风紧。""哎，这个写得可以的！"虽然比较通俗，但是写出了北风，首先刮北风，第二，是"一夜"不是"半夜"，形容雪下得很紧，不是很松。

其实这个诗也写得很一般。因为她掏钱了，不能让她白掏钱。她情商高，但学问低，她有钱，但没文化，所以她要扬长避短。

（2）站稳立场，坚决替王夫人做事

王熙凤为什么要为王夫人做事？毛主席说，谁是我们的敌人，谁是我的朋友，这是中国革命的首要问题。这时候王熙凤站的立场，就是永远替王夫人做事。她不可能看邢夫人脸色，邢夫人都不理王熙凤，邢夫人骂她像个黑老鸹一样，她不管邢夫人骂什么，因为她很清楚，你邢夫人背后有什么，而王夫人背后是什么。

王夫人要打击贾环，她就拼命打击贾环；王夫人让她到尤氏那里去拜访，她就去拜访。王夫人和她是紧密的工作关系、上下级关系，也是利益同盟。所以说，在过去大家族像个企业，而现在的小企业则像个家族。

（3）以哄贾母开心为第一要务

贾母是这个贾府集团的董事长，你看她好像天天昏昏欲睡，说她是老不死的、老神经的，但是你看《康熙王朝》里的孝庄皇太后，她说："我什么都不知道，把我带到乾清宫来……"其实所有的事情她都一览无余，真出了事谁都拿不定主意的时候，最后她给你讨个公道。

王熙凤生日开宴会，开着开着头晕了，想回家一趟。结果一回家，发现小丫鬟在廊下，一看见她，扭头就跑，王熙凤就上去"啪啪"两耳光！干什么的？不说。拿起簪子在她脸上一通乱戳，吓得她哭着说："二爷在家里，打发我来这里瞧着奶奶，要见奶奶散了，先叫我送信儿去呢。"结果发现，贾琏和鲍二家的在鬼混。王熙凤醋性大发，"噼里啪啦"开打。贾琏也借着酒劲拔出一把剑，非要把王熙凤杀了不可。

到千钧一发的时候，怎么办呢？全跑到了贾老太太的身边去求解决。她不去求王夫人。王夫人凭什么去管贾琏？而且王夫人是偏向谁呢？偏向王熙凤有偏心，偏向贾琏也不可能。如果去找贾政，贾政更不管这些事情。王熙凤发现，遇到大事只能找贾老太太。首先老太太八十多岁了，她这世家出生的人，政治智慧永远非常在线。她先把贾琏骂了一通，说："你就是一个馋猫，丑的俊的都往屋里拉。"然后又对王熙凤说："年轻人嘛，我年轻的时候，你们老太爷也是这样，我也受了好多苦，都算了吧！"又说："今天这个事情过去了以后，谁要是再提，我就恼了。"快速切割，然后各打五十大板，立即灭火。灭了火以后，"谁敢再提，我就收拾谁！"接下来对贾琏说："你认个错，凤哥和平儿他们两个还不够你用，你瞎弄什么？"她难道不知道平儿根本就近不了贾琏的身、王熙凤看得很严吗？其实她啥都知道。她最后告诉王熙凤："你也别看得太紧，把平儿让出来一点，差不多就行了。"摆平就是水平，她把这事情摆平了。

有人问，这个时候为什么不用家法？家法拿出来，像贾政打贾宝玉一样，"噼里啪啦"打一顿，把他打死算了！不可能，为什么呢？贾宝玉抢了忠顺王喜欢的戏子，是犯了"政治错误"，要往死里打；贾琏是激化家庭矛盾，是人民内部矛盾，各打五十大板。所以说王熙凤一定要哄贾母开心，贾母是家庭最后的避风港和支柱。到最后，贾母把自己的钱散出来的时候，意向已经安排得非常清楚了，连林黛玉的棺材怎么用、多少钱送到苏州安葬等，都想好了。所以八十多岁的人，看她天天好像除了听王熙凤讲笑话就是听戏，但是你看她欣赏戏曲、欣赏文学的水平非常高，她处理危机的能力非常强。她这么大年龄的人，按理说早就该颐养天年，把江山让给他人。她为什么不让？因为她手里掌握的是家族最核心的一个东西，就是免死金牌。大家知道老太太要是没了，政治危机可能随时会降临到头上。

（4）树立泼辣能干、善于俗务的形象

为什么要树立泼辣能干的形象呢？贾府这些人都是一些善良的笨蛋，我就变成一个能干的坏人，这个很重要。王熙凤道德品行很差，对人下手非常狠。比如说焦大，焦大在贾府待了几十年，天天喝酒骂人，谁也不敢把他怎么样，结果王熙凤跑了一趟，晚上吃完晚饭回，派了焦大去送她。王熙凤说，什么东西，再大的功劳撵出去！焦大被塞了一嘴马粪，被撵到遥远的田庄上去了。

为什么宁国府的人要派焦大？其实派别人也可以，焦大喝了酒，年龄那么大，又是个单身，又立过功，平时不爱干活，为什么今天派他？一句话，就是要用王熙凤的手，把他赶出去！大家都很烦他，但是没有一个人愿意承担"杀了功臣啊，狡兔死走狗烹，飞鸟尽良弓藏……"这样的罪名。但王熙凤才不怕呢！我就泼皮、泼妇，你拿我怎么样？他们就借王熙凤说的这句话，把焦大塞了一嘴马粪赶了出去，死活不知道。

（5）借事以立威

什么叫"借事以立威"？因为有为才能有位，有位才能有威。我们经常讲这句话。

王熙凤刚开始的时候，很能干，方方面面都很好，但她的影响力仅限于荣国府，宁国府不知道。她特别喜欢揽事，秦可卿死了之后，她的机会来了，整个家族乱成一团，就发现贾府这么大，这么多人，一个担事的人都没有。贾珍哭得泪人一般，在地上噼里啪啦打滚儿说，我死了去！很奇怪，一个公公哭儿媳妇，哭成这样子！

在过去，女儿死了老爹都不能这么哭，为什么？因为他要讲究礼法。老妈死了，你必须这么哭，女儿死了你不能哭。王安石的女儿死了，在宁波，她死了以后几年，他把女儿埋在山上。然后他要离开，白天不敢去看女儿，半夜租个小船去了，回来，今夜扁舟来诀汝，死生从此各西东，再也不见了，因为宁波当时离好多地方特别远。

苏东坡的老婆王朝云在船上给他生了个儿子，过两天得了肺结核死了。苏东坡就写了首诗，说王朝云是怎么哭的，要投河自杀，其实他也想自杀，但他不敢说，他只能写首诗。王朝云哭得很厉害，他不敢哭。因为他不管怎么说是当朝苏大学士，要讲究面子的。

贾珍作为三品威烈将军、贾府的族长、贵族，儿媳妇死了，应该退避三舍才对，结果哭得不得了，最后说，把我的棺材用了吧！宁国府乱成一团，王熙凤来了，她本来是来吊唁的，因为秦可卿和王熙凤关系比较好。秦可卿也知道贾家如果没有王熙凤的话，倒得更快，所以给王熙凤托了一个梦，说："三春去后诸芳尽，各自须寻各自门。"这时王熙凤一下子吓醒了，"当当当当"响了四声，外面喊说："东府奶奶去世了！"贾宝玉向贾珍建议让王熙凤"权理"宁国府一个月，贾珍一听，欣然接受，并向邢夫人、王夫人请求。王夫人说王熙凤，你这么小，你怎么试？十七八岁的小姑娘，这么大的事，大大小小这么多人。贾蓉当时是"死封龙禁尉"的，贾珍是有爵位的，秦可卿也是有爵位的。丧事，不管怎么说也是一件大事，当时很多贵族来，包括皇帝都派了一个太监过来，北静王也派人过来了，前前后后多少事，王熙凤行吗？这个时候她就要借事以立威，结果她就办得井井有条，不仅把事情办好了，而且给宁国府建章立制。他们把秦可卿治丧委员会办公室主任的岗位让给王熙凤，王熙凤当时就走马上任了，干什么？说我要调研一下。先调查研究，没有调查就没有发言权。她待到很晚才回来，知道了宁国府里有遇事推诿、没有专人负责、有脸面的人不服管教、经常丢东西等情况，她针对这些问题建立了一整套的制度。她不仅要把秦可卿的丧事办了，也让宁国府公司的企业风气焕然一新，比巡视组还厉害。

（6）与鸳鸯处理好关系

鸳鸯是老太太身边的大秘，我们做过秘书的人都知道，什么叫"二号首长"，确实是这样子。因为领导和你已经关系非常密切，领导和秘书待的时间比和老婆待的时间还长。大多数领导都是孤身在外，比如上海好多领导是从外地比如北京调来的，家属都没跟来，孤身在外。领导天天和秘书待在一起，除了晚上睡觉，早上起来秘书就到办公室门口去接他，在办公室里天天跟着他，下班陪着吃饭，吃完饭散步，散步后领导回房间，秘书才能回去。所以领导只要走出房门就和秘书待在一起了。有的时候，比如他要吃降血压的药、吃安眠药等，秘书还得给他准备好，吃几粒，什么时候吃，方方面面特别周到。所以他和秘书的感情非常深。如果秘书要给他汇报一个事情，大多数时候摸得准比较合适的时候。

《红楼梦》里面汇报事情是非常讲究的。周瑞家的给王熙凤汇报请示是在掌灯时分，然后是在准备吃饭的时候，偷偷地说。王熙凤说这有什么，明天给你处理掉。就是偷偷说、小声说、台下说、扼要说。

3. 当秘书的四条原则

当秘书有四条原则，当年我卸任秘书的时候，给我的接班人传授了经验。

第一条，满足大人物的小需求

什么意思？老祖宗贾母很威严，所有人都害怕她。只有王熙凤敢跟她讲故事、讲笑话，让她身心愉悦。这就是满足大人物的小需求。

第二条，见官矮一级

不管你是见到总书记，还是村长，都矮一级，为什么？显示你作风很谦虚。有的人见官大一级，口大气粗，架子很大，大家都不喜欢。所以你看王熙凤，见了老太太矮一级，给她讲故事；见了王夫人，矮一级，请示汇报；见了林黛玉，矮一级，说这是某某家的孙女。然后天天陪着宝玉，因为知道宝玉是继承人。见了贾环，她就无所谓了。

第三条，抱着挨批评的心态去工作

因为领导只能批评秘书，他不会批评别人。哪怕别人犯错误的时候，他不会直接批评他，而是把秘书骂得狗血喷头。其实旁边人知道这不是骂你，是骂他。贾母经常拿"泼猴儿"骂王熙凤，怎么不说别人"猴儿"呢？老太太从来没有说过第二个人"猴儿""泼皮破落户"，这都是老太太说她的。她抱着挨批评的心态工作。

第四条，算总账

这样做工作到最后发现好事天天有，坏事永远轮不到你，为什么？因为你挨了批评，满足了人家的需求，见人又很客气，见官矮一级，像薛宝钗一样，你说，怎么可能得不到好处？

4.鸳鸯特殊的地位

鸳鸯作为老太太的大秘，有很特殊的地位，她平时也是很懂事的。她是家生的丫鬟，她父母都是贾府的奴才，但是父母和哥哥在南京，给贾府看房子。贾府在两地都有房子，南京有，北京也有。鸳鸯一个人跟着老太太在北京。这个时候老太太身边就这一个贴身的大丫鬟，本来还有袭人，结果袭人被老太太派给宝玉了，就变成鸳鸯一个人了。鸳鸯不仅服侍她的生活，把她的钥匙都拿在手里，她有多少钱，钱用来干什么，全是鸳鸯说了算。这个时候鸳鸯在贾府的地位是非常高的，那就是办公厅主任。就是王熙凤这么能干的人，她对鸳鸯也特别好。看几个例子。

（1）主仆颠倒

第三十八回，吃螃蟹。薛宝钗家里有钱，庄上有很多螃蟹，这个螃蟹是稻田里的螃蟹，不是阳澄湖的螃蟹。过去螃蟹养殖技术还挺高的，螃蟹挺大。阳澄湖螃蟹四两就不得了，他们的螃蟹是六两。这么大的螃蟹，弄了几十斤。六七十斤螃蟹，一起吃。这个时候王熙凤出来了，抢别人的螃蟹吃。

鸳鸯说："好没脸，吃我们的东西。"凤姐笑道："你少和我作怪。你知道你琏二爷爱上了你，要和老太太讨了你做小老婆呢！"鸳鸯说："哎！这也是做奶奶说出来的话？我不拿腥手抹你一脸，算不得人。"说着站起来，就要抹。凤姐道："好姐姐，饶我这遭儿吧。"

这哪是仆人和主子的对话？感觉鸳鸯是主子，王熙凤是仆人，变了！为什么变了呢？因为她的地位非常特殊，而且鸳鸯真的是爱贾琏，但两个人没有任何实际的关系。

这是一处，还有一处。当时贾赦想把鸳鸯讨来当小老婆，鸳鸯不从。贾赦说："我知道自古嫦娥爱少年，你肯定爱宝玉，或许还有贾琏。"

其实她是爱上了贾琏。王熙凤这样醋意十足的人，连平儿都不让贾琏近身，但她能容忍贾琏和鸳鸯暗通款曲，为什么？因为贾琏和鸳鸯没有实质性的发展，而鸳鸯在政治上是非常有用的。她甚至可能怂恿贾琏和鸳鸯发生点什么或有或无的事情，以便控

190

制鸳鸯。所以这种时候你会发现，贾府一个家族，几百人在一起的时候，正如毛主席所说，有人群的地方就有左中右。几百人在一起，三个女人一台戏，那么多女人在一起，所有的事情，如果没有一点智慧、没有心机，还真玩不转。王熙凤能玩得那么转，不仅仅是因为她好像性格泼辣、遇事果断。没有权力、没有平台，给谁泼辣、给谁果断？晴雯撕扇，还要有扇子可以撕呢！而且贾宝玉的扇子，不是一般人的扇子。贾宝玉家里都是文物，撕一把，好几十两银子就没了。所以说首先要得到平台，然后才能施展你的才华。王熙凤为了得到自己的平台，她第一是服务好王夫人，第二是讨好贾母，第三是建立自己的情报系统。

韩信作为中国古代第一战将，聪明绝顶，战无不胜，攻无不克。韩信带兵，多多益善。为什么他最后被吕后设计害死了？首先一条，有没有自己的情报系统。他在刘邦身边一个朋友都没有，这是很可怕的。在刘邦身边，不管陈平、张良，还包括他身边的服务人员，没有一个是韩信的朋友。韩信认为，我打仗水平高，刘邦必须器重我，这是对的。但是韩信被擒的时候说，狡兔死、走狗烹，飞鸟尽、良弓藏，敌国灭、谋臣亡。为什么谋臣会亡呢？因为没有和领导身边的人搞好关系。

刚开始，刘邦的实力没有他强，韩信完全可以造反推翻刘邦，自己当皇帝。所以当时他的谋士蒯彻说："仆相君之面，不过封侯，又危不安；相君之背，贵乃不可言。"只看你这个面相，你就是个侯。他觉得自己功劳大了，自立为齐王。要么就反了，自己当皇帝，要么当时规规矩矩当个侯，也没事，当个淮阴侯，像张良当个留侯，规矩地把兵权交了，得善终。最后他情报系统又不发达，一步一步地被剥夺了王位，降为侯。后来刘邦出差，吕后把他给杀了。

（2）死不嫁给贾赦

《红楼梦》中鸳鸯是一个很特殊的例子。后来贾赦要讨她做小老婆，贾母问她的意思是什么，她拿来剪刀自杀。为什么？因为她没有办法。

第一，如果她跟了贾赦当小老婆，她爱的是贾琏，又变成了贾琏的后妈，这太难过了。她要殉情。

第二，她是老太太身边的丫鬟，给她儿子做小老婆。她要殉节。

第三，她手里有巨大的财产和财产分配权。如果她跟着贾赦，她就对不起王熙凤，对不起王夫人和贾政。所以说这个时候，她除了一死，再没有别的办法。而且她知道她死了之后，王熙凤可能对她的父母哥哥会非常好。假如她跟了贾赦，而贾赦是个始乱终弃的，几年就把她折腾死了，与其这样还不如早点死了。

5. 王熙凤的效果

王熙凤的胆子越来越大，这个人的胆子"养肥"了，越长越肥。

（1）克扣、延期发放月钱，私放高利贷

刚开始的时候克扣、延期发放月钱，私放高利贷。月前克扣工资，本来初五发，二十也不发，为什么？她拿去放高利贷，就像某支付平台。这个平台那么大，它怎么赚钱的？它就靠时间差。你支付以后，七天后它再付钱给对方，这七天这个钱放在它的资金池里，别看七天后又如数出去，但几千亿的钱放在它这里，而且天天如此，不得了！它想干什么不容易？

王熙凤克扣月钱，放高利贷，而且她不仅放高利贷，谁对她说，怎么不发工资？她收拾谁。你还敢说不发工资的事？把钱放出去以后，有时候收不回来，收不回来就这个月拖下月，窟窿越来越大，补不上。补不上怎么办？以势压人，不让说。

（2）在外面摆平事情

摆平事情干什么？赚钱。王熙凤特别在乎以势换钱。在贾府，林黛玉、薛宝钗、贾宝玉、史湘云都没有钱的概念。薛宝钗虽然家里是做生意的，但是因为她家庭非常好，她哥哥可以赚钱，她妈妈对她很宠爱，所以她送人东西还是很大方的，不管是送燕窝也好，送螃蟹也好，还是送宫花也好，送大小东西很大方。但是王熙凤就知道钱很重要，所以她想方设法去赚钱。

（3）公然欺凌弱小

王熙凤把人家赵姨娘、周姨娘的也挪用了，你说你有那么多钱，过个生日，非要人家赵姨娘、周姨娘也出钱，她们一个月就二两银子，说啥都要，她们也不敢不给。

后来尤氏，就是贾珍的老婆，她很善良，就说，你要这两个苦命人的钱干什么？王熙凤说，管他呢！钱放在那里，咱们来乐一下。最后尤氏把钱还给她们，两个人还不敢收。所以你看，贾府里面是好人多，但是一帮好人比不过一个坏人。有人讲，你跟领导干一百件好事，不如给他办一件坏事，就是这样。因为坏人是智力、能力、体力、魄力都有！好人啥都没有。好人只有什么？只有一颗善良的心。

（4）动辄置人于死地

王熙凤是一个非常残忍的人。你说贾瑞是对你有非分之想，是不应该，但是你不能把他弄死啊。她确实有杀心。第十二回"王熙凤毒设相思局，贾天祥正照风月鉴"，她觉得，这种人对我眉来眼去，简直是莫大的侮辱。但贾蓉就好，贾蓉长得又帅又漂亮，又是贾珍的亲儿子，样子也好，地位也好。她首先看的是地位，然后才是模样。家里什么都没有的——比如贾瑞就是什么都没有，老妈死了，老爸死了，他跟着爷爷贾代儒，就是家族学堂里面的一个老先生——贼眉鼠眼的，还要挑逗王熙凤。王熙凤觉得这是莫大的耻辱，只有杀之而后快！结果她叫了几个人，半夜把贾瑞关起来。大冬天，倒了一盆尿水，贾瑞冻了一夜之后感冒了，最后得了肺炎死了。

尤二姐长得很漂亮，人也很贤惠。贾琏偷娶尤二姐，在外面买个房子，正式地过起了小日子，被王熙凤发现了。王熙凤那天过去，又拍拍她，以姐妹相称，到最后尤二姐吞金自尽，到死不敢怨她。所以王熙凤是相当毒辣的。《红楼梦》里面三个有心机的人，一个是王夫人，一个就是王熙凤，还有一个是薛宝钗。

研究《红楼梦》的有两派，一派是拥钗抑黛，一派是拥黛抑钗。一派是拥护薛宝钗贬斥林黛玉；一派是拥护林黛玉贬斥薛宝钗。其实《红楼梦》就是悲金悼玉的《红楼梦》，对薛宝钗和林黛玉都是表示同情的。因为在五十多岁、人之将死其言也善的曹雪芹看来，这些人都是为了生存！到最后飞鸟各投林，落个白茫茫大地真干净。所以这个时候不管是林黛玉也好，还是薛宝钗也好，都是为了更好的生活。本身没有对错，也没有是非，但是确实应该有善恶。

中国的哲学是伦理哲学，讲的是善恶；西方的哲学是认知哲学，讲的是是非。最后发现，西方人老讲什么是真理，中国人老讲什么是道德，不一样。亚里士多德讲"吾爱吾师，吾更爱真理"；孔子讲"贤哉回也，一箪食，一瓢饮，在陋巷，人不堪其忧，回也不改其乐"。亚里士多德说"我爱的是真理"，孔子称"我爱的是贤人"，不一样。我们拿了指南针看风水，希望下一代出个贤人；西方人拿着指南针去航海，希望发现世界尽头的宝藏。我们拿火药放爆竹，过年、过正月十五，希望获得吉祥平安；西方人拿来造枪炮，希望获得别人的财富。东西方思维方式是不一样的，一个从真理开始的民族，和一个有道德约束的民族，走的路不同。

你说，真理一定比道德高尚，还是道德比真理更高尚？也不一定。最后发现，还是好人掌握真理最好，但往往是坏人掌握真理的时候更多。

（四）薛宝钗的人际战略

王夫人有布局，王熙凤有特色，而薛宝钗是有战略的。

什么叫战略？战略就是有宏观的布局、微观的操作、实际的运作，而且有庞大的关系网络。大家说一个小姑娘，从七岁到十五岁这八年，她怎么能这么聪明呢？

1. 有足够的才气，还有经济头脑

薛宝钗，她是皇商出身，按理说商人是不读书的，但她读书非常多，什么四书五经、《西厢记》都读过，而且特别会画画，比如说惜春要画大观园，画之前要准备颜料，薛宝钗就开始顺口开单子，让惜春唤丫鬟去买。你看，开得很全：

宝钗说道："头号排笔四支，二号排笔四支，三号排笔四支，大染四支，中染四支，小染四支，大南蟹爪十支，小蟹爪十支，须眉十支，大着色二十支，小着色二十支，开面十支，柳条二十支，箭头朱四两，南赭四两，石黄四两，石青四两，石绿四两，管黄四两，广花八两，铅粉十四匣，胭脂十二帖，大赤二百帖，青金二百帖，广匀胶四两，净矾四两。矾绢的胶、矾在外，别管他们，只把绢交出去，叫他们矾去。这些颜色，咱们淘澄飞跌着，又玩了，又使了，包你一辈子都够使了。再要顶细绢箩四个，粗箩二个，担笔四支，大小乳钵四个，大粗碗二十个，五寸碟子十个，三寸粗白碟子二十个，风炉两个，沙锅大小四个，新磁缸二口，新水桶二只，一尺长白布口袋四个，浮炭二十斤，柳木炭一二斤，三屉木箱一个，实地纱一丈，生姜二两，酱半斤……"

黛玉忙笑道："铁锅一口，铁铲一个。"宝钗道："这做什么？"黛玉道："你要生姜和酱这些作料，我替你要铁锅来，好炒颜色吃啊。"众人都笑起来。宝钗笑道："颦儿，你知道什么？那粗瓷碟子保不住不上火烤，不拿姜汁子和酱预先抹在底子上烤过，一经了火，是要炸的。"众人听说，都道："这就是了。"

原来这事她们根本就不懂。薛宝钗到最后对贾府的女孩子一点也看不上，除了探春，她讲了一堆以后就说，我们家当铺里全有，到那儿去买去！所以她经济头脑非常好。

2. 人前装忠厚，背后下狠手

薛宝钗这个人是"人前装忠厚，背后下狠手"，人们想象她特别忠厚，"遇事无言不开口，一问摇头三不知"，装傻！这个装傻很重要。装伶俐的人最后都出事。

人前装忠厚，是好姑娘，但刚开始的时候不了解。史湘云喜欢她，实际湘云父母双亡，哥哥嫂子对她很不好，她是贾老太太的侄外孙女，但她和老太太的关系其实比较疏远，她来贾府是来找薛宝钗。薛宝钗比她稍微大一两岁，也大不多，但像她妈妈一样照顾她，两个人睡在一张床上，薛宝钗对她非常关心，非常关爱。所以史湘云来贾府的主要目的是找薛宝钗，而不是找她的史老太君。史老太君是顾不上她的。

林黛玉刚开始的时候跟薛宝钗关系不好，后来被她感动得不得了，说我原来知道她长心眼，没想到她就是个好人。其实那个时候林黛玉已经快走投无路了，结果贾宝玉说："是几时孟光接了梁鸿案？"什么意思呢？

孟光和梁鸿是西汉时的一对夫妇，梁鸿的老婆孟光，对老公特别好。梁鸿在地里干活，孟光送饭到地里，就像过去咱们生产队，要"一天两送饭，两个六点半"。饭送到地里，吃饭的时候举案齐眉，把盘子托着，高过眉，对老公很尊敬。"老公啊，你辛苦了，吃饭！"表示尊敬，这就是举案齐眉。那么贾宝玉说："是几时孟光接了梁鸿案？"就是说你俩关系不是不好吗？是什么时候你对她好了呢？

其实薛宝钗已经把斗争艺术炼到炉火纯青。第二十七回"滴翠亭杨妃戏彩蝶，埋香冢飞燕泣残红"，是说什么事？

薛宝钗人很聪明，她看见蝴蝶特别大，很高兴，就去抓。因为她可能体育锻炼比较少，不太灵活，没抓着，到了一个亭子。虽然是亭，但是是有门有窗户的。两个丫鬟在那儿说话，是小红和坠儿。小红就是王熙凤非常喜欢的特别灵光的一个人，是林之孝家的女儿。她们聊天聊什么？小红特别喜欢贾芸，她们就聊这个事情，说我喜欢贾芸什么的。说着说着，忽然她说，坏了，窗户开着，我把窗户关上，别让人听见。她就来关窗户，薛宝钗正好到了这个窗户下面，逃不了了，薛宝钗马上说："颦儿，我看你往哪里藏？"

颦儿，就是林黛玉。结果两个人一听，宝姑娘在那边说话。然后薛宝钗进来，先说："你们把林姑娘藏在哪里了？"她们说："何曾见林姑娘？"

之后她们说："坏了。"过去谈恋爱是很机密的事情，她们说，这个事情让宝姑娘听去还算了，这林姑娘从来就是一个小性子，嘴巴不饶人的，我的私心被林黛玉听去了，这还了得！结果硬生生地恨上了林黛玉。薛宝钗和林黛玉应该说不是两小无猜，但也没有什么仇恨的，到关键时刻薛宝钗出卖朋友一点都不含糊，而且装得很像。

关键是，如果反过来，林黛玉说是薛宝钗，别人就不会信，为什么？林黛玉本身就是一个比较刁滑的人，和大家关系不好。如果林黛玉说："宝姑娘呢？"她们会说："宝姑娘肯定是被她给蒙了。"宝姑娘一向就像刘备一样，非常忠厚，所以她骗人的时候一骗一个准，因为没有人相信她会骗人，但恰恰她就会骗人，一个十四五岁的小姑娘心机能深到这个程度。但是如果她没这点本事，敢主动去选皇妃吗？当皇妃那也不是玩的，后宫庭院深深深几许，多少妃子在后宫生死簿上。你没有这点金刚钻，敢往浑水里搅吗？

薛宝钗她敢于去应征皇妃这个角色，就说明她对自己的能力是非常自信的。她用宫斗剧的智慧来弄一个贾府，那还不是轻轻松松、牛刀杀鸡？

3. 准确地把握主要人际关系的对象

薛宝钗发现了什么？她发现在贾府，王夫人是 Number One，是第一，所以她和王熙凤没有过交流。

大家知道，给领导效忠也要独自效忠，不能相互交流。"你给领导送什么礼？""送了茅台、中华。"完了！这事情就麻烦了。她很快发现王夫人是贾府的实际控制人。王熙凤应该说是王夫人着意培养的，先把她从南京叫过来，嫁给贾琏，把管辖的权力交给她，她早请示、晚汇报。而薛宝钗是无师自通，为什么？人家具有后宫宫斗的天分啊，水平特别高，一看，明白了，王夫人是贾府的实际控制人，而且薛家能来到贾府也是靠王夫人，要在这家里站住脚也得靠王夫人，所以她没有第二条路可走。

她抓住了主要关系对象王夫人。有一件什么事呢，夏天中午，金钏给王夫人捶腿。宝玉来了，金钏提出来说，金簪子掉在井里，有你的只是有你的。王夫人听见后说，宝玉现在学坏了，都是被你这小蹄子带坏了！扇一个耳光，大叫，滚！把她赶出去。金钏投井自尽。自尽之后，她家里把金钏从井里捞上来，想救她。但死了一天，活不了了。薛宝钗听说以后，第一件事情不是跑去安慰金钏家，用不着，她觉得这种事情用不着她去安慰。她安慰谁？王夫人。

为什么？因为王夫人吃斋念佛，她连蚂蚁都不杀的，忽然这个丫头因她死了，她很难过。第二，金钏是从小跟着王夫人长大的，和她的女儿差不多，再怎么样领导和秘书都不是没有感情的，还是有点感情的。然后王夫人说，本来想打她一顿，然后把她叫回来的，没想到她这么刚烈，就死了。但我觉得金钏也有道理，她有效地保住了自己的母亲、父亲和妹妹在贾家的地位。后来玉钏就一下子顶替了金钏的岗位，工资也涨了。为什么？如果金钏被赶出去，可能他们家在贾府就待不下去了。她自尽，一是威胁，二是明智，三是因为让贾府赶出去，名声不太好，所以好多时候人死不是白死的。薛宝钗听到这个事情以后，忙到王夫人处来安慰。为什么？因为她知道，这个时候一定要安慰好王夫人，王夫人很难过。

4. 极善察言观色

那么她怎么安慰的呢？她说，金钏也可能不是投井自尽的。她在旁边玩耍，失足滑下去的。王夫人说，怎么可能？井台那么高，跳都跳不进去，肯定自己跳的。我总会很难过。薛宝钗说，即使跳了井也是糊涂，这么年轻，为这件事跳井很不值得。姨妈你不要难过了。本来王夫人就是要找一个人来给她一个台阶的——就像过去农村的丧事不是哭得很厉害吗，孝子哭的时候，哭上几分钟，会有一个人从旁来劝一下，别哭了，别哭了，差不多了，差不多了，让她抹着眼泪就走了。

薛宝钗的安慰，王夫人一听，果然如是。然后说，总归是难过，给她多分点银子，给她五十两银子，给她几件衣服。她的衣服一时半会儿弄不好，过去不像现在衣服可以买，过去的衣服是一针一针缝出来的。这可怎么办呢？宝钗说，我有几件衣服，金钏身子和我差不多大小，她穿应该可以的。王夫人说，这不好，你这个衣服刚做的，量着你的身子做的，还没有穿过，你给一个死人穿，不好吧？宝钗说，我从来不相信这些事情，随便穿。

王夫人觉得她真懂事。一时宝钗取了衣服回来，见宝玉在王夫人边上垂泪，王夫人在说他。宝钗闭口不说，在边上察言观色，早知觉了七八分，宝玉很难过。

后来有天，是王熙凤生日，也是金钏的"头七"，宝玉在门口看着玉钏在垂泪，然后问她，怎么了？玉钏怒目而视，宝玉才记起，这一天是金钏的"头七"，但是所有人都在给王熙凤忙活，偌大的生日派对，只有宝玉一个人去祭奠金钏。

5. 用自己的面目收服人心

有人说，善良也是一种武器，真诚有时候也能收买敌人。这个很可怕。本来史湘云和林黛玉两个人的性格差异很大。史湘云属于多血质，很豪放，襁褓之中父母死了，没人管教，像个男孩；林黛玉正好相反，属于抑郁质的，但这两个人最后都成了薛宝钗非常好的朋友。薛宝钗把史湘云放在眼里，但何曾真心对待林黛玉呢？

（1）物质输送

吃人家的，嘴软；拿人家的，手短。所以送礼是个好事情。俗话说，不打笑脸人，不打送礼人。薛宝钗送的是小礼，大礼她不送。因为大礼的送法她也不知道，而且也没法送。她先送宫花，包括赵姨娘、周姨娘，都送。第二送螃蟹，从老太太开始，所有人全吃。不过当时的贾府也挺穷的，一顿螃蟹吃得这么开心！在今天吃个海参也没这么开心。像吃生日蛋糕一样，满脸是黄，满院子的人都吃得很嗨，吃了六七十斤螃蟹，吃得好几天不消化，一直很饱。

然后给林黛玉送燕窝。林黛玉身体虚弱，需要进补，但一天一两燕窝，她吃不起，"我没钱了，老爸死了"，贾府里也没人管她，她一个月只有二两银子月钱，就连吃饭都不够。这个时候，宝钗说："我给你送来，每天送一两。"干脆你给她送一斤吧？不行。为什么？天天过来，聊聊天，让林黛玉潜移默化地感觉她的好。比如说买东西，去超市买东西，和你过去到供销社的柜台上买东西，哪里买得多？肯定超市多。在超市里，推辆购物车，噼里啪啦，看到东西就往车里放，你都不知道得花多少钱。到最后刷卡，你也不知道账算对了没有。有的超市经常给你加一两件商品，比如你买了三百块钱东西，趁你不注意给你刷一盒红双喜，八块钱，如果你不检查，根本不知道。我有一次在华师大附近的一个小店里买东西，刷我五十多元，我说："买点面包牛奶怎么这么多钱？"一看，他刷了一盒十五块的红双喜，我说："这不对！"他说："对不起，搞错了！"一点没有愧疚之心。我前两天也碰到这种事情，你不知道他给你算错了账，因为好多人根本不看，用微信、支付宝扫一扫，好像不需要钱似的。如果你在供销社买东西，柜台上面一样货物多少钱，对得很清楚，不会多给一分钱。同样的道理，如果她给林黛玉送了十斤燕窝，过一百天，林黛玉早就忘了。而她天天来，一天一两，送货上门，服务到家，让林黛玉每天感到不好意思，薛宝钗的计谋就一点一点得逞。所以为什么她不送十斤？送了十斤，反而适得其反，估计林黛玉可能会说："就数你们家有钱！"

（2）广结善缘

舆论很重要。到最后不仅老太太、王夫人说薛宝钗好，所有人都说宝姑娘好，这不容易。毛主席说一个人做点好事并不难，难的是一辈子做好事。一两个人说她好并不难，难的是所有人都说她好。而且贾府是一年三百六十日，风刀霜剑严相逼，把凛冽的寒风变成和煦的春风，这是非常不容易的。

薛宝钗就有这个本事，她能把凛冽的寒风变成和煦的春风。连对王熙凤、宝玉下杀手的赵姨娘也说："宝姑娘送礼，连我都有！"感动得不得了。其实她就花了一点点钱，而且这些东西也不一定有用，宫花戴在头上，也就快乐一两天。东西不在大小，关键是个心意。

（3）恩威并施

你如果一直对一个人好，人家就会认为你好吗？未必！需要恩威并施。有威的时候，你的恩才是恩；没有威的时候，你的恩就是烂好人。

举个例子，宝玉挨了打，宝钗来看，问袭人怎么回事。袭人说好像是跟薛大爷把蒋玉菡介绍来以后，忠顺王家里面……还没说这么多，她说："跟薛大爷有点关系……"袭人多聪明啊，她不敢乱说，只是点到为止，她想和薛宝钗说点知心话。袭人是一个很善于说知心话的人，她和王夫人说知心话，把王夫人吓得说："宝玉出事了吗？"废话！和袭人出事了，和别人没出事。结果袭人说："那事儿是没出……"但是把王夫人吓得，说："以后让宝玉搬出去，然后你的银子从二两涨到四两，翻一番，从我的月钱里开支。"宝玉唯一的出事就是和她出事，结果把晴雯给赶出去了，好人被杀，坏人得了势。

　　所以袭人是多聪明的一个人，她想和宝钗说个知心话，她不是想出卖薛蟠，她没这个本事，她也没这个想法，她也没那么低下的道德品质。她只说听说这个跟薛大爷有点关系，宝钗马上意识到，谁是主子，谁是奴才，马上说："不必惊动老太太、太太众人。倘或吹到老爷耳朵里，虽然彼时不怎么样，将来对景，终是要吃亏的。"说着去了。就是说我哥哥我可以说，我妈可以说，你凭什么说？薛蟠带谁来了，还轮不到你讲。她说完这话去了，说"终是要吃亏的"。谁要吃亏？袭人要吃亏，为什么？将来我是宝二奶奶，你是姨娘，到时候你在我手下，看你有没有亏可以吃。一面说，一面去了。袭人多么聪明的一个人，听到这句话，汗毛倒竖。从此以后，贾府上上下下，没有一个人说过薛蟠一句坏话。所以这个时候，不仅自己要得到好处，得到好名声，也不能让家里人被别人污名化，要不然的话，说"宝钗是不错，她哥哥实在是太差了"，那也不行。

　　这就叫作"内外有别"，兄弟阋于墙，外御其侮。当然，宝钗也觉得哥哥真不争气，但是别人谁都不能说他。袭人本来想跟她套个近乎，没想到拍马屁拍到马脚上了，被踢了一脚。

6. 薛宝钗拓展人际关系的步骤

政治方向确定之后，政策和策略就是生命。薛宝钗也是这样，她虽然年轻，却是一个人际关系的高手。才十几岁的小姑娘，心思非常缜密，为了获得贾府宝二奶奶尊贵的地位，她在处理人际关系时不仅有原则有策略，而且还有步骤。她把自己的既定目标在现实生活中体现出来，逐渐地从边缘向中心迈入。她与她的母亲和哥哥本是外来借房的亲戚、房客，她如何一步一步战胜像林黛玉这样的大观园里的众多姐妹，成为贾府继承人宝玉正妻的不二人选？她有特色、有原则，还有步骤。我们详细分析一下这个曹雪芹塑造的十几岁的人际关系高手。

（1）以温良之态获得贾母认可

首先，薛宝钗发现在贾府是贾母说了算，贾母是贾府的形象代言人，是贾府最重要的定海神针和舵手，所以她先用温良的性情获得贾母的认可，大家知道，年龄偏大的人特别喜欢小辈老实一点。

咱们看过一个电影叫作《满城尽带黄金甲》，这部影片把曹禺的《雷雨》变成一个古装戏，以黄巢起义的历史为背景。这里面有一句台词说得特别好，皇帝对太子说："朕给你的才是你的，朕不给你不要抢。"但是很多人就犯了"朕不给就硬抢"的毛病，结果抢坏了。好多老年人，子女多，争得特别厉害的子女，反而得到得特别少，因为老人见他很烦，老人怕给了你一个以后，你又要另一个。所以特别孝顺、温柔、体贴的人，容易得到长辈的认可。特别是像史太君这种出身大家族的，她从小是在非常有规矩的人家长大的，尤其注重这方面。

我在天水工作的时候，有一天早上去看天水的古巷。天水是一个历史文化名城，有好多小巷子。这些小巷子很破落，里面住的都是一些底层的老百姓，没有排水系统。但是我看到一个门洞，上面写了四个字："重规迭矩"。什么意思？规与规相重，矩与矩相迭，度数相同，完全符合。原比喻动静合乎法度或上下相合，后形容模仿、重复。我看了以后大吃一惊。这就是大户人家！这里面的规矩特别多，你要进去的时候，不要嫌烦、觉得规矩多。同样的道理总书记也说过，你要成为党的领导干部，一定要守纪律，懂得守规矩，一定要受别人所不能承受的一些规矩约束。比如说，别人就可以去喝酒，你不能喝酒；别人就可以玩，你不能玩；别人节假日可以休息，你不能休息，这就是"重规迭矩"。我进去转了一圈，门面很大，有好几户新房子，转身出来的时候抬头一看，"慎独"，写在"重规迭矩"背面。

这个意思就是说，你走出院子，离开家人，离开父母兄弟，来到社会上，就没有人管你了，这个时候你要做到在家和不在家一个样，这就是"慎独"，自己独处时一定慎之又慎。所以贾府的人，在家里要讲规矩，重规迭矩，一条也不能违反；出门要自我约束，讲慎独，不能给贾府丢脸。像史老太君这种从小在大家族长大的，这种礼教、规矩、礼仪已经进入她的血液了。她一生下来就在这种环境里长大，家庭出身，自会三分。她喜欢薛宝钗这样懂道理、温柔的人。林黛玉虽然是自己的亲外孙女，但是性格和个性方面，老人家老是觉得怎么哄都不行，真是麻烦。鲁迅在讲《中国小说史略》时讲到《红楼梦》，许广平、刘和珍这些人都在下面听。刘和珍就问："周先生，你是喜欢宝钗，还是喜欢黛玉啊？"她们都觉得鲁迅应该喜欢黛玉，结果鲁迅说："我还是喜欢宝钗。""为什么？""黛玉老是哭哭啼啼的，搞得心情很不好。"所以你看许广平就是胖胖的，长得不是很好看，但有点像宝钗。如果他选林黛玉的话，估计他可能会更麻烦一些。

所以说，宝钗知道"温良恭俭让"，这是为人的一些基本的道德修养。而且她"日间至贾母王夫人处省候两次，不免又承色陪坐闲话半时"。

什么叫作"伟大的作家"？体现在细节上面。我们每个人，无论长得漂亮还是难看，布局基本都是一样的，是美女也好，丑女也好，即便特别丑，像个猩猩，五官的位置大体也差不多，都是眼睛长在鼻子上面，嘴巴长在鼻子下面，耳朵在两边，头发长在脑袋的上部分，不可能是倒过来的。为什么有的人长得国色天香，有的人长得丑相百出？关键是在细节。看眉眼这么生动，大家感觉这是天地灵秀之气所聚集。看这个人长得挺难看的，就像女娲昏昏欲睡时，用泥"哐"的一下砸到脸上，五官都错了位似的。

什么叫"承色"？承色就是要察言观色，要看贾母的表情，比如说贾母今天有点累，薛宝钗就要调整策略，就说，啊呀老祖宗今天很累怎么怎么样；如果今天老祖宗很开心，那么薛宝钗就会用另外一种方法；贾母和大家玩，打牌打输了，那么又是一种处理方式……也就是说，时时处处都要小心谨慎，所以薛宝钗的情商和智商都是非常高的。

除了智商、情商之外，还有行商（行为的"行"）。行商、智商、情商"三高"的女性是非常厉害的。贾母本来对薛宝钗没什么印象，因为她就是薛姨妈的女儿，一个小朋友。贾母非常喜欢自己的亲外孙女林黛玉。这个时候，林黛玉好几天不来。薛宝钗每天来两次，来了以后又"承色闲坐半时"。

贾母是没什么事情做的，她每天就是聊天、打牌、打瞌睡、闲坐，觉得时间很难熬。大家去过庙里吗？前两天清明时节，去庙里烧香的人很多，庙里的和尚熬日子的水平非常高，因为他们没什么事做，就坐在大殿里面，东看看西看看，晃晃晃，一天就过了。我最近到五台山去了一趟，那里的和尚是几个年轻人，在院子里一圈一圈地走路。为什么？因为他们太有空。同样，贾母有大把大把的时间，从小到老都是，她七八十岁的时候还是个闲人。

薛宝钗这个人学习能力很强。她读过四书五经，读过《西厢记》，读过才子佳人小说。她会画画，还懂得好多文艺理论知识。她表面上无所事事，但背地里偷偷地学习。大家知道，姜太公为什么到八十岁的时候可以当宰相？原因有二：有事干的时候，好好工作；没事干的时候，好好学习，锻炼身体。到了八十岁，说不定还能当个总统。

（2）针对姐妹、重要仆人的不同性格，各个俘获

有些人有这个本事，就是能让所有的人都觉得他好。一些大领导就有这个本事，让所有的人都觉得他对我特别好。每个人都觉得这个人温柔严谨，很关心我。不管是好人坏人，还是不好不

坏的人，都会在领导那里感到如沐春风。老子说："上善若水，水善利万物而不争。"水是很温柔的，不管你口渴也好，还是洗澡也好，它都让你感到很舒服，所以"水善利万物而不争"，每个人都在这里得到最符合自己心意的尊重、体贴、关心、支持、关怀。但是真正得到好处的人并不多，因为他手里的资源是有限的，他可以给你一点资源，也可以给你点关心。而对给资源的人，平时的要求是很严格的。

薛宝钗就有这个本事，她针对林黛玉性格比较孤傲的特点，一点一点地给她送燕窝，软化她。有一次，大观园里行酒令，一个"天"字，林黛玉说"良辰美景奈何天"。这是《西厢记》里的话。《西厢记》那个时候是少儿不宜的禁书。除了林黛玉，迎春、探春、惜春、湘云等可能都没有读过。

其实林黛玉也是听来的。她听梨花院里面唱道："良辰美景奈何天，赏心乐事谁家院……"黛玉听了之后，坐在山石上流下泪来。所以她就只会这一句"良辰美景奈何天"，结果薛宝钗在旁边马上瞥她一眼。薛宝钗其实全看过，不仅看过而且倒背如流，所以薛宝钗看禁书的水平、资历都是骨灰级的。她比林黛玉能消化得多，一点没有显示出来。她在这一辈里是什么事情都能做的人，而且表面上待人非常好。酒令结束后，她把林黛玉拉到一个没人的地方，"快，赶紧老实交代，不然的话我马上给你打一顿！"林黛玉问："什么事？""刚才酒令的时候，你说的是什么？"林黛玉一听坏了，"良辰美景奈何天"是《西厢记》里的，讲男女恋爱的，不仅恋爱还私奔，而且还连累自己的表兄郑恒给撞死了。《西厢记》中最后张生和莺莺成婚，表兄郑恒来找，崔莺莺和她的母亲不答应，他一气之下撞柱而死，所以说《西厢记》不仅只是大团圆的喜剧，其中还有一个悲剧。然后林黛玉吓坏了，薛宝钗见黛玉吓成这个样子，话锋一转说："我也读过这本书，我还比你读得早呢，我还能背下来，你们也看一看……"

大家知道，你为别人做一百件好事，不如陪别人做一件坏事。林黛玉这点小把柄、小辫子被薛宝钗抓住了，但薛宝钗抓住之后没有要挟她，反而对她说："我也读过！"意思是说，我们是同道。就好比一起分过赃的、一起下过乡的、一起扛过枪的，都是好朋友。薛宝钗这一举动正合林黛玉自以为是的心意。所以说一方面给她送燕窝，让她感觉到姐姐般的关怀；另一方面告诉她"你干坏事，我干得还比你还厉害，你听了一句，我看了全本"。薛宝钗就是这样逐步让林黛玉觉得"宝钗这个人真不错啊，要碰上别人早就告诉我舅妈，告诉王熙凤或者告诉老祖母了，人家没说"。

湘云没人关心，自幼父母双亡，没有过上贵族小姐娇生惯养的生活；好不容易嫁了一个才貌仙郎，才貌仙郎却暴病而亡，湘云守寡，悲恸欲绝。自从薛宝钗来到贾府，湘云就和宝钗睡在一起。咱们现在住房条件比较好了，床都比较宽敞。我小时候家在北方，北方是没有床的，都是一个炕。这个炕很大，长条形，可以睡很多人。像我家里，爸爸、妈妈、弟弟和两个妹妹都聚在一起，睡在一张炕上。一张炕上每人睡的地方很窄。

我开始工作的时候，有个老干部下乡去，与当地农民住在一起。晚上睡觉时，公公婆婆儿子媳妇孙子孙女，包括客人，全在一张炕上。一边就全部是女的，儿媳妇、孙女、女儿、媳妇、婆婆，然后是公公，最后是他。炕下面是猪。快过年了，他们住的那个地方是林区，豹子狗熊很多。如果家猪被偷吃了，这个年就过不过来了，所以晚上就把猪拉到家里来。猪打呼噜的声音非常响，所以他晚上睡得非常难过。而且林区晚上没有电，不像我们现在夜生活很丰富，在那里冬天六点钟天就黑了，吃完饭就睡了。睡在一张炕上，又不点灯，别人和猪鼾声大作，他就睡不着。睡醒一觉一看，十点钟；再睡，又一看，十二点！再也睡不着了。在炕上辗转反侧，又不敢太烦人。因为只有这么大一块地方。如果一翻身，就要翻到地上去了。起来到院子去吧，也不敢，万一豹子狗熊来了呢？就从晚上十二点直到早上七点，辗转反侧。第二天打死也不住在这儿了，赶紧回去。

湘云来了以后和宝钗睡在一张床上，其实这张床也是炕。大家看《红楼梦》里是没有床的。除了秦可卿的闺房里是一张床，别的都是炕，包括贾母、宝玉睡的都是炕，叫"暖阁"。宝玉睡觉有三个人陪他，一个是他的奶妈，一个是他的贴身丫鬟袭人，还有一个小丫鬟。所以他的炕上，不是宝玉一个人，而是四个人一起睡。宝玉睡觉的时候还是很舒服的，有好多人伺候他。

现在如果两个男的拉着手走路，这两个人就会被怀疑取向有问题。但是我们小的时候，小同学之间还经常搭着膀子走，现在的小孩可能不敢了。在古代，看《三国演义》里面，刘备和诸葛亮携手而行，他俩老是手拉着手走路，而且是食则同席，卧则同榻，吃饭在一张席上。你会想，吃饭在一张桌上不是很正常吗？但是过去桌子很小，桌上放不了几个菜。到宋代以后，桌子才和我们现在大致相同。咱们的房子到了宋代之后才比较高大。为什么日本的房子比较矮小？不是因为日本人个子矮，而是因为日本人学的是中国唐代的建筑技术。唐代没有床，人睡在地上，所以房子不用太高。宋代的时候，中国的椅子、桌子、房子，才和现在差不多。所以那时候吃饭，食则同席，食物放在一个盘子里，你夹一筷子，我夹一筷子。卧则同榻，两人睡一张床上，盖一条被子，这是关系好。现在如果两个男子同榻，在一个床上，一定会让人觉得很搞笑的。

还有赵姨娘，赵姨娘属于地位比较低的，虽然人长得漂亮，也想出头露面，但是毕竟地位比较低，薛宝钗也对她非常好。所以说每个人的性格不一样，她所使的手段也不一样。但是她恰恰能让每个人都觉得自己非常有被尊重感、非常舒服。

（3）创造好的舆论环境

贾府上上下下几百口人，不仅有荣国府，还有宁国府，有尤氏、邢夫人这些人，还有元迎探惜这些人。元春省亲之后，从宫里给贾府众人送的东西，宝玉和宝钗是一样的，其余姐妹的东西都略低一等。

所以他们说"金玉良缘"，元妃也是同意的。为什么？"木石前盟"和"金玉良缘"在《红楼梦》里是什么意思呢？"木石前盟"，木头和石头天生是在一起的，感情非常好，但是草和石头是成不了大事的！比如，盖房子需要砖头和木头，一块顽石和一株绛珠仙草，基本上成不了大事。金玉良缘，有钱的叫"金"，有地位的叫"玉"。玉是有地位的表示，金是有钱的表示，所以金玉是富贵的标志。林黛玉既没有钱，也没有地位。她没有家势，不是门当户对。由于林黛玉的双亲都已去世，所以她是没有门户的。她和贾宝玉结婚，不能体现门当户对。薛宝钗家有钱，而且她哥哥还能给皇帝采购一些东西，有一些正常的利润，还有点回扣，经济方面非常好，而且他们家的田庄收成非常好。你发现没有，薛家隔三岔五地来给贾府送供品，交田租时交得很多，鹿茸、兔子什么的，但是贾府的田庄老是受灾。为什么老受灾？因为管理不善，不是今天失火了，就是明天被偷盗了，等等。

说真的，偷盗不是真的偷盗，而是内鬼比较多。为什么贾府的田庄老受灾呢？因为贾府的主人从来没有去关心这个事儿，光是吃饭、喝酒、玩耍。薛家的稻田里的螃蟹都很大，因为薛家有得力的仆人在管理。最后协理大观园的时候，薛宝钗和探春这样的人把大观园里的联产承包责任制做得非常好。所以说中国人搞联产承包责任制，不是从小岗村开始的，而是从《红楼梦》就开始了。为什么薛家的稻田，不仅稻有产量，而且螃蟹也很大？因为他们精于管理。他们有钱，而宝玉有地位，这样的话，才是门当户对。

林黛玉光有感情，而且弱不禁风，观感也不佳，更何况不是门当户对，所以她要成为宝二奶奶的概率几乎为零。

反观彩云，她是个小丫鬟，她要嫁给贾环，按理说好像门不当户不对，不管怎么说贾环也是贾政的三儿子。老大死了，他排行第二，又提高了一点。

贾环去看彩云，彩云偷了好多东西给贾环用，结果被发现了。被发现以后宝玉全部应承了，说是他偷的，他偷就没事。彩云把这些事给贾环一说，贾环听了很生气，说："我知道你看上了宝玉，不喜欢我！"说完甩头就走了。彩云哭得很伤心。赵姨娘见了彩云说："我知道你是个好孩子，也知道你的心，都是我这个儿子不懂事，总之不管是什么东西，我们都拿回来，以后慢慢说，慢慢用。"赵姨娘对彩云是很认可的。因为贾环没有继承人的资格，他能娶一个对自己特别爱、特别真诚的小丫鬟已经很好了。而宝玉作为贾府的继承人，他的婚姻不仅要满足自己的要求，更重要的是承担延续贾府香火的责任。

所以最后为什么宝玉一定要考科举？如果他不考科举，贾府在他这一代就完了。因为荣国府二房到了他父亲贾政这一代以后，所有的世袭到此为止。如果再没有人去做官，田庄上又年年歉收，估计几代以后就真要流落街头了。所以这个时候，林黛玉只有一个亲缘的优势和感情的优势，而薛宝钗有贾母的认可，有舆论环境和所有人的支持。

（4）树立起明事理的正面形象

大有大的难处。总书记说中国是个大国，大要有大的样子。什么样子呢？林黛玉就没有大家族少奶奶的样子。

为什么？因为她老是只顾自己，心情不好时就会哭，精神不好时就有病，情绪不好时就闹事，让人感觉不好。这不符合大家族少奶奶的样子。大家族少奶奶什么样子？德言容功。"德"，薛宝钗的德是没有问题的，温良贤淑，身材匀称，不是弱不禁风的样子；"言"，薛宝钗她很会说话，把握分寸；"容"，薛宝钗容貌端庄，实盘大脸；"功"，薛宝钗躯体健康，一看这个样子传宗接代生孩子是没问题的。而林黛玉却没有一条是符合的。

《红楼梦》还有一个特点，就是影子。袭人是谁的影子？是宝钗的影子；晴雯是谁的影子？是黛玉的影子。所以到最后，袭人把晴雯赶出去，这就是宝黛争婚的预演。当时袭人给王夫人进了一句谗言，王夫人很生气。正好晴雯帮宝玉缝补了一件孔雀裘，这是进口的一件孔雀裘，大概相当于现在的孔雀毛大衣。孔雀裘破了一个洞，晴雯很聪明，她会补。她晚上本来已经睡了，起来也没有穿衣服，"勇晴雯夜补雀毛裘"，结果得了肺炎。过去得肺炎是很严重的，现在得了也没关系，打吊针即可，但过去肺炎要死人的。林黛玉就死于肺结核，晴雯死于急性肺炎。但是她为什么被赶出去呢？就是袭人给王夫人进了谗言，说这个晴雯长得漂亮，俏眼睛，削肩膀，有点像林妹妹。所以这个事情很有意思，林黛玉到最后到什么地步？她有好几次受到了侮辱。她毕竟是贾府的外孙女，是小姐辈的，有地位的，但就有三次受到了侮辱。

一次是大观园演戏，一个小戏子叫龄官，旁人都说像一个人，大家只看，都不吭气，史湘云说像林姐姐的模样儿，贾宝玉忙使眼色制止。林黛玉就很生气，哭了，说："别人说就算了，你还使眼色？拿戏子取笑！"第二次是平儿、李纨一起过生日，大家一边过生日一边写诗，这时候探春说，我们家里人多，每个月都有人过生日，一月是元春，二月是宝钗和大奶奶，三月里倒没有，四月是……这个时候湘云说，三月份有啊，是林姑娘的生日啊。探春马上说，看我的记性，我把她忘了，她不是我们家的人。宝钗才不是他们贾府的人，为什么说黛玉不是他们家的人呢？因为探春心里知道，黛玉肯定不可能成为贾府的正牌夫人。她是要嫁给薛家的，所以她不是贾家的。按说她和黛玉是非常亲的表姐妹，应该更亲才对，但在贾府一言一行都关乎政治，而不是感情。所以在这种情况下，你想林黛玉怎么可能竞争得过薛宝钗？可见，薛宝钗已经有了良好的舆论环境。

而且林黛玉"接待不周，礼数粗忽，也都不苛责"，什么时候领导对你很宽容了，你基本上就快滚蛋了。在一个单位里面，领导天天批评你，老是差你，"小李过来！这件事你怎么没有做好？再去努力，加班！"有的人感到很辛苦，唉声叹气，有的人说："领导嫌弃我……"我觉得这不是领导嫌弃你，反而是要重用你！李鸿章喜欢骂人，他老是骂"合肥圭霸"，但是他骂谁就提拔谁。下属听到李鸿章骂了他，就回家喝酒，为什么？好事马上就到了！如果什么时候李鸿章夸你，基本上第二天不是罢官就是杀头。为什么？因为他不想跟你玩了。

我有一个同学的儿子，从国外回来，不太适合我们的工作环境。别人每天加班到十一点，他到了九点钟就走了，说："加班只到九点，再晚交通就不方便了。"有一天，老板突然给他鞠了个躬。他回来以后对我同学说："今天老板给我鞠躬了！"他老子就对他说："这就坏了，你明天肯定要滚蛋了！"第二天果然，财务打电话说："你过来一下，把工资结算一下，今天就可以回去了。"

领导给你鞠躬，说明什么？说明他和你不是上下级关系了，变成了同事关系，或者朋友关系，或者陌生人关系，或者是我不希望得罪你了。所以在工作岗位的时候，我给年轻的同事说："一定要抱着挨批评的心态工作，领导不会白批评你的。他批评你，他像欠了你的情似的；领导表扬你，你就欠了他的情。"所以这个时候不被苛责，说明林黛玉一点一点地慢慢离开了她所追求的事业。

孔子说："朽木不可雕也，粪土之墙不可圬也。"不再苛责你，也就是说，对你的要求非常低了。就像同一个班里面的小孩，优秀学生老师给他天天补课，中等学生天天在上课，而差生上课可以睡觉，只要不捣乱，不要影响别的同学就行。

（5）完胜林黛玉

宝钗胜黛玉，不是一个偶然事件，而是必然事件。《红楼梦》一笔一笔地把这两个年轻人一进一退、一盛一衰、一主一次的过程写出来了。这个过程看起来还是很残酷的，虽然好像都只是杯水风波。

这里还涉及谁是贾府二房继承人的问题。这个不得了！你如果嫁给贾宝玉，那么你就是贾府二房的继承人；如果嫁给薛蟠，这挺麻烦！他天天在外边不知干什么。今天弄一个男宠，明天弄个什么……挺讨厌。所以宝钗经过自己缜密谋划，最后达到了目的，完胜黛玉，金玉良缘胜过了木石前盟。尽管贾宝玉好像是一个"无事忙"，是不想什么事的人，但是在感情上他也很聪明。

宝钗很主动，有一天宝玉在睡觉，宝钗去看袭人，和袭人聊天，结果袭人一见宝钗来了，很知趣，就找个理由走了。按说袭人走了以后，宝钗也应该走了吧，你们俩虽然是表姐弟，但是毕竟已经大了。结果她拿了一根丝线，坐在宝玉床边，绣花，不走了。贾宝玉已经醒了，但是不好意思起床。这个时候他就说"梦话"，说："和尚道士的话怎么信得？什么金玉良缘，我只识木石前盟。"宝钗一听，这是说我的嘛！她起来就走，从此以后再不到贾宝玉那里去了。为什么？因为她知道，在贾宝玉这里用功没用。她要在贾母、王夫人、王熙凤那里用功。

《红楼梦》有五个开头，第一回、第二回、第三回、第四回、第五回。有的人认为第一回就是开头，写谁怎么降生，通灵宝玉是谁，绛珠仙子是谁；有的人认为第二回是开头，这一回把整个荣国府、宁国府外强中干的态势，内已腐烂、外面还没倒的大框架说出来了；也有人说第三回是开头，林黛玉进贾府，把贾府所有人物角色都带出来了。但毛主席认为第四回是开头，为什么？护官符才是全篇的中心。这是政治家的看法。

我们说，封建社会必然灭亡，它不是第一回灭亡。第二回不重要，而是第四回，这一回写到，一损俱损，一荣俱荣。四大家族是怎么互有姻亲的？林黛玉和贾宝玉的结合是不符合四大家族互有姻亲的基本原则的。所以四大家族互有姻亲，一损俱损、一荣俱荣的基本原则不能破。而林黛玉呢？林家不在四大家族之列，而薛家在。所以毛主席是从政治家的角度看这个问题的，他从护官符看出《红楼梦》整体的构架和框架。我们今天也是根据这个思路来分析《红楼梦》的。

宝钗认为自己的能力和情商，包括她的家庭背景，都足以成为贾宝玉老婆的不二人选，最后她完胜黛玉。但是黛玉却把自己最大的对手看成了朋友。黛玉说："谁知她竟是个好人，我素日只当她藏奸。"宝玉说："是几时孟光接的梁鸿案？"你现在跟她关系好了，你什么时候和她关系好的？他说的不是结果，而是过程。

关键是"几时"？看似一句玩笑话，其实背后告诉你，万里长征是一步一步走出来的！薛家是一步一步跨过来的，所以"是几时"这三个字，就是一个漫长的过程。这个过程中间你发现了它的奥秘没有？第三十八回"林潇湘魁夺菊花诗，薛蘅芜讽和螃蟹咏"的时候，说："眼前道路无南北，皮里春秋空黑黄。"

这个时候林黛玉感到"寒塘渡鹤影，冷月葬花魂"，还有《葬花吟》：

> 花谢花飞花满天，红消香断有谁怜？
> 游丝软系飘春榭，落絮轻沾扑绣帘。
> 闺中女儿惜春暮，愁绪满怀无释处。
> 手把花锄出绣帘，忍踏落花来复去。
> 柳丝榆荚自芳菲，不管桃飘与李飞；
> 桃李明年能再发，明年闺中知有谁？
> 三月香巢已垒成，梁间燕子太无情！
> 明年花发虽可啄，却不道人去梁空巢也倾。
> 一年三百六十日，风刀霜剑严相逼……

她知道这个形势，但是她没有能力改变现实，只能发出一场"侬今葬花人笑痴，他年葬侬知是谁"的悲鸣，还是《红楼梦》二十七回的时候，她已经开始"葬花吟"，到四十几回的时候，《红楼梦》最精彩的斗争已经结束了，因为最核心的戏份已经结束了。越剧《红楼梦》拍得非常好，到黛玉焚稿就结束了，在这前面就是《红楼梦》最精华的东西。后面的故事是为了著作的完整性编的，而且还要事多一点，事多一点书就比较厚，卖的钱多，因为书商也是按照字数的多少给定价的。所以你不要以为《红楼梦》好像不食人间烟火似的，它一开始就是"网络小说"。不过后来"网络小说"时间长了以后，就变成一个旷世经典。

（6）由外围到核心，由低调到强势

薛宝钗是一步一步地由外围到核心、由低调到强势的。薛宝钗的发展有两个标志，一个是她由借房子的变成了大观园领导小组三人组的成员。李纨是不管事的，是挂名的；探春是代表贾府的；薛宝钗能代表薛家，而且不仅是代表薛家，而是代表未来的家庭主妇。这个家最后是薛宝钗的。所以探春也是打酱油的，李纨只是一个看热闹的。薛宝钗成了真正的核心，变成了三人领导小组的核心成员。直到最后，探春出主意，宝钗做决策。所有大观园的事务是由探春提出了建议，宝钗拍板定案。大家很奇怪，说大观园里面为什么是一个外人来掌权呢？这就是《红楼梦》的草蛇灰线、伏脉千里，后面的事情前面都是有影子的。所以说最后是薛宝钗早早地就已经把整个大观园，甚至贾府下一代接班人确定了。第一代是贾母，第二代是王夫人，第三代是王熙凤，第三代的接班人就是薛宝钗。

王熙凤小产之后，休假一年。王熙凤那样强势的人，她大概一天都不想休息，如果一休息就没钱赚了。她拿着家人的工资去放高利贷，一旦她休息了，放的高利贷回不来怎么办？工资谁发？但是贾探春、薛宝钗的快速成长，让王熙凤感觉到，这个时候不交权的话，后面的下场会很难看。她找了个理由，说小产了休息一年，请了长假，正式把荣国府办公室主任的位子交给了三人小组。

薛宝钗把贾府众姐妹也开始慢慢地不放在眼里了。她不仅对林黛玉是这样，而且对迎春、探春、惜春都这样。对探春好一点。为什么？她从心里觉得贾府这些人都是有良心的傻瓜，是善良的笨蛋。而薛宝钗不一样，她经历了严酷的磨炼。她父亲死得早，家业庞大，哥哥又是那个样子，呆霸王，不读书，天天惹事儿，还到处打架斗殴，抢人家的老婆，抢人家的戏子。她妈妈（薛姨妈）比较温和，没什么能力，基本上和李纨差不多。《红楼梦》里都是说，什么时候请薛姨妈来坐坐，坐坐也就坐坐了。薛姨妈只有一件事，就是林黛玉伤心的时候去劝劝，说你别伤心了什么的，像一个老太太一样，其余的时间基本上都是来坐坐。因为她是客人，位置比较高，在上位，可以有资格和贾母坐在一起。

过去北方人吃饭挺麻烦的，没有椅子，就在炕上的一个小方桌上吃饭，盘着腿。炕比较小，桌子不可能像咱们现在的八仙桌那么大，大概是一米见方吧，比较小，所以上面摆的菜不是很多。老太太的右边为上手，左边是下手。所以薛姨妈可以和老太太坐在上面，就这么一点待遇和能力。薛家这么大的摊子，或者还有什么薛宝琴、薛蝌，那些堂兄弟，全是宝钗一个人在后面通盘运作，运筹帷幄。

我们看不出宝钗每天在干什么，她房间里面也没摆什么东西，很素净，因为她有一大摊的事需要操心，没时间琢磨琐事儿。而且她从小就操心，因为她妈妈遇到事只会哭，她哥哥只会闹。薛蟠表面上看上去很厉害，但连一个老婆都管不住。虽说穷人的孩子早当家，但富人的孩子也有早当家的，薛宝钗就是，担水劈柴也靠她，里里外外一把手。她所处的家族环境锻炼了她的能力，这种能力一方面是天生的，再一方面也是长期承担责任让她锻炼了能力。有些能力没有经过长期的磨炼，是不会有的。像贾政、贾赦，尽管都是五六十岁的人，但不如宝钗，因为他们不需要锻炼，也没有经过锻炼。

林黛玉也一样，她小时候家境还不错，到了贾府之后根本用不着她操心。薛宝钗的成功不是天生的，不是因为是符合什么历史唯物主义和辩证唯物主义原理的，而是她锻炼出来的。这过程中她内心产生了多少的纠结、伤痛，付出多少成功的代价，这些先还不说，但是"一年三百六十日，风刀霜剑严相逼"，不仅是对林黛玉如此，对薛宝钗也一样。不过是林黛玉被风霜拍在沙滩上，薛宝钗像黄山松一样，"八千里风暴吹不倒，九万里雷霆也难轰"，最后她都可以抗得住，击得巧，化解危难于无形。

（7）投奔有实力之人贾雨村

薛宝钗绝对是一个不甘于贫穷的人。当贾府衰败的时候，只有她一个人获得了暂时的安稳。林黛玉死了，贾宝玉或当了进士，或当了和尚，探春远嫁，迎春死了，惜春当了尼姑……所有的人都不得善终，而薛宝钗最后嫁给了贾雨村。为什么？因为薛宝钗的处世哲学是"现实才是王道"。

薛宝钗这个人非常现实，刚开始的时候她想成为皇帝的妃子，或者是王府里面的福晋，进入最高层次的阶层；可是她没有如愿，退而求其次，想成为贾府的少奶奶；后来她发现贾府不行了，看了半天，发现熟人里面只有一个人目前为止还过得不错，就是贾雨村，最后她成了贾雨村的妾。薛宝钗这一金枝玉叶、贾府少奶奶，变成了贾雨村的妾。但她即使变成了妾，她也"宁在宝马车里哭，不在自行车后笑"。

《红楼梦》很有意思，有两个地方讲了贾雨村和薛宝钗的关系。好多人觉得不可思议，薛宝钗怎么会嫁给贾雨村呢？这个人好像太坏了！薛宝钗虽说不是一个圣女，但是一个有点品格的人。第一处就是我原来讲过的，贾雨村说"玉在椟中求善价，钗于奁内待时飞"。第二处就更加明显，贾赦让贾琏去弄石呆子的二十把扇子，不成功。正逢贾雨村来拜访，贾赦就唠叨这个事。由于贾雨村当时当了某个地级市的市委书记，就把那个石呆子抓起来，说他拖欠官银，还打了一顿，把扇子都没收了，送给了贾赦。贾赦非常高兴，对贾琏说："看看人家为什么能办得到，你怎么弄不到？"你不想想，贾雨村有权，贾琏有什么？啥都没有！

人与人不好比，实力不一样。贾琏无权，他只能去和人家商量，人家不卖，他一点办法都没有。你能带着自己的仆人把他打一顿吗？如果贾府里的人是那样的话，就变成薛蟠。贾府是要脸、要面子、有地位的人。所以说现在的领导干部很弱势，出了事领导的胆子是最小的，因为他背后的资源太多，他不敢和你拼命。"穿鞋的最怕光脚的"，光脚的没事；而奋斗了半辈子，为这点事，你被开除党籍、开除公职，得不偿失。因为你不仅是你自己，你还有家人，还有朋友，还有下属，还有领导。你背后的庞大的社会关系总和，让你不得不忍辱负重！

如果贾琏像薛蟠一样，带着几个人把石呆子抓起来，打一顿，抢了扇子，这就不是《红楼梦》了，而成了《金瓶梅》。为什么贾琏这么笨？这就是说，好人要当起来，还真的是得有点品质的。贾雨村有权，把石呆子抓起来，说他拖欠官银。贾琏哪来的资格说人家拖欠官银？他什么都不是。所以贾赦很生气，把贾琏噼里啪啦打了一顿，有点莫名其妙，不可理喻。

打一顿之后，平儿到薛家去要药。因为薛家是皇商，那些奇奇怪怪的东西比较多，特别是玫瑰露什么的，都是薛家从海外带进来的，还有云南白药什么的。

薛宝钗问大老爷怎么会把琏二爷打了一顿。平儿对贾琏的感情是非常好的，虽然王熙凤比较跋扈、霸道，平儿应该是贾琏的小妾，但是两个人从来没有在一起过，平儿很生气地说："都是那什么贾雨村……认了不到十年，生了多少事出来。"平儿在薛宝钗那里骂得特别酣畅淋漓。薛宝钗听完以后，啥都没说，就过去了。

大家知道《红楼梦》虽是一本闲书，但它没有闲语。平儿为什么不在别人面前骂，偏偏要在薛宝钗面前骂呢？就是因为薛宝钗最后嫁给这么一个坏人。但是对宝钗来说，她充分自信的是什么？就是即使我当贾雨村的妾，娇杏也不是我的对手。她是个杏，我是个钗，一刀插下去，基本把它就剖开了，吃掉了。所以说薛宝钗是一个纯粹的现实主义者，也是一个彻底的唯物主义者。金钏跳了井，按说死得不祥，但她仍然把自己的衣服送给金钏。王夫人还说"难道你不忌讳"，薛宝钗回王夫人说"姨娘放心，我从来不计较这些"。所以她是一个现实主义者，也是一个唯物主义者。如果她是男的，去当官，一定会做得很大，如果说王熙凤有总理之才，那么薛宝钗也差不多。

王熙凤虽说有总理之才，但也玩不下去。薛宝钗还可以几次三番地投靠新主。先要顶级富有，后来要变成贵族。实在不行，我就嫁给当官的，也能保护自己的衣食饭碗，不至于沦落街头，不像贾府其他人那样变成社会的最底层。薛宝钗每一步都有她自己的计算，她是一个相当有内涵的人物。

（五）夹缝里求生存的贾探春

1.贾探春的人际立场

再看探春。《红楼梦》人物里，年轻一代有三个厉害人物，王熙凤、薛宝钗、贾探春。大家对探春的印象普遍尚可，不像她的妈妈赵姨娘。赵姨娘不省心，老是给探春找麻烦，不是她舅舅死了让她给多弄点银子，就是要她给贾环多弄点福利什么的。

但是我们仔细看，探春这个人实际上相当有计谋，而且非常狠毒，因为她的出身很差，她是赵姨娘的女儿。大家知道，王夫人是非常妒忌赵姨娘的，她虽然自己家世很好，和贾政是政治婚姻，长得也不错，但是赵姨娘和贾政的感情很好，他们是从小在一起的，青梅竹马。贾宝玉第六回和袭人初试云雨情，那么贾政和赵姨娘估计也差不多。他们都是一起长大的，而且赵姨娘要比袭人长得漂亮一些。所以在整部《红楼梦》里，贾政的话很少，对宝玉的话就是："滚，滚一边去！不要站脏了我的地，靠脏了我的门！"对王夫人说话一直是"太太……"怎么怎么样，对他母亲就说"孩儿知罪"什么的。通篇几乎一句人话没有说过，他就是礼法的代言人。他就说过一句人话，当时贾府被抄了，都关在一个庙里面。贾政回来以后说："不知环儿妈妈现在怎么样了？"

当时赵姨娘快死了，赵姨娘的身边，连她自己的儿子贾环都跑掉了，都不理她，只有贾政，心心念念自己最心爱的人，这个人就是赵姨娘！王夫人一方面是贵族，一方面她也是女人，所以她从心里面是妒忌、羡慕赵姨娘的。她打击贾环，而且她发现探春这个人不得了，要是探春和赵姨娘联合起来，估计够她受的了。

所以王夫人就把探春接到自己身边，把她变成自己的女儿，让探春背叛自己的立场。探春也非常愿意这样，为什么？因为在大家族里，能力最终干不过出身！没有无缘无故的爱，也没有无缘无故的恨！她不爱你就会恨你。所以要想她不恨你，就要让她爱你。怎么爱你？首先要背叛自己的出身。由于出身低微，所以探春有自己的办法。

（1）背叛生母，攀附高枝

大家知道，在封建社会的大家族里，既有血缘伦理，又有社会伦理，而血缘伦理和社会伦理往往是分开的。

武则天当了皇帝、建了周朝后，很痛苦。为什么？因为她不知道该把自己的江山传给谁。如果传给她的儿子，那么李唐王朝就复辟了。传给自己的侄儿，她又不甘心，所以武则天晚年很郁闷。在父权社会里，父权统治的血缘伦理和社会伦理是一致的，比如说江山社稷，我是皇帝，老子传给儿子，同姓相传。刘邦可以推行"同姓为王、异姓为官"的统治制度，但是女的就很麻烦了，不像英国，女的当王以后，男的也可以当。欧洲可以这样，但中国不行。

所以，在一个大家族，血缘伦理是靠社会伦理来维系的。马克思说，人是社会关系的总和。所以在贾府里面，上一辈是史太君，下一辈是王夫人。赵姨娘永远是姨娘，她的儿子、她的女儿都叫她"姨娘"，叫王夫人为"太太"。对赵姨娘没有"母亲"这个概念，为什么？因为对她们的称谓是一种职业行为。"老祖宗""老太太"，这些称谓都不是家庭意义上的称谓，而是一种社会地位的称谓，就如同在家里儿子称自己的父亲为"王局长""李处长""赵科长"。

这时候探春就开始讨好王夫人和宝玉了。其实探春很苦，自己的妈妈不理解她，天天给她找事，她一方面要讨好王夫人，讨好宝玉，另一方面赵姨娘的屁股还擦不干净，老是给她惹事，因此她很难过，有一天还说自己娘被人家当枪使都不知道，很苦恼。但是她为了自己的地位，也为了保护赵姨娘，只能如此。如果没有探春在保护、罩着赵姨娘和贾环，他们早就被赶出去了！你想，赵姨娘找马道婆，差点把宝玉和王熙凤弄死，光这一件事，赵姨娘和贾环就待不住，绝对被赶走。为什么还在这里？就是因为探春还在保护着他们。

所以好多时候你会发现，表面上的事情和背后的事情不是一回事。在第二十七回，她见宝玉来了，就做出一副讨好的样子，笑道："宝哥哥，身体好吗？我整整三天没见你了。"很矫情！三天多少时间？只不过七十二个小时而已！觉得好像是三年没见似的。"一日不见，如隔三秋"，感觉很亲切。"我还像上回的鞋做一双你穿，比那一双还加工夫。"

过去想送点礼，也没什么好送的，送鞋。女人扎双鞋底，其实很费劲，做一双确实挺累的，不像做手工刺绣还比较优雅，做鞋用很大的针头，还要用一个顶针顶，没有一点力气还弄不动。

探春作为贾府的三小姐亲自做鞋,为什么?因为要讨好贾宝玉,说:"鞋是我做的。"这就不一样了。为了讨好宝玉,她使出了洪荒之力!

这个时候赵姨娘对此抱怨得不得了:"正经亲兄弟,鞋塌拉袜塌拉的没人看见,且做这些东西!"赵姨娘不懂政治。什么叫"懂政治"?就是有政治意识。什么叫"政治意识"?贾府就是一个政治机关,我维护好老太太,巴结好王夫人,服侍好贾宝玉,这就是政治意识。这就是贾探春的政治意识,但是赵姨娘就没有。赵姨娘出身低微,不识字,头发长见识短,没办法。赵姨娘生气了,探春听说,顿时沉下脸来,道:"你说,这话糊涂到什么田地。怎么我是该做鞋的人么?"她不该做鞋,她反而做了鞋,这是一份心意。如果我本来就是鞋厂的厂主,我做双鞋那是我要拿去卖的。她不是做鞋的人而去做鞋,那是什么?那是一份心意。

过去梅兰芳、周信芳唱戏,他们唱得再好,也是戏子;杜月笙唱戏,唱得再烂,也有政治和社会效应,上了台,他就是一个风雅人物。就是说,乞丐乞讨是生活所迫,艺术家表演乞讨是行为艺术。大象跳舞,大家都会去看,而人跳舞,除非特别好,否则不会有人看。狗拿耗子有人关心,猫捉老鼠习以为常。

"我不过闲着没事,做一双半双,爱给哪个哥哥、兄弟,随我的心。谁敢管我不成?这也是他瞎气。"她把自己的妈妈骂了一通,挺残酷的!赵姨娘听这话,回到家里睡不着觉,不过也被骂习惯了,无所谓了。"我只管认得老爷、太太两个人,别人我一概不管……什么偏的庶的,我也不知道。"你要不知道,你为什么天天花这份心呢?薛宝钗、林黛玉她们怎么不做鞋子呢?因为探春感到自己比她们矮一截，为什么是赵姨娘生的，不是王夫人生的？恨不得钻进去重生一回！

她说："什么偏的庶的，我也不知道。"什么叫"不知道"？恰恰是知道！她天天想忘记，偏偏难以忘记，为了忘却的纪念，为了纪念的忘却。"论理，我不该说他，但他忒昏愦得不像了……我听见这话，又好笑，又好气，我就出来往太太跟前去了。"你看，探春厉害吧？她出来以后，就往太太那里去了。为什么？探春只有这样，才能获得王夫人的信任。王夫人天天妒忌赵姨娘长得漂亮，天天把她老公弄到她的房子里出不来。"我老公归你，你女儿归我！大家扯平！"

尽管王夫人修炼成半个神仙，但是她还是一个女人。女人所有的毛病她都有，中国大妈所有的缺点她也有。

宝玉可不这么想。宝玉对黛玉说："我虽有两个弟妹，你不知道是隔着母的？"可见，探春对这个问题的看法和宝玉对这个问题的看法，完全不一样！

探春千方百计要别人忘记什么偏的和庶的，但是你再怎么巴结，在宝玉心里面，隔一个肚皮好比隔一座山，甚至比山远得多。喜马拉雅山你还能翻过去，但这个肚皮是到不了那个肚皮的，毕竟不是同母生的。探春看到自己再努力也改变不了这个事实，但是她依然格外努力，并且还时时刻刻"打击"赵姨娘。

她骂赵姨娘一通，王夫人就喜欢她一分。王夫人越喜欢，她越要骂赵姨娘，所以赵姨娘很多时候是代探春受过啊！可恨之人也有可怜之处，赵姨娘挺可怜的。

赵姨娘的弟弟赵国基死了，管家的探春只给二十两银子。赵姨娘说："如今你舅舅死了，你多给了二三十两银子，难道太太就不依你？……如今没有长翎毛就忘了根本，只拣高枝儿飞去了。"这个时候的探春说："谁是我舅舅？我舅舅早升了九省的检点了，哪里又跑出一个舅舅来？"探春坚决不承认赵国基是她舅舅。为什么？要是承认了，她的地位"哐嘡"一下就从贾府的三小姐变成了赵姨娘的女儿了。这不行！血缘伦理和社会伦理好不容易才隔开，现在如果认了这个血缘关系，她就会难以翻身。

她说，我舅舅升为九省检点，原来是北京市委书记，现在变成了两江总督，管着整个华东九个省的大区的区委书记，级别更高了，副国级。所以她的舅舅是九省检点王子腾，而不是什么赵国基。这个不能变！舅舅在她那里不是血缘关系，而是政治关系、社会关系。人是社会关系的总和，是血缘关系的总和。所以这个时候赵姨娘与探春对话不在一个层面上。赵姨娘说的是血缘伦理，探春说的是社会伦理。两个伦理交叉在一起时就发生了冲突，谁对呢？都对；谁不对呢？都不对。探春太理性，赵姨娘太感性。如果赵姨娘变成探春，那就不是赵姨娘了；如果探春变成赵姨娘，那也就不是探春了。

一部好的小说，人物性格要鲜明，要有冲突，但这个冲突是亲人之间善意的冲突。所以马道婆这类恶性事件，《红楼梦》里就出现过一次，以后再也没有出现过。为什么？因为这是恶意的冲突，是敌我矛盾，不是人民内部矛盾。《红楼梦》写的是人民内部矛盾，而且是人民内部的小矛盾，不是大矛盾。

所以这个时候她说"我倒素习按理尊敬"，按什么理？是按贾府的理，不是按血缘的理。如果按血缘的理，无论如何是你亲舅舅，是你妈妈的亲弟弟，但她按礼教的理，就不按人伦的理。

"怎么敬出这些亲戚来了？……"否认他是亲戚，"……何苦来！谁不知道我是姨娘养的，必要过两三个月寻出由头来，彻底来翻腾一阵，怕人不知道，故意表白表白。也不知道是谁给谁没脸？"

她很着急！我这么努力，这个妈怎么一点也不省心？我想要死的心都有了！但我不能死，为什么？因为我要是死了以后，他们死得更快。想到赵姨娘就想去跳楼，但又想到生母可怜，不敢跳楼！这就是探春的心理。"太太满心疼我，因姨娘每每生事，几次寒心。"

她明白，太太疼她，是她努力奋斗的结果。她不是贾宝玉！贾宝玉一生下来，老太太、太太、贾府的宠爱在他一身。无论他怎么淘气，把通灵宝玉摔了，把人打了，干出再怎么荒唐的事来——天下无能第一，古今不肖无双；寄言纨绔与膏粱：莫效此儿形状！——也是金枝玉叶，是含玉而生的宝二少爷。而探春再怎么努力，一不留神就变成贾环。她看到贾环这么可怜，她想如果我再变成贾环，我们俩就可怜到一起去了。"不行，太太满心疼我！"哪里"满心"？半心都没有！"因姨娘每每生事，几次寒心。"谁寒心？是王夫人寒心啊！为什么寒心呢？因为贾政老是跑到赵姨娘的房间里去，而不到王夫人那里去。

（2）凌厉用强，以攻为守

迎春也是庶出，不是邢夫人生的。她妈是谁？都不知道。迎春很可怜，最后嫁给一个不知道什么样的人，很快就被折磨死了。光会看书，却什么也不说，结果一辈子窝囊。如果探春

231

不是凌厉用强、以攻为守，不是背叛生母、投靠王夫人，她的下场和迎春是一模一样的，甚至还不如迎春。为什么？因为邢夫人待迎春特别好。邢夫人出身小户人家，没什么背景，性格比较善良。

邢夫人这样背景，迎春尚且如此境况，你在王夫人这种出身大户人家的爽快凌厉的王二小姐下面，你能活下去？恐怕连贾环和赵姨娘也早被一起赶出去了！可能过得连袭人都不如。探春不仅是自己，身后还有她的妈妈，甚至包括赵国基，都是她一人在前面，遮风挡雨。所以这个时候，第一要投靠王夫人，第二要凌厉用强，为什么？越是地位低的人越要强势，因为不强势就没有地位。在普通家庭，你看一般是老大性格比较温和，老二性格比较强势。因为老大的江山是传下来的，从小没人和他竞争，父母都抱着他。老二的江山是打出来的，一出生就看到，上面的一个已经在这家里待了好几年了，而且父母对他很好，那么我作为后来者、第三者、第四者，如果不打出一片天地，就活不下去了。所以你看老大，年龄比老二大，体力比老二好，又会说话，又会撒娇，有的还长得很漂亮，但老二的性格一般都比老大厉害一点，无论哪家都差不多。这个时候探春必须凌厉用强，以攻为守。

大家看《三国演义》，谁天天想打仗？诸葛亮。为什么？"与其坐而待亡，孰若起而拯之。"三国是由曹魏、孙吴和蜀汉形成，蜀汉的力量最弱，只有九十四万人，就四川一个地方，地处偏远。如果不是天天北伐，可能早就被曹魏打趴下了。所以他只有天天北伐，天天搞点小动作，让不明虚实的人感觉自己挺厉害的，然后才能保住偏安一隅的江山。

（3）贾探春抄捡大观园

傻大姐在园子里捡到一个小荷包，荷包上面绣了裸体男女的画，是春宫图。春宫图在中国古代有很多，是一个系列。薛蟠说的是"唐伯虎画的春宫"。春宫图是古代少男少女用于定情的一个很私密的东西，挂在衣服里面。结果这个绣春囊掉在大观园里，被傻大姐捡到了，拿在手里看不懂，一看就笑，被邢夫人发现了。邢夫人一看大惊失色，这样的人家出了这样的丑事！

最后就抄捡大观园。王熙凤带着王善保家的到大观园转了一圈。来到探春的房间，探春已经睡下。王善保家的素日虽闻探春之名，但认为这姑娘是庶出，以为是众人没胆量罢了。王善保家的为什么认为探春好对付呢？不是因为探春长得小，其实探春个子很高，你看第四回描写探春，身量高挑鹅蛋脸，所以探春的样子既像黛玉，身材比较苗条，又像宝钗，是鹅蛋脸，她兼具宝钗和黛玉两个人的美。

王善保家的因她庶出，想欺负她一下。她为什么不敢欺侮薛宝钗呢？当时薛宝钗的地位已经很稳固了，那就不说了，宝玉也不说了，惜春也不说了，毕竟是贾珍的亲妹妹。就搜了谁？搜了迎春，迎春是一个不敢吭气的人，坐在一旁看书，拿着《太上感应篇》，看着王善宝家的折腾一通。来到探春这里时，探春马上站在门口说："都是我弄的，他们都是我弄的，给你箱子！"啪的倒在地上，把大家搞得很难看。王善保家的向前一把拉起探春的衣襟，故意一掀，说："连姑娘身上我都翻了，果然没有什么。"

这个时候王熙凤上来就说："妈妈走罢，别疯疯癫癫的。"王熙凤觉得坏了，她知道探春这个人不好惹，这探春还不打她一顿？果然一语未了，就是"啪"的一声，王善保家的脸上已挨了探春一巴掌！为什么？如果她没这两下子，早就被欺负死了！连王善保家的这样的，她都敢欺侮探春。

这个时候"啪"一声，王善保家的脸被探春打了，大家都吓坏了。凤姐平时与探春关系较好，扶探春睡下。王熙凤多么厉害的人啊，又是这次带队的队长，却服侍探春睡下。第一，按年龄来说，王熙凤比探春大，是二嫂；第二，她这次是公事，不是私事；第三，人家要搜一下也没什么，没有什么过分的。但是王熙凤就感到害怕，因为探春不好惹，为什么不好惹？探春在王熙凤病了的时候，变成了大观园的实际控制人。如果这个时候她反过来要反攻倒算，很麻烦。

2. 探春的办法起效果

探春的办法起到两个效果：

（1）撒娇，太太得让她

探春撒个娇，太太让她一二分，二奶奶不敢对她怎样。太太是谁？王夫人。二奶奶是谁？王熙凤。太太让她一二分，她不仅会骂人，还会撒娇。她在她妈面前，天天骂人；她在王夫人面前，天天撒娇。所以她是该撒娇时就撒娇，该骂人时就骂人。比如，如果这个时候领导要你提意见，你提什么意见呢？"你的身体不是你自己的，是我们全单位的；你这样拼命工作，身体坏了以后，我们怎么向全单位人交代？"领导一听，这样的关心也是给领导提意见嘛。

探春做人，太太喜欢。她进入了贾府的主流。王夫人喜欢她，就是总经理喜欢她，否则她也不可能成为危急时刻的接班人。

（2）有力地战胜了王熙凤

探春知道，在这里真正和她竞争的人是谁，是王熙凤。宝钗她不指望，因为宝钗今后是宝玉的老婆，那么谁欺负赵姨娘非常狠？就是王熙凤。王熙凤说贾环"依着我，早就把他赶出去了"，那么为了不被赶出去，探春首先要战胜王熙凤。

王熙凤是最难过的一个人，按理她的老公贾琏应该是荣国府继承人，但是恰恰被她亲姑姑的儿子贾宝玉夺了先。王熙凤真是有苦没法说，所以想想这个该叫作"连环套"，套路深。

太太让她一二分，二奶奶不管怎么样，三四分，其他人都是畏她五分。"让"，就是不敢怎样，何谓"畏"？《红楼梦》为什么是好小说？它每一个字都是有来历的，无一字没来历，它无闲笔，一二分、三四分、五分，"让"是不敢怎样，"畏"是什么？是害怕。探春让王夫人喜欢，让王熙凤无奈，让别人害怕，她就成功了。

这个时候她开始洗脸，她们都走了，探春起来洗脸，做出了小姐的款。丫鬟要用洗脸盆打完水以后，毛巾弄直，跪在地上，把洗脸盆抬到头上去，她才洗脸，以显示"我的江山我做主"，她终于千年的媳妇熬成了婆。别人不当我是小姐，我偏偏要当一回小姐。

因此探春实际上也是满腹悲凉，最后她离开贾府到爪哇国去了。这种人在中国是没什么活路的，只是暂时有点活路而已，最终还是要嫁给一个普通人家。她与其在这里嫁一个普通人家，还不如到爪哇国当几年皇后。所以说贾府出了两个皇妃，一个是元妃，一个是探妃；一个是中国的皇妃，一个是外国的皇妃。

《红楼梦》里"金陵十二钗"中出色的女人都讲完了，现在我们来讲副册里的一些人物。

（六）笨笨的袭人

《红楼梦》里袭人是谁的影子？是宝钗的影子；晴雯是黛玉的影子。把晴雯赶出去，袭人提前成了宝姨娘。前面的如同预言，像彩排一样。彩排和正剧演出的完全一样，就是带妆彩排。袭人为什么可以战胜晴雯？按理说晴雯长得漂亮，水蛇腰、削肩膀，个子很高，而且手艺又很好，精于女红，她的手艺其他人都不会，而且还很有性格，还敢撕扇子，其他人都不敢撕，和宝玉的感情非常好，而且服侍宝玉很尽心。关键她和袭人的出身一样，都是贾母身边的大丫鬟。所以说袭人和晴雯都是贾母所喜欢的。但是为什么到最后袭人战胜了晴雯？

袭人有她的长处。袭人的长处不是俊俏，而是笨笨的。王夫人说袭人"笨笨的倒好"，什么叫"笨笨的"？"笨"不是傻的意思。铁凝有一部小说叫《笨花》，笨花就是本地土产的棉花，不是外地来的，叫"笨花"。我们山西人叫自己家里养的鸡"笨鸡"，生的蛋叫"笨蛋"，那种特别大的叫"洋鸡蛋"。我们过去穿的布，自己织的就叫"笨布"或者"粗布"，其他叫"洋布"或者"细布"；八月十五中秋节，自己家里做的月饼叫"笨月饼"，外面买的叫"细月饼"。所以说，袭人是笨笨的，不是说她傻傻的，而是说她比较老实，也就是本地人的意思，比较接地气。

相对而言，袭人比较接地气，晴雯就比较洋气。晴雯可以看懂从西方来的孔雀裘，袭人就没这本事。但从王夫人的角度，宝玉一定要配一个笨笨的姨娘。为什么？因为她老是觉得自己吃了赵姨娘的亏。赵姨娘大概长得像晴雯，是比较漂亮的，脾气很坏，天天给她找事，她弄来那个马道婆，差一点把王夫人的儿子和侄女弄死。王夫人觉得晴雯如果嫁给宝玉，就是赵姨娘的翻版。尽管赵姨娘老了以后很难过，但是她年轻时候还是很风光的。所以王夫人心里面有结，这个结不是袭人和晴雯，而是她和赵姨娘，醋吃了几十年没完。因此她就一定要给宝玉娶宝钗，自己的亲外甥女，再找一个袭人这样笨笨的，从各方面都不能与宝钗竞争的人！绝不能找晴雯这样的。自己的老公一辈子被人家霸占去了，王夫人心里的苦也没法说，她要通过自己的儿子把失败的江山给拧过来，而袭人的形象恰恰迎合了她的需求。

袭人的服务水平

（1）特别善于服侍人，待人忠诚

总书记说，政治第一是忠诚。不忠诚的人，本领越大越坏事。因为他立场不坚定，本事越大越坏事。所以袭人的第一条就是忠诚，她服侍贾母的时候，心里眼里只有贾母；服侍宝玉的时候，心里眼里只有宝玉。

你看这很有意思，她服侍贾母的时候，贾母都是对的；服侍宝玉的时候，小董事长的一切比她自己的性命更重要。她只要眼里心里有宝玉，就相当于眼里心里有贾母一样。如果她天天跑到贾母那里去告宝玉的状，跑到贾母那里去干活，贾母肯定会生气，说："我自己都恨不得变成宝玉的小丫鬟，你跑这里来干什么？你给我服侍好宝玉！"所以她眼里心里只有宝玉。这是她的本事，忠诚，而且看准了自己应该向哪个地方用心用力。

咱们现在微信里有种说法叫"无效社交"。有些人天天找人吃饭，结果老婆说你怎么老是吃饭？看肚子吃得这么大，体重从一百三十斤到一百九十斤，结婚时的帅哥，变成了中年油腻男，吃饭吃了十二年，无效社交太多！天天不和领导接触，老是和你一些朋友一起吃饭，给别人解决这么多事，自己的事情一点也没解决，这就是无效社交。袭人就不是，她盯着主要领导。每个单位都有这些人，光给一把手服务。

（2）服务水平非常高，注重细节

细节决定成败，秘书要满足大领导的小需求。宝玉到袭人家里去访贫问苦，去看看，家访。袭人的哥哥花自芳一看宝玉来了，非常高兴，摆了一桌子苹果、橘子、瓜子等。袭人看了看，觉得无可吃之物，为什么？不卫生。不是说不能吃，而是没经过检疫。进贾府的食物都是特供的，宝玉的肠胃已经不适应外面的东西了。

比如说你现在到路边摊吃牛肉面，回家就会拉肚子。为什么？因为你已经很多年不吃这类水平的小路边摊了，吃路边摊那些装修工人，他们吃了没事，而你吃了就不行！因为你的肠道的菌群适应茅台酒，不适应路边摊。喝茅台酒就没事，吃麻辣烫就出事，原因是不卫生。这一点袭人是知道的。但是，如果一口也不吃，不仅宝玉不高兴，而且自己的哥哥也没面子呀。她顾及宝玉的兴致和哥哥的面子，拣了几个松子，剥去细皮，用手帕托着递给宝玉。

看见了吗？这种服务水平在《红楼梦》里无人能及，连王熙凤也做不到。王熙凤给贾母剥螃蟹也没做到这么细致。为什么？因为王熙凤她用不着这么细致。她出身于王家，王家和贾家是婚姻关系，他们地位相等。说实话，她哄哄老太太开个玩笑可以，如果像袭人这么细心就有点过了。但袭人没办法，她什么都没有。

袭人的服务水平在《红楼梦》里特别高超。还有一个例子，说明王夫人为什么不选晴雯。晴雯病了，袭人正好家里有事出去了。王太医来看病，看完病以后要付钱。袭人不在，宝玉这里二十几个丫鬟没有一个人认识银子有多少。贾府是非常好的企业，管吃、管穿、管住，每月还有钱。不管晴雯、袭人，还是其他人，一说"撵出去"，大家都说："要失业了！没工作了！"贾府管吃管住，丫鬟的衣服也是按月做的，还有一两银子进账，挺好的。

钱在哪儿呢？拉开宝玉房间里的柜子，书里写得很细致，第一层毛巾，第二层什么，第三层什么……一层一层非常细致，叫"收纳"，收纳得非常仔细。最底下的小盒子里是银子。盒子拉开以后，大家都不知道这钱到底是多少？一大块、一小块的银子，结果给了王太医。王太医说这是五两银子，一只元宝，咔嚓一下剪到二两五。他们都不知道银子的大小，连戥子都不认识。

你想，如果是晴雯当了宝二姨娘，宝玉以后有的苦了。为什么？她自己还要宝玉伺候呢！她撕了扇子以后，还是宝玉给她收拾的。如果是袭人的话，宝玉什么事情都不用管，家里面整理得井井有条，侍候得服服帖帖，让你过得舒舒服服。如果我是他妈，我也觉得袭人比晴雯强！

毛主席说，一个人做一件好事并不难，难的是一辈子做好事。一个人温柔贤惠一会儿不难，一辈子贤惠是挺难的。所以，袭人是一个一辈子贤惠的典型。王夫人想，以宝钗的智商、情商、能力作为大房，以袭人的服务水平作为二房，那宝玉如同掉进蜜缸里了，舒服得很！

（2）游刃有余观察细，善于补台

而且袭人善于补台。宝玉挨打后，被众人围着，袭人插不上手，便走出来到二门前，令小厮们找焙茗来问。别人都围着宝玉，打扇的打扇，灌水的灌水，按说袭人是宝玉的贴身丫鬟，她最应该干的就是这些事。她为什么这么做？因为她知道，王夫人一来就会问这些事情。她琢磨下一步这个事情该怎么处理，所以她偷偷地跑出来了。

袭人是一个懂得不凑热闹的人。贾母和王夫人都在，你在这里忙活什么呢？要紧的是先去外面，问问贾宝玉的小跟班焙茗。一问就问出了问题。什么问题？是薛蟠的事情。袭人把问到的事告诉宝钗，宝钗听袭人一说，便说，现在先别这么说，到时候不好看。因为这直接威胁到她宝二奶奶的地位。袭人吓出一身冷汗，从此以后再也不敢和宝钗说话了。

袭人是一个善于讲知心话的人，但她这次找错了对象。宝钗也有这个本事，所有人都觉得自己是她的知己。"她对我最好！"袭人把薛蟠的事讲给宝钗听，本来是想和宝钗套个近乎，想将宝钗变成知己，却忘了宝钗是一个绝对不允许别人说自己家坏话的人，她要坚定维护薛家。她哥哥再不好，她可以说，她妈妈可以说，但你们可不能说！你是谁呀？

鲁迅说："你说便是你错！"一个仆人对他的主人说："你看你身上有个油污，快出来洗洗吧！"说完，立马被他老爷打耳光，"滚，滚远一点！我怎么会没看见？"回到家里赶紧把衣服脱了！为什么？这事不能你说，只有我老婆可以说。

所以薛宝钗可以说："哥哥你不懂事，老是惹祸……"但是你就不可以说！为什么？千里之堤，毁于蚁穴。如果袭人都敢说薛蟠，那谁不敢说薛蟠啊？如果袭人对薛蟠感受不好，袭人能说，那晴雯不能说吗？还有宝玉、黛玉、王熙凤……谁都可以说。袭人是最底层的人，都敢说我哥哥不好，我坚决要刹住这股"歪风邪气"。我的孩子我打，我的哥哥我骂，没你说话的份儿！这就是政治。

但是袭人在王夫人这里就得便宜了。她给王夫人说，大观园里面，人都大了，宝玉慢慢的不方便了。王夫人马上问："出什么事了吗？"是不是宝玉又怎么样了？是不是宝玉在男女之事上出了问题？"那倒没有！"如果有，也就是袭人自己，她是最大的罪魁祸首！但是她装出一副很温柔敦厚的样子。王夫人就说："好孩子，幸亏你提醒我，要不然我想不起来呀，你怎么不早说呢，把宝玉从里面搬出来吧。我一个月二十四两银子，给你四两。"袭人从每月二两银子变成六两，涨了三倍！这家伙涨了那么多工资，而且提前锁定了宝二姨娘的位子。

别人看袭人都讽刺她，但袭人觉得这些都是自己挣来的，是她努力得来的，不是别人恩赐的——我进入贾府的最终目的就是成为宝二姨娘，没想到幸福来得这么快！

二、《红楼梦》的管理智慧

为什么要讲《红楼梦》的管理智慧？说白了，贾府就是一个企业，一个挺大的企业，贾氏消费有限公司。它是消费型公司，不是生产型公司，荣宁牌贾氏消费有限公司。荣宁二府核算起来人口不多，有三四百人，事情也不多，一天有一二十件，说实话，三四百人也不算小单位了，是一个中等企业了，每天有一二十件大大小小的事情，有账房，有一整套工作班子。

贾府是一个独立核算单位。贾母是这个公司的董事长。董事长干什么？咱们到庙里面看见佛像，如来佛也好，其他佛也好，坐在寺里，不动。所有人都向他叩头。菩萨，你要保佑我啊，我要升官，我要发财，我要什么……千言万语都对他说。

（一）社会上的五类

佛、仙、人、畜、鬼，社会从古到今就都由这五类构成。

什么是佛？就是这个社会的控制者。

什么是仙？就是这个社会的享受者。中国第一批海外行者是谁？是八仙。八仙过海，到海外去。比如一些知名的成功商人，全是外国国籍。他们是，他们老婆也是，他们儿子也是……这些人国籍在中国的已经很少了。为什么？因为他们是这个时代的享受者，他们整个生活已经完全自由化了，可以千变万化，今天是商人，明天是外国人，后天是爱国企业家，再后天是政协委员……都有七十二变的能耐！

什么是人？像你们和我都是人。我们经过努力之后获得了做人的资格。在单位里即便不叫你"张老"，叫你"老张"也行，但小时候我们在外面玩，妈妈就说："这小畜生，赶紧回来！"长大以后不这么骂了，上大学后更加不敢骂了。现在我爸爸看到我，很得意，为什么？因为你从畜生变成了人。

什么是畜？比如，咱们过去说上海工人起义时，工人"吃的猪狗食，出的牛马力"，就是这样子。工作脏乱差险，生活很低端。尽管有人的样子，但没有人的体面。

什么是鬼？就是这个社会的破坏者。社会有"剪刀差"，上面是光明的，下面是黑暗的，中间有灰色地带，像剪刀一样，光明越多，黑暗也就越多；光明越少，黑暗也就越少，灰色地带也越少。然后你看，所谓"放下屠刀，立地成佛"，鬼也想过上好的生活，像小偷、坏人，他们也不想一直这样下去，也想过上好的生活，但是他们走的是另外一条路。

1. 没有敌人，社会就不会进步

如果这个社会没有鬼，也就没有敌人。一个没有敌人的社会，是不会发展的。现在有了手机，菜场里小偷没有了，小偷没有了之后，很多警察也要下岗了。

在上海地铁里至今没有发生过一起恐怖事件，为什么有那么多安检员？因为如果没有安检，这些年轻人就没有就业。你说上海这座城市怎么可能有恐怖袭击？不可能！恐怖分子连进上海都难，更别说进地铁了。现在上海人的幸福指数很高，他们为什么要死呢？有了这些保安和安检岗位，让这些年轻人能安心工作，否则的话他们就会变成鬼。现在政府就是要把鬼变成畜，把畜变成人，把人变成仙！但是，仙就这么多，我们变成人就够了。

《红楼梦》里的老太太、老祖宗就是佛；王夫人就是仙，啥事不管；王熙凤就是人；焦大就是畜；贾瑞就是鬼。举个例子，王熙凤过生日，本来好事情，办公室主任过生日，董事长、总经理都来了，隔壁公司也派人来了，结果王熙凤突然觉得头晕，想回家，一进院门，忽然看见小丫头往前跑，"过来！干什么的？""我看见奶奶了，赶紧回去！""什么事？"不说。"噼里啪啦"一顿打，还是不说。拿根簪子，扎得她浑身上下都是血。小丫头说："琏二爷让我看着你来了没有……"王熙凤悄悄过去一看，坏了！贾琏正在偷情。王熙凤很生气。后来王熙凤哭，贾琏闹。贾琏拔剑追杀王熙凤，"我就知道你……今天不杀了你，早晚死在你手里。"他心里面恨不得真要把王熙凤杀掉。当时的形势不是假的，是真的。这时王熙凤也害怕了，赶紧跑。王熙凤平时走路比较多，因为她风风火火，办公室主任天天走，走得比较快。

贾琏酒色之徒，刚刚从床上起来，一边骂，一边跑，跑得比较慢。大家发现没有，《红楼梦》里面的女的都不缠足，都是天然足，没有缠足的。不管是王夫人也好，贾母也好，所有的女人都不缠足。所以有人问《红楼梦》写的到底是满族，还是汉族？她们可能是满族。

结果王熙凤跑得比贾琏快，就到了贾母面前。本来是一场很好的 Party，变生不测，凤姐泼醋。他们夫妻俩都跑到董事长那儿。董事长是干什么的？就是把方向、处理危机的。最大的危机来了，直接到董事长面前。董事长怎么处理的？贾母问："什么要紧的事！小孩们年轻，馋嘴猫似的，哪里保不住这么着，从小世人都打这么过的。都是我的不是，她多吃了两口酒，又吃起醋来。"先骂一下王熙凤。然后又对王熙凤说："男人嘛，都这么回事，我小的时候，贾演、贾代化也这样的，别把它当成个事儿。只有你不把它当成事，它才不成事。"如北京人说："天空飘来五个字，那都不是事。"

摆平就是水平。如果贾母说："这简直是不知廉耻！"那事情一定搞得很僵。你想，贾母说人家说书的，说一个小姐看到一个年轻的男人就想起终身大事的时候，说鬼不成鬼、贼不成贼，把人家痛骂一通，但人家的事比贾府里发生的强得多了吧？人家是自由恋爱，还是一夫一妻，还是纯洁爱情，还有诗酒，唱到最后还有大团圆。在你这儿呢？结果你把人家说成完全不符合礼教，骂得人家好像犯了弥天大罪似的，自己亲孙子和仆人发生了这种关系、丑态百出的时候你却说："这算什么要紧的事？"贾母啊，你是双重标准啊。为什么？因为她要摆平家务事，她现在也气坏了，见她的子孙真不争气，"这帮不肖子孙，早晚毁在他们手里！"但她如果说："给我拿下！"那就可能没法收拾了。

2. 失败的例子

（1）焦大，忠而不敬

大家知道，焦大这个人很散漫，跟着老太爷出兵，快饿死了，得了半碗水给老太爷吃，自己喝马尿。本来贾府的人待他很不错，他这点功劳人人都知道，但是最后为什么被塞了一嘴马粪给发配出去了？因为他忠而不敬。他对主子很忠，但是不敬。为人忠和敬，要相匹配。

焦大在政治上紧紧追随，但是感情上特别不爱戴，天天骂人，什么"爬灰的爬灰，养小叔子的养小叔子"，这样他就违背了忠和敬。焦大一辈子没结婚，人家不管怎么说凭这点功劳找一个女人结婚、过过小日子完全是可以的，但他为了贾府，一辈子住在马厩里面，老人七十多岁了还得干活，半夜还要出差，很辛苦，很忠诚，而且还敢于指摘时弊，敢于给领导提意见。但是，他在不该提意见的场合，提了不该提的意见。

贾府的人都比较善良，虽然对焦大有看法，但都不愿意翻脸损害功臣。最后借着王熙凤刚烈的性格，她说："这是什么人？把他撵出去！"就直接给他喂了马粪，把他撵出贾府。"这是王熙凤撵出去的，不是我们撵出去的！"到时候老太爷灵魂降罪下来的时候问："谁把他撵出去的？""那不是我，是隔壁的王熙凤，您找她去吧。"宁国公、荣国公死了好几十年了，也不好意思找一个女孩子的事。

（2）门子，敬而不忠

贾雨村判葫芦案的时候，刚想发签拿人，有个人给他使眼色，叫他"别动别动"。贾雨村觉得很奇怪，就放了一放，晚上把这个人叫过来。

> 门子忙上前请安，笑问："老爷一向加官进禄，八九年来，就忘了我了？"雨村道："我看你十分眼熟，但一时总想不起来。"门子笑道："老爷怎么把出身之地竟忘了？老爷不记得当年葫芦庙里的事么？"雨村大惊，方想起往事。
>
> 原来这门子本是葫芦庙里一个小沙弥，因被火之后无处安身，想这件生意倒还轻省，耐不得寺院凄凉，遂趁年纪轻，蓄了发，充当门子。雨村哪里想得是他。便忙携手笑道："原来还是故人。"因赏他坐了说话。这门子不敢坐。雨村笑道："你也算贫贱之交了。此系私室，但坐不妨。"门子才斜签着坐下。
>
> 雨村道："方才何故不令发签？"门子道："老爷荣任到此，难道就没抄一张本省的'护官符'来不成？"雨村忙问："何为'护官符'？"门子道："如今凡做地方官的，都有一个私单，上面写的是本省最有权势极富贵的大乡绅名姓，各省皆然。倘若不知，一时触犯了

这样的人家，不但官爵，只怕连性命也难保呢！所以叫做'护官符'。方才所说的这薛家，老爷如何惹得他！他这件官司并无难断之处，从前的官府都因碍着情分脸面，所以如此。"一面说，一面从顺袋中取出一张抄的"护官符"来……

门子告诉贾雨村，凡到一个地方做官，一定要有个护官符，就是本省最有权势的乡绅名单。如果你没有这个，你这官肯定做不成，而且还会丢了性命呢。你看这个薛蟠就是，他的大姨就是王夫人，是贾政的夫人，他的舅舅就是王子腾，京营节度使……你怎么敢弄他呢？

这么一说，贾雨村明白了。按说门子是立了大功的，最后这个门子有越位的嫌疑，贾雨村就把他赶出去了，再不让他在自己面前出现了。为什么？是不是怕他说起贾雨村早年贫贱，比较早的时候在葫芦庙里面没饭吃？不是的。

贾雨村平时是一个心胸比较开阔的人。甄士隐想跟他谈谈，第二天给他摆个酒，让他吃了好上路，叙叙旧情，说别忘了我什么的，结果他起身以后说："你先走吧！"为什么？他对这些繁文缛节根本不在意，无所谓。你看他娶个老婆是个丫鬟，有工作的时候就做，没工作的时候当家庭教师，教林黛玉读诗书。一个虎背熊腰、一米八的汉子，天天给一个小女孩讲"子曰诗云"，他也觉得无所谓。林黛玉到贾府以后，他书也不能教了，干什么？一天到晚游山玩水，和冷子兴这样的商人聊天。有官做就做，没官做就教书，没书教就闲逛，老婆孩子放家里也不管，所以贾雨村是一个非常旷达的人。这样的人他越是旷达，越是喜欢谈自己早年贫贱的故事。

为什么贾雨村要把门子发配出去呢？因为他敬而不忠！门子对他很尊敬，让他坐不敢坐，虽然再三要求他把鞋掀了坐在椅子上，他也不敢这么坐，以示尊敬。韩国人对中国礼教继承得比较好，韩国人喝酒，在长辈面前小辈不敢对着面喝，他与长辈碰了杯以后，要侧着身喝。为什么？以示对长辈的谦恭。我原来在市政府工作的时候，司机和秘书都抽烟，但他们看到我来了就把烟灭了。我就对他们说，没这个必要，抽完再扔，因为挺浪费的。他们就是觉得不好意思当着我的面抽烟。

门子知道得太多了。咱们看香港片子里面说："你别说了，你知道得太多以后，离死不远了！"古代在官场的人，都会说："唉，你这个事不要告诉我，我不想知道这么多。别到时候你被别人出卖了，说是我出卖你的！"这个门子，什么事都知道，买人的事他知道，卖人的事他知道，人犯的事他知道……还知道什么护官符，知道这么多消息的人，是克格勃的还是军统的？是不是贾政安插在我身边的探子？特别聪明的人特别不让人放心，所以会装愩是一个很重要的本事。袭人就会装愩，宝钗也会装愩，特别灵光、很机灵的人都没有好下场。

为人处世，千万要注意，不要显得很机灵，要大巧若拙，大辩若讷，大智若愚，难得糊涂。要知道什么时候该糊涂，什么时候装糊涂，什么时候不糊涂。

这种情况下，门子知道得太多了。如果你说："老爷，我听到大概是这么回事……"那你应该慢点说，领导问你的时候再说，领导未问你你说了，你就变成他的导师了。你给他提意见他听了，你就可以获利，明天你还可以继续获利，那谁是领导了？错位了！所以你说："领导，你为什么不从善如流啊？"领导说："我要从善如流，谁当领导？我是领导，还是你是领导？我从善如流，你是什么心我都没摸清楚，凭什么我听你的话？"所以忠而不敬、敬而不忠都不对，而是既要忠诚又要尊敬。

领导犯错误，第一次犯，就让他犯；第二次犯，你和他一起犯；第三次犯，你替他去犯！

（二）贾母：把控核心资源，首重危机处理

也就是说，打落牙齿往肚子里咽！就像《康熙王朝》里所唱的："大男人不好做，再辛苦也不说，躺下自己把忧伤抚摸……"

大男人不好做，大女人更难做。贾母是个大女人，不好做啊！有一个例子，说什么人最长寿？就是长期单身寡居的女人长寿，贾母就很长寿，而丧偶的男人最短寿。像贾母这样的，老公死得早，她反而长寿。为什么？因为责任心让她不敢死，她一死，贾府就要被抄家了，所以她不敢死。

1. 妥善处理王熙凤生日事件

贾母说："这都是我的不是！"什么叫作"化解"？就是把所有的事情都化了。这是一块盐，咸得不得了，真的到了水里就化了，淡淡的，喝起来挺好喝，增加营养。所以她说"这都是我的不是"，说得是不是都笑了？贾母说，你放心，等明儿我叫他来

赔不是，你今儿别再去骚扰他。这是给谁说的？这是给王熙凤说的。明天我让贾琏给你赔不是，今天你就在我这儿住吧，把她拉到自己房间住，好言劝慰。

为什么？因为她也不敢得罪王家。如果王熙凤给王子腾一说，就麻烦了。王家把女儿嫁过去，是让你们糟蹋她的吗？这很麻烦。所以说她首先要安抚王熙凤的爹、王夫人的哥哥。王熙凤的背景很深啊！如果王子腾知道自己侄女在贾家是这个样子，这还了得？所以说先要摆平王熙凤。收拾一个小女孩，对一个老贵族来说还是非常容易的。这个时候贾母又开始说，平儿为什么也这么坏？

因为王熙凤刚才把平儿也骂了，其实也挺冤枉的。为什么？因为"神仙吵架，小鬼遭殃"。所以尤氏等笑道："平儿没有不是，是凤丫头拿着人家出气。两口子生气，都拿着平儿煞性子。平儿委屈得什么似的，老太太还骂人家。"

贾母叫琥珀来："你去告诉平儿，就说我的话，我知道她受了委屈，明儿我叫她主子来替她赔不是。今儿是她主子的好日子，不许她胡恼。"表面上的事她都摆得很平。静安寺有句话叫作"慈悲佛手双垂下，摩得人心一样平"，贾母就是这样，还不是"慈悲佛手双垂下"，而是"机灵佛手双垂下，摸着人心一样平"，把所有的人情绪都摆平了。

琥珀是谁？琥珀是贾母的大丫鬟。鸳鸯之后的第二位，叫"二号首长"。让琥珀去安慰平儿，那是非常高的待遇了。就像公司董事长让自己的大秘去找一个部门的副主任，说："对不起呀，总经理说，是他的不是。明天怎么怎么样，这是总经理的意思，是董事长的意思。"这不得了！就是叫他们"不要胡闹"。平儿也在哭闹。那意思就是说，你眼睛里有我，你就乖乖的。

然后说贾琏，乖乖地替你媳妇赔个不是，拉了她家去，我就喜欢了。于是贾琏起来，拉着他媳妇回去。就这样把贾琏、王熙凤、平儿几个人的情绪都平复了。

非常复杂，这里面涉及什么？涉及孙子，涉及王家的不敢惹的王熙凤，涉及王家的通房丫鬟平儿，还涉及一个地位很低的鲍二家的。这真是丢人丢到家了，伤人伤到底了。老太太七十三岁了，面对这种事情，把这个事情大事化小，悲剧变成喜剧。什么事情一笑就没事，开怀大笑，一笑了之。赵本山说，天下的事没有一件事情是一顿烧烤解决不了的。如果有，再来一顿。

这个时候，贾琏也想，算了，老祖宗都来了，给个台阶，就向王熙凤说："原是我的不是，二奶奶别生气了。"又讨了老太太欢喜。贾琏先给王熙凤作了个揖。这个时候贾母趁势说："凤丫头不许恼了；再恼，我就恼了。"意思是说，王熙凤你再敢这个样子，我就生气了！再把王熙凤反弹的可能性压下去。又让琥珀去叫平儿来，凤姐和贾琏两个人安慰平儿。他们两个安慰平儿，又说明什么？

第一条，平儿，你不要在人家两个人中间使什么坏，人家永远是正牌夫妇。你是第三者。第二条，这两个人安慰平儿，让平儿觉得非常有面子。获得这么两个主子的安慰，让她既知道自己的位置，又获得了如此的虚荣。贾母趁机再说，这样的情况不允许再出现，如果有，我不管是谁，拿棍子打死他，以绝后患。贾母处理危机的水平非常高，这哪是一个老糊涂？一点也不糊涂。

但是她难得糊涂，一般不管事，管事不一般，不管一般事。

2. 冷静处置贾府被抄危机

第二次是大危机，贾府被抄。《红楼梦》后四十回也有写得好的章回。第一百零七回，"散余资贾母明大义，复世职政老沐天恩"。这个时候贾府要被抄了，家里面已经很难过了，贾母把自己从做媳妇到如今攒的所有东西全拿出来了，一共一万零五百两，一一分配清楚。为什么贾母在贾家还有地位？就是因为她手里还有钱。

手里有粮，心中不慌。贾母有一万零五百两银子，这是她作为董事长的压箱底的钱，好比我们国库里面需要有点储备金。你如果没有储备金，是一个空壳，谁也不愿意跟你走。鸳鸯身上有很大一串钥匙，旁人都在猜："里面藏着什么东西啊？""都是老太太暖阁藏着的钱啊！"所有的人越穷的时候，越惦记着老太太这点钱。老太太钱多钱少？实际上也不是很多。这点钱对他们这种家庭来说不是很多，但是她有一万多两银子，对排除危机大有用处。

贾母怎么分配呢？她说，第一是分派定了，对贾政说："你说外头还该着账呢，这是少不得的。你叫拿这金子变卖偿还……我下剩的这些金银东西，大约还值几千银子，这是都给宝玉的了。珠儿媳妇向来孝顺我，兰儿也好，我也分给他们些。这就是我的事情完了。"

"只是现在家人过多，只有二老爷当差，留几个人就够了……如今虽说这房子不入官，你到底把这园子交了才是呢。"她打算交公，为什么？破财消灾，房子不入官，但是这些田地交琏儿清理，该卖的卖，该留的留。因为这时候如果把大观园拿自己手里，第一是维护的费用太贵。里面也不住人了，天天雇人去修理的话挺贵的，她付不起这笔修缮费；第二，肯定是某个王爷看上的缘故，才找你麻烦。与其让人家找麻烦，不如主动交了。

"那些地亩还交琏儿清理，该卖的卖，该留的留，再不可支架子，做空头。"为什么？赶紧变现！因为贾母知道，贾琏这些人不善管理，既然如此，还不如把这些田地变成钱，交给王熙凤去放利息。就是说已经开始转型，一个地主变成金融资本家。贾母非常聪明，她看到自己的土地不是受灾，就是被人骗，鸟雀也吃，挣不上多少钱，把它卖了以后就变成了银子。你把它放成高利贷，不管是江南织造也好，盐业公司也好，还是做小买卖也好，赚到的钱比干农活强得多了。

"我索性说了罢，江南甄家还有几两银子，二太太那里收着，该叫人就送去罢。倘或再有点事儿出来，可不是他们躲过了风暴又遭了雨了么？"江南甄家的银子是谁家的，是你家的，还是甄家的，不知道，赶紧把它转移（转移资产）。所以危急时刻老太太非常清楚，一万零五百银子怎么分配，宝玉多少钱，黛玉安葬费多少钱，贾环结婚多少钱……清清楚楚，一一分配。她告诉你们，你们再不行，我这点钱足够你们大事办完，原址交公，不要招来杀身之祸；田产卖了，然后转型搞金融，开个小贷公司。把自己的金银财宝赶紧转移到江南甄家去，藏起来。所以甄家实际上是贾家的一个影子政府。如果到时候来抄家了，就说："我没有钱了！"

"若说外头好看，里头空虚，是我早知道的了。只是'居移气，养移体'，一时下不了台就是了。如今借此正好收敛，守住这个门头儿，不然叫人笑话，你还不知，只打量我知道穷了，就着急得要死。"她像门清儿似的。第二回"贾夫人仙逝扬州城，冷子兴演说荣国府"的时候就说："外面的架子虽未甚倒，内囊却也尽上来了。"但是贾母七十三岁，一辈子吃喝玩乐，心里非常清楚。"外头好看，里头空虚"她早就知道了，但是一时下不来台面，碰到这样的事情，赶紧就此收敛。

你看偌大的贾府，刘姥姥也来打秋风，可见来打秋风的人何止刘姥姥一个，贾府每年被打秋风打掉的银子就不得了。还有那些仆人，今天拿点炭出去，明天弄点菜出去，后天弄点什么出去……贪污腐败、跑冒滴漏，特别多。所以贾府的改革，贾老太太其实已经预先有储备了。她手中的这点资产始终控制着，不能让这些压箱底的钱被这帮人给弄没了。所以说，床上一老，家中一宝。平时你别看她什么也不干，心里清楚得很。

（三）王熙凤：明确责任，令行禁止

再看第十三回"秦可卿死封龙禁尉，王熙凤协理宁国府"，王熙凤是这里面最能干的人之一，王夫人是幕后操盘手。王熙凤要借势立威。当时秦可卿死了，王熙凤临时充当秦可卿治丧委员会办公室主任，协理宁国府，她先调研。

她把宁国府的五大缺点都一一归纳出来，怎么归纳的呢？秦可卿死了，王夫人带她去吊香，她假借自己当办公室主任就没有走，一直到掌灯天黑了的时候才回来。她干什么了？她把宁国府上下看了看，归纳出五个缺点。就像咱们现在搞巡视，需要查出它的缺点，最后建章立制，边整边改。第一是人多人杂，第二是经常少东西，第三是开支过大，第四是忙闲不匀，第五是没有激励机制和惩罚机制。

这五条我估计好多单位都一样，放在哪个单位基本也差不多。咱们过去那些老国企这种事情特别多。什么事情都是"综合管理"，谁都管，谁也管不了。想干活的人没机会，能干活的人没平台。王熙凤开始边整边改，建立她的新规矩。既然托了我，就要依我而行，做错我半点儿，管不得谁是有脸的、谁是没脸的，一例清白处治。

第一条，分工落实

这二十个人分作两班，一班十个，每日在内单管亲友来往倒茶，别的事不用管。这二十个也分作两班，每日单管本家亲戚茶饭，也不管别的事。这四十个人也分作两班，单在灵前……

原来是零星配备，现在是分工负责。

第二条，明确责任

某人守某处……至于痰盒、掸子等物，一草一苗，或丢或坏，就问这看守的赔补。

第三条，加强巡查

每日揽总查看，或有偷懒的……立刻拿了来回我；你要徇情，叫我查出来，三四辈子的老脸就顾不成了。

这都是现代管理制度，明确分工，明确责任，加强检查。

第四条，强化时间观念

素日跟我的人，随身俱有钟表，不论大小事，都有一定的时刻……卯正二刻我来点卯；巳正吃早饭；凡有领牌回事，只在午初二刻……

第五条，来往账目清楚

吩咐按数发茶叶、油烛、鸡毛掸子、笤帚等物……一面交发，一面提笔登记……开得十分清楚。

你看，王熙凤的来往账目、台账都很清楚。

这些无头绪的慌乱、推脱、偷闲、窃取等弊病，次日一概都没了！所以说，好的制度让坏人变好，坏的制度让好人变坏。经王熙凤管理以后，这帮坏人都变好了。

第六条，言出必行，立即处罚

一人迟到，凤姐正式拉开来，喝命："带出去，打他二十板子！"一面又掷下宁国府对牌。王熙凤处理的这个人是有点脸面的。他是王熙凤老家的人，对王熙凤来管理抱无所谓的态度，以为王熙凤从隔壁过来帮忙，也就是一个挂职干部，不可能动真格地管他，于是他也就不当一回事，结果以身试法，一下子被打了二十板子，罚一个月钱粮。

这样的厉害不是白厉害的，不是像下棋那样直对着棋盘口，而是有来、有去、有分工、有巡查、有登记、有处罚。

（四）贾探春：重点突破，立威改新

贾探春协理大观园，王熙凤觉得自己威望下降了，她后来就很可怜了，一件事都办不成，谁都不理她，"叔叔可怜一下我吧！"怎么会这样？因为她当时身体不太好，而且大家知道这个家是宝钗说了算、探春说了算。王熙凤好像在慢慢退位，没什么人理她，她就知难而退、急流勇退，说"我小产了，请一年假"，从此以后再不理事。正如金陵十二钗正册所说的：

凡鸟偏从末世来，都知爱慕此生才。

一从二令三人木，哭向金陵事更哀。

探春管家其实很不顺利。第一，她是庶出，地位不高。王善保家的都想欺负她。第二，前任王熙凤的能力强，管理时间长，地位强势。她有一整套自己的亲信和班底，还有一整套她自己的方法，探春改革不那么容易。第三，她年轻没经验。第四，她妈不省心。她妈经常给她搞一些出洋相的事情，不是给她撑台而是给她拆台。这四条，条条都对她不利。怎么办？

1. 先从亲人下手，处理赵国基烧埋银子

这个时候赵国基死了，所有人都在看她笑话，赵姨娘肯定要来闹，看你探春怎么办？若是秉公执法，一定得罪赵姨娘；若不秉公执法，比如贪赃枉法、优亲厚友，就有可能被炒鱿鱼！所以好多人包括林之孝家的等，都在暗暗看她的笑话。这时候她觉得一定要从自己身边人开刀，厘清关系。所以总书记说，要管好自己的家属和身边工作人员，他制定了"八项规定"。

探春也是这样的，一上台就碰到这么个事儿。赵国基死了，赵国基早不死晚不死，偏偏在这个时候死！这事儿有时就这么寸。一个人只有在危急时刻才能显示水平。就说贾母，她在处理两大危机时，为了子孙，把自己的尊严都抛到九霄云外了。

所以这个时候，"辱亲女愚妾争闲气，欺幼主刁奴蓄险心"。"刁奴"就是指林之孝家的这些人。这些奴才几代都在贾府工作，多年的奴隶成主人，就像多年病人成了大夫一样。他们在贾府当半个主人。他们会说，你真不知道你爷爷是怎么做的，他爷爷是怎么做的，你爸怎么做的，你哥是怎么做的，王熙凤是怎么做的，所以你不能这么做。等他们讲半天，你就发现你什么都不能做，给他钱是正经，其他事都不能做。这时探春果断做出了"给他二十两银子，把这账留下，我细细看看"的决定。你要管住一个单位，先要把钱管住。

2. 免去贾环、贾兰的学杂费用

有人问，管老公怎么管？很简单，你把他工资卡管住。现在不行了，现在他把微信支付绑定工资卡以后就麻烦了。如果他要有点小钱，那就更麻烦了。所以你要知道他的收入，才能算出他的支出。如果他一年收入一百万，他告诉你五十万，另外五十万一定会出事，因为有别的用处。如果他告诉你是一百万，也真是一百万，那基本上他没有别的想法。

所以说钱是人的胆。探春把账目先看看，谁给多少钱，就知道了。她发现贾环和贾兰这两个人，每年有八两的学费，买笔墨纸砚这些上学用的东西，就是一个月大概六七钱银子，很少。

探春说："为什么有这八两银子？""这是给读书的孩子们的额外津贴。""拿掉！他不是有赵姨娘的钱吗？二两银子。李纨蛮有钱的，李纨月钱还多一点。贾环和贾兰都不是有月钱吗？为什么要给他们额外的补贴？拿掉！"她不是针对贾兰，而是针对贾环的。就是说，她先把自己的舅舅弄一下，又把自己的兄弟弄一下。她对自己的舅舅和兄弟下狠手，彻底把赵姨娘惹翻了。探春只有这样，才能说明她这个人铁面无私。好多人在背后蛊惑赵姨娘："你家三丫头现在管这么多钱，你要点钱去？你是她妈，妈白当了吗？你生她那么难，十月怀胎，一朝分娩，差点死过去。要不是当年，哪有她今天？"赵姨娘赶紧去了。探春从一开头就彻底斩断了赵姨娘的非分之想，二十两银子一分不多；贾环的八两银子，也彻底没了。

结果贾兰也躺着中枪，她没办法。"躺枪"也是对王夫人的一种告白。"告诉你，王夫人，我做事情你不要多管。"因为她直接把李纨给弄一下，李纨本来是三人小组的组长，她对领导也一样！但是你看这李纨没权到了什么程度？贾兰的钱被拿掉的时候，探春说了算，李纨说了不算，李纨从头到尾没有表态——你这个名义组长也不要"名义"到这个程度呀！

3. 德不配位是大忌，追求德能配位

在贾府，探春说了算数。她从亲人做起，让别人无话可说。众媳妇方慢慢地一个一个地拿她当回事，不敢如先前轻慢疏忽了。所以说好多时候是德不配位，好多人说我为什么不能当官，为什么现在别人发了我发不了？原因是德不配位。"德"是什么？是你的能力、品格、人脉等资源。德不配位，就是这些综合素养，不能支撑你的岗位。

探春刚开始是德不配位，她就开始自己立威。一个人到了一个单位、到了一个地方去工作，怎么办？新官上任三把火，怎么烧？这里面是有道理、有学问的。比如说，汉朝时的"萧规曹随"

也是一个办法。曹参刚刚当了丞相，跟着萧何走。汉文帝和曹参的儿子关系很好，便说："你爸爸当了丞相什么事也不干，天天跟在萧相后面走，你去问问他。"第二天，曹参就问汉文帝说："你觉得你和高祖比，谁更好？"汉文帝说："我怎么和高祖比？高祖四十八岁起兵，得天下。"曹参又问："我能比萧相吗？""那也不能比。"既然高祖在萧相的帮助下，得了天下。人家两个人搞得挺好的，我们为什么要改变呢？这就叫"萧规曹随"。

还有一种是缓慢改革。比如说中国，邓小平的改革很成功。他就采取缓慢改革的方法。

4. 完成大管理，实行联产承包责任制

为什么要搞联产承包责任制？因为时间长了以后，大观园里遇事推诿那五条也一样存在。包括荷塘怎么样，树怎么样，伙食怎么样，房子怎么样，打扫卫生怎么样，等等。这些事情都一团乱麻。王熙凤时间长了以后，背后有她自己的"小金库"，有她自己的圈子，也有她好多的猫腻。王熙凤离开岗位以后，探春就开始进行改革。

贾府收入少支出多，而把树包给谁、其他的什么包给谁这些事，就是探春和宝钗两个人说了算。这个时候李纨什么事都不管，连儿子的学费都保不住。

探春就想卖人情，说把果树包给宝钗的丫鬟莺儿的娘。宝钗说："这个坚决不行！"讲一通道理后说，还是拿出来公开招标吧！招投标，不能让我的亲戚去弄。最后算了算，不得了，除了可以把事干好，预计还可以赚八百两银子。这八百两银子对以前的贾府来说不算钱。现在没钱了，这八百两还算钱。算起来挺高

兴、很开心。这八百两银子可以全部收回来，我们可以干什么什么事。这个时候宝钗说，我们能赚四百两，另外四百两干什么？分给他们参与干的人。

"这不行！""这可以的！"为什么呢？如果八百两都归了我们，他们一点积极性都没有。我们就拿四百两，另外四百两他们拿去自己分了，还留个小金库。该分的分，该花的花，干活的人就觉得我得到了承认和尊重，不干活的人也不会多占，所有人都很开心。所以叫作"敏探春兴利除宿弊，时宝钗小惠全大体"。"敏探春"，探春非常机敏，眼光独到，她"兴利除宿弊"。"宿弊"，什么时候？由来已久，是王熙凤留下来的。但是她的做法不符合人性，她只是搞一个现代企业制度，黑板经济学，不符合人性。

什么叫"时宝钗"？就是识时务的。人性都是自私的。薛宝钗这么聪明、情商这么高的人知道，只有这么弄大家才有积极性。"小惠全大体"，四百两银子归大家，这样所有人都会有积极性，如同除去交国家的、归集体的之后，剩下都是自己的！一派欢腾。这样联产承包制才能推行下去。这就完成了王熙凤想做而没有做下去的事情，显示了她们投资理财、独立管家的能力。所以整部《红楼梦》看似家长里短，但细细究来，其实背后有很多机缘、很多道理，很多隐在后面鲜为人知、需要慢慢探究的细微之处。

为人不读《红楼梦》，阅尽诗书也枉然。我从几个方面把《红楼梦》这部千古奇书，按照我的思路和大家一起分享了一下。但是，"满纸荒唐言，一把辛酸泪。都云作者痴，谁解其中味。"一千个人心中有一千个《红楼梦》，因此我们每个人都要多读几遍！

图书在版编目（CIP）数据

《红楼梦》的智慧 / 李晓东著 .—北京：作家出版社，2023.9
（2024.9重印）

ISBN 978-7-5212-2416-0

Ⅰ.①红… Ⅱ.①李… Ⅲ.①《红楼梦》评论
Ⅳ.① I207.411

中国国家版本馆 CIP 数据核字（2023）第 147991 号

《红楼梦》的智慧

作　　者：李晓东
责任编辑：省登宇　周李立
装帧设计：TT Studio
出版发行：作家出版社有限公司
社　　址：北京农展馆南里 10 号　　　邮　　编：100125
电话传真：86-10-65067186（发行中心及邮购部）
　　　　　86-10-65004079（总编室）
E-mail:zuojia @ zuojia.net.cn
http://www.zuojiachubanshe.com
印　　刷：北京盛通印刷股份有限公司
成品尺寸：142×210
字　　数：240 千
印　　张：8.5
版　　次：2023 年 9 月第 1 版
印　　次：2024 年 9 月第 2 次印刷
ISBN 978-7-5212-2416-0
定　　价：58.00 元（精）